凱信企管

**用對的方法充實自己，
讓人生變得更美好！**

凱信企管

用對的方法充實自己，
讓人生變得更美好！

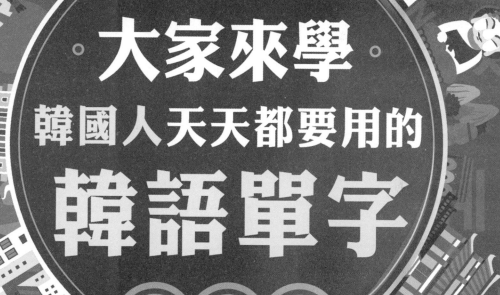

大家來學
韓國人天天都要用的
韓語單字

설명 使用説明

最好用的韓語單字書！

韓國人「24小時掛在嘴邊的生活單字」＋
「鮮活畫面感的情境例句」，學一次就
不忘記，韓語哈啦更流利！

1 20大項分類，兼顧一般生活及文化知識

從打招呼、自我介紹、消費、節慶、大自然……
廣泛的從日常生活實用單字到韓國文化／知識
運用單字全收錄，輕鬆應付日常人際交流，亦能
兼顧深入韓國人的文化領域。另外，全書韓文在
前，中文在後，最符合學習邏輯，看一次，即能
產生深刻印象。一本在手，實用無窮。

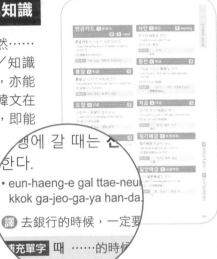

Chapter 02｜身體＆健康

Chapter 03｜稱謂＆家庭成員

Chapter 04｜數字＆數量

병에 갈 때는 ...
...한다.
• eun-haeng-e gal ttae-neu...
  kkok ga-jeo-ga-ya han-da.
譯 去銀行的時候，一定要...
補充單字 때 ……的時候

2 貼心標註單字詞性／字源，輔以生動例句

充滿畫面感的例句設計，完全以韓
國人直述地説話的語氣設計，讓單
字活靈活現地出現在例句中，活脱
脱的生動畫面，彷若身歷其境地和
韓國人互動，學習最深刻、説得最
道地，也最能記得住。

3 | 附加學習，能認識更多單字，還能延伸學更多

每一單字，除蒐羅例句中相關單字的學習之外，同時也將網路上不一定找得到的俗諺及慣用語一併納入學習範圍，不僅加速擴增腦中字彙量，學習一氣呵成，同時更能緊密地融入與韓國人語言交流的節奏裡。

4 | 羅馬拼音 & 韓師語音檔

全書每一單字／例句的標音方式，最符合學習者需求，不僅能降低自學時的困難度，更能快速掌握韓語發音方式；同時，利用韓語老師親錄的【實用單字＋鮮活例句】音檔邊聽邊唸，每天日積月累，一定能自信又道地開口説韓語！

서문
作者序

　　安妞~~~還記得兩年前我寫《大家來學韓語40音》這本書的時候，我苦思著如何能讓初學韓語的人能藉由「感官的刺激」來提升「大腦的記憶」，讓口、耳、眼、手這些感官、肢體，同時一起投入在學習中，如此一來，學習就不易分心、能專注，大腦就更能加強記憶力；而這樣的眼手並用、口耳合一的方式，確實也讓許多學習者覺得驚喜，因為不僅能夠快速進入學習狀態，同時也收到事半功倍的效果。不少讀者反應：學完韓語40音後，真的是眼見所及的韓文句子大都能輕易就唸得出來，讓自己有很大的成就感；還有許多人也反應，用這樣的方式來學韓語是一件有趣的事！看到這些讀者的回饋，能夠引發學習者的興趣並使樂在其中，我打從心底覺得開心，所以，當出版社再次發出邀約，希望我能進階寫一本韓語單字書時，我欣然同意，因為我已經能預見，讀者將因這本書而能自信地開口説韓語。

　　想要能夠達到「直覺式」的反射動作、脫口而出道地韓語，最重要的就是要先快速累積自己的單字量！於是，我便以韓國人「一天24小時經常會掛在嘴邊的話」為單字收錄標準，並以不同的「生活情境」方式加以分類成 20 大主題，例如：除了必學的食衣住行、吃喝玩樂之外，其他像是個性特質、家庭成員、數字、單位、風俗文化等等相關重要／實用的單字也全收錄，讓你務必在最短的時間裡鍛鍊韓語體質，確實掌握在生活領域中所需要的韓語單字。

此外，每個單字皆搭配一實用例句來練習，其中有的是韓國俗諺，有的則是韓國人最道地的表達語句，讓你學會單字用法的同時，也能學習韓文語句的表達邏輯，扎實地打造你的韓語力。同時，全書精準的標出每一單字及例句的實際發音，讓你在跟著外師音檔學習的同時，發音能更標準清晰。

　　由於韓國與中華文化的交流頻繁，其單字有大部分為漢字所衍伸過來的，因此發音會非常的相似；同時，也有 10% 的單字源自於英文，其韓文單字便是依照英文發音拼起來而成的。本書貼心標示了漢字延伸、外來語兩種情況的單字字源，以華人較熟悉的中文和英文來記憶韓文單字，學習的過程更有邏輯，並且不容易忘記！

　　簡單說，這個階段就是要一直背單字，雖然相較起來顯得無趣，但是我們還是能藉由最生動、最貼近韓國人生活上常說的例句設計來增加學習樂趣，情境式的設計讓每一句都有鮮活畫面呈現，絕對不怕生澀枯燥，或是背了又忘、忘了再背的情況。

　　想要真的學好與韓國人溝通，絕不可能靠著一招半式走天下，確實累積自己的韓文單字量是唯一途徑。但是，不要怕，只要用對了方法，絕對能有效地增加實用的詞彙，同時也能開始用最道地的韓語表達你的心情了喔！期待您能盡快的體驗到「流利地脫口而出一口標準韓語」那一刻的感動！

目錄

全書音檔連結
因各家手機系統不同，若無法直接掃描，仍可以至
（https://tinyurl.com/jy3nsdzs）電腦連結雲端下載。

韓文基礎介紹

韓文字母原來如此！

很久以前韓國有語言卻沒有文字，記錄時多借用漢字來寫文章，但是因為漢字較難，而導致平民使用比較不便，為了讓文字的書寫全民化，1443 年朝鮮的君王世宗大王與集賢殿學者們創造「한글」（韓國字）。韓文的子音是依照我們身體構造（如：喉嚨、舌頭、嘴唇、牙齒……等）發音時的樣子來創造，而母音是以「天、地、人」的樣子來創造。

在韓文裡，字母是最基本的單位，因此形成一個完整的字至少需要一個子音和一個母音。母音本身就有音，可以直接唸出來，但是子音無法直接唸出，須與母音結合才能發出音。因此，韓文 40 音的字母概念，大致和中文的注音類似，每一個字母就代表一個音，結合起來就成了一個字，直接發音就可以囉！

例如：

韓文字母結合

ㄱ 發 [g]　ㅓ　ㅏ 發 [a]

＝　가 發 [ga]

中文注音結合

ㄎ＋ㄚ＝ㄎㄚ

轉成中文 咖

韓文字母怎麼結合？

前面有提到子音不能獨自發音，一定要搭配母音才能發出聲音，並成為一個基本的音節，進而形成字彙。韓文最先出現的子音，稱做「初聲」，意即「最初的聲符」；母音則為「中聲」，是「中間的聲符」；而最後的子音則稱為「終聲」，也就是常說的「收尾音」。看到韓文字時，就以從左到右、從上到下的順序，依序將子音、母音拼起來唸出即可！

結合方式有分為以下三類：

*1 子音 (初聲) + 母音 (中聲)

例如：아, 도, 뇌, 기... 等，以 라 為範例，是由 ㄹ 與 ㅏ 組成的，發音方式也是由其子音 ㄹ 發 [l] 加上母音 ㅏ 發 [a]，結合成 라 唸出 [la] 就可以囉！

*2 子音 (初聲) + 母音 (中聲) + 子音 (終聲)

例如：온, 당, 흰, 백... 等，以 당 為範例，是由 ㄷ, ㅏ 與 ㅇ 組成的，發音方式也是由其子音 ㄷ 發 [d] 加上母音 ㅏ 發 [a] 和收尾音 ㅇ 發 [ng]，結合成 당 唸出 [dang] 就可以囉！

*3 子音 (初聲) + 母音 (中聲) + 子音 (終聲) + 子音 (終聲)

例如：없, 많, 싫... 等，兩個子音當終聲，即是所謂的雙韻尾音，通常尾音會只唸其中一個子母的音，遇到ㄴㅈ, ㄴㅎ, ㄹㅂ, ㄹㅌ, ㄹㅅ, ㄹㅎ, ㅂㅅ, ㄱㅅ的雙韻尾音時會唸左邊子音，而遇到 ㄹㅁ, ㄹㄱ, ㄹㅍ 時會唸右邊子音。

◀韓文單字的字源

韓國與中華文化交流頻繁，因此有大部分的單字都是由漢字衍伸而來的，因此發音會與中文或是臺語很像，例如：韓文的「痛」在韓文翻成「통」，發音近似於 [tong]，與中文發音非常類似。

另外，有 10% 的單字是外來語，藉由英文的發音，直接轉換成韓文字母拼成單字，也因為是兩種不同的發音系統，有些字音無法完整代替，所以有些英文發音會以相近的韓文字母發音來取代。

* 韓文外來語對照

中文	英文	韓文	韓語發音
卡片	card	카드	ka-deu
餐廳服務員	waiter	웨이터	ue-yi-teo

* 韓文字母 & 英文字母 對照

英文字母	韓文字母	英文單字	韓語單字
b / v	ㅂ	Boy / Victory	보이 / 빅토리
p / f	ㅍ	Pin / Fashion	핀 / 패션
l / r	ㄹ	Lemon / Red	레몬 / 레드
z	ㅈ	Zoo / Zebra	주 / 지브라
th	ㅆ, ㄸ	Think / Thank you	씽크 / 땡큐

Chapter

01
02

音檔連結

因各家手機系統不同，若無法直接掃描，仍可以至（https://tinyurl.com/5auxpx2u）電腦連結雲端下載。

Chapter 1
人的個性特質

◀ **外貌特質** 相關的情境單字

몸매가 좋다 形 身材好的

우리 엄마는 여전히 **몸매가 좋다**.

• u-ri eom-ma-neun yeo-jeon-ni mom-mae-**gajo-ta**.

譯 我媽媽的**身材**還是很**好**。

補充單字 엄마 媽媽／여전하다, 여전히 依舊

날씬하다 形 苗條的

미스코리아들은 모두 **날씬하다**.

• mi-seu-ko-ri-a-deu-reun mo-du **nal-ssin-na-da**.

譯 「韓國小姐」都很**苗條**。

補充單字 미스코리아 韓國小姐

마르다 形 瘦的

아프리카 아이들은 제대로 못 먹어서 심하게 **말랐다**.

• a-peu-ri-ka a-i-deu-reun je-dae-ro mot meo-geo-seo sim-ha-ge **mal-lat-tta**.

譯 非洲的孩子們因為吃得不好，所以身形非常**瘦**小。

補充單字 아이 小孩／못 먹어서 吃得不好

뚱뚱하다 形 胖的

어렸을 때 **뚱뚱하다고** 놀림을 당했었다.

• eo-ryo-sseul ttae **ttung-ttung-ha-da-go** nol-li-meul ttang-hae-sseot-tta.

譯 小時候因為**胖**而被取笑。

補充單字 어렸을 때 小時候／놀림 玩弄

통통하다 形 圓嘟嘟的

태어난지 6개월된 내 조카는 아직도 **통통하다**.

• tae-eo-nan-ji yoe-gae-wol-doen nae jo-ka-neun a-jik-tto **tong-tong-ha-da**.

譯 我剛出生半年的侄子還是**圓嘟嘟的**。

補充單字 태어난지＋時間 出生了多久／조카 侄子

키가 크다 形 個子高的

중학교 때 **키가** 많이 **컸다**.

• jung-hak-kkyo ttae **ki-ga** ma-ni **keot-tta**.

譯 國中的時候**個子**長**高**許多。

補充單字 중학교 國中／많이 很多

키가 작다 形 個子矮的

늙으면 **키가 작아진다**.

• neul-geu-myeon **ki-ga ja-ga-jin-da**.

譯 年紀大了以後**個子**會變**矮**。

補充單字 늙다 年老的／~면 假如

몸집이 크다 形 身材高大的

농구선수들은 대부분 **몸집이 크다**.

• nong-gu-seon-su-deu-reun dae-bu-bun **mom-ji-bi keu-da**.

譯 籃球選手大部分都是很**大隻**。

補充單字 농구 籃球／선수들 選手們

왜소하다 形 矮小的

잘 먹지 못한 이이들은 **왜소하다**.
- jal meok-jji mo-tan a-i-deu-reun **wae-so-ha-da**.

譯 吃不好的孩子身形很**矮小**。

補充單字 잘 好好的／아이들 孩子們

눈이 작다 形 眼睛小的

내 친구는 **눈이 작아서** 귀엽다.
- nae chin-gu-neun **nu-ni ja-ga-seo** gwi-yeop-tta.

譯 我朋友**眼睛小小的**很可愛。

補充單字 친구 朋友／귀엽다 可愛的

눈이 크다 形 眼睛大的

우리 언니는 **눈이 크고** 코가 높다.
- u-ri eon-ni-neun **nu-ni keu-go** ko-ga nop-tta.

譯 我姊姊**眼睛很大**而且鼻子也很挺。

補充單字 언니 姊姊／코 鼻子

머리숱이 많다 形 頭髮多的

엄마는 **머리숱이** 매우 **많다**.
- eom-ma-neun **meo-ri-su-chi** mae-u **man-ta**.

譯 媽媽**頭髮**很**多**。

補充單字 엄마 媽媽／매우 很；非常

머리숱이 적다 形 頭髮少的

할아버지는 **머리숱이 적다**.
- ha-ra-beo-ji-neun **meo-ri-su-chi jeok-tta**.

譯 爺爺**頭髮**很**少**。

補充單字 할아버지 爺爺

피부가 좋다 形 皮膚好的

피부가 아기처럼 **좋다**.
- pi-bu-ga a-gi-cheo-reom jo-ta.

譯 **皮膚**像小孩一樣**好**。

補充單字 아이 小孩

◀ 性格特質 相關的情境單字

온화하다 形 溫柔的；溫和的

어머니의 미소는 언제나 **온화하다**.
- eo-meo-ni-ui mi-so-neun eon-je-na **on-hwa-ha-da**.

譯 母親的微笑總是很**溫柔**。

補充單字 어머니 母親／미소 微笑

부드럽다 形 溫柔的

우리 언니는 말투가 **부드럽다**.
- u-ri eon-ni-neun mal-tu-kka **bu-deu-reop-tta**.

我姊姊講話很**溫柔**。

補充單字 우리 我們／언니 姊姊

사랑스럽다 形 可愛的

여자친구가 **사랑스럽다**.
- yeo-ja-chin-gu-ga **sa-rang-seu-reop-tta**.

譯 我的女朋友很**可愛**。

補充單字 여자친구 女朋友

귀엽다 形 可愛的

새로 태어난 조카는 너무 **귀엽다**.
- sae-ro tae-eo-nan jo-ka-neun neo-mu **gwi-yeop-tta**.

譯 最近出生的侄子很**可愛**。

補充單字 새로 新的／너무 好；很

漢 漢語延伸單字／外 外來語延伸單字

015

자상하다 形 體貼的

우리 아빠는 언제나 **자상하다**.
- u-ri a-ppa-neun eon-je-na **ja-sang-ha-da**.
- 譯 我的爸爸總是很**體貼**。

補充單字 아빠 爸爸／언제나 總是

나쁘다 形 壞的

한 때 **나쁜**남자 영화가 인기였다.
- han ttae **na-ppeun**-nam-ja yeong-hwa-ga in-gi-yeot-tta.
- 譯 電影《**壞**男人》有一陣子很流行。

補充單字 영화 電影／인기였다 超人氣的

못되다 形 壞；不好的

못된 성격을 고쳐야 한다.
- **mot-ttoen** seong-gyeo-geul kko-cheo-ya han-da.
- 譯 **不好的**個性要改善。

補充單字 성격 性格／고치다 更改

이기적이다 形 自私的

마이클은 일은 잘 하지만 **이기적이다**.
- ma-i-keu-reun i-reun jal ha-ji-man **i-gi-jeo-gi-da**.
- 譯 麥克工作能力很強但是很**自私**。

補充單字 일 工作／하지만 但是

바보같다 形 笨的

내 회사동료는 매일 **바보 같은** 말만 한다.
- nae hoe-sa-dong-nyo-neun mae-il **ba-bo ga-teun** mal-man han-da.
- 譯 我同事每天講很**笨**的話。

補充單字 회사동료 同事／매일 每天

어리석다 形 愚蠢的

어리석은 사람은 우정을 경시한다.
- **eo-ri-seo-geun** sa-ra-meun u-jeong-eul kkyeong-si-han-da.
- 譯 **愚蠢的**人會輕視友情。

補充單字 사람 人／우정 友情

심각하다 形 嚴肅的

사장님은 매일 **심각한** 표정을 짓고 있다.
- sa-jang-ni-meun mae-il **sim-ga-kan** pyo-jeong-eul jjit-kko it-tta.
- 譯 老闆的表情每天都很**嚴肅**。

補充單字 사장님 老闆／표정 表情

유치하다 形 幼稚的 ⋯⋯⋯⋯ 漢

사람은 싸우면 **유치해진다**.
- sa-ra-meun ssa-u-myeon **yu-chi-hae-jin-da**.
- 譯 人們吵架時會變**幼稚**。

補充單字 사람 人／싸우다 吵架

성숙하다 形 成熟的 ⋯⋯⋯⋯ 漢

내 동생은 나이는 어리지만 생각이 무척 **성숙하다**.
- nae dong-saeng-eun na-i-neun eo-ri-ji-man saeng-ga-gi mu-cheok **seong-su-ka-da**.
- 譯 我妹妹雖然年紀小，但是想法很**成熟**。

補充單字 나이 年紀／생각 想法

급하다 形 急躁的

학교에 지각할까봐 **급하게** 나갈 준비를 했다.
- hak-kkyo-e ji-ga-kal-kka-ppwa **geu-pa-ge** na-gal jjun-bi-reul haet-tta.
- 譯 因為怕上課遲到，很**急躁地**準備出門。

補充單字 지각하다 遲到／준비 準備

조용하다 形 安靜的

TV를 끄니 갑자기 **조용해졌다**.
- TV reul kkeu-ni gap-jja-gi **jo-yong-hae-jeot-tta**.

譯 關了電視突然變得很**安靜**。

補充單字 갑자기 突然地

시끄럽다 形 吵雜的；聒噪的

옆 집 개가 계속 짖어 너무 **시끄럽다**.
- yeop jip gae-ga gye-sok ji-jeo neo-mu **si-kkeu-reop-tta**.

譯 隔壁家的狗一直叫很**吵**。

補充單字 개 狗／계속 一直地

무섭다 形 害怕的；懼怕的

밤에 혼자 집에 있으니 **무섭다**.
- ba-me hon-ja ji-be i-sseu-ni **mu-seop-tta**.

譯 晚上一個人在家很**害怕**。

補充單字 혼자 一個人／집 家

냉정하다 形 無情的

그는 너무나 **냉정하게** 나를 거절했다.
- geu-neun neo-mu-na **naeng-jeong-ha-ge** na-reul kkeo-jeol-haet-tta.

譯 他很**無情地**拒絕我。

補充單字 그 他／거절하다 拒絕

예쁘다 形 好看的

TV에 나오는 연예인들은 모두 **예쁘다**.
- TV e na-o-neun yeo-nye-in-deu-reun mo-du **ye-ppeu-da**.

譯 電視上出現的明星都很**好看**。

補充單字 연예인들 藝人們

돼지같다 形 像豬一樣的

돼지같이 많이 먹으면 꼭 후회를 한다.
- **dwae-ji-ga-chi** ma-ni meo-geu-myeon kkok hu-hoe-reul han-da.

譯 **像豬一樣**吃很多的話一定會後悔。

補充單字 꼭 一定會／후회하다 後悔

아름답다 形 美麗的

성우들은 **아름다운** 목소리를 가지고 있다.
- seong-u-deu-reun **a-reum-da-un** mok-sso-ri-reul kka-ji-go it-tta.

譯 配音員有**美麗的**聲音。

補充單字 성우들 播音員／목소리 聲音

착하다 形 善良的

세상에는 **착한** 사람이 많다.
- se-sang-e-neun **cha-kan** sa-ra-mi man-ta.

譯 世上有很多很**善良的**人。

補充單字 세상 世上／많다 很多的

개성있다 形 有個性的 .... 漢

패션모델들은 모두 **개성있다**.
- pae-syeon-mo-del-deu-reun mo-du **gae-seong-it-tta**.

譯 時尚模特兒都很**有個性**。

補充單字 패션 時尚／모델들 模特兒們

漢 漢語延伸單字／

外 外來語延伸單字

늠름하다 形 氣派的

군인들은 모두 **늠름해** 보인다.

- gu-nin-deu-reun mo-du **neum-neum-hae** bo-in-da.

譯 軍人看起來都很**氣派**。

補充單字 군인들 軍人（複數）／보이다 看起來

건장하다 形 強壯的 ⋯⋯⋯⋯⋯ 漢

운동선수들은 매우 **건장하다**.

- un-dong-seon-su-deu-reun mae-u **geon-jang-ha-da**.

譯 運動選手都很**強壯**。

補充單字 운동 運動／선수들 選手們

재미있다 形 有趣的

온라인 게임은 너무 **재미있다**.

- ol-la-in ge-i-meun neo-mu **jae-mi-it-tta**.

譯 線上遊戲很**有趣**。

補充單字 온라인 게임 線上遊戲／너무 好；很

유쾌하다 形 愉快的 ⋯⋯⋯⋯⋯ 漢

그는 늘 **유쾌해** 보인다.

- geu-neun neul **yu-kwae-hae** bo-in-da.

譯 他總是看起來很**愉快**。

補充單字 늘 總是；時常／보이다 看起來

포악하다 形 兇戾的

그는 **포악한** 독재자였다.

- geu-neun **po-a-kan** dok-jjae-ja-yeot-tta.

譯 他是很**兇戾的**獨裁者。

補充單字 독재자 獨裁者

괴팍하다 形 乖戾的 ⋯⋯⋯⋯⋯ 漢

그는 물건을 던지고 **괴팍하게** 굴었다.

- geu-neun mul-geo-neul tteon-ji-go **goe-pa-ka-ge** gu-reot-tta.

譯 他亂丟東西，性格非常**乖戾**。

補充單字 물건 東西／던지다 丟；擲

이상하다 形 奇怪的 ⋯⋯⋯⋯⋯ 漢

내 친구는 항상 **이상한** 옷을 입고 다닌다.

- nae chin-gu-neun hang-sang **i-sang-han** o-seul ip-kko da-nin-da.

譯 我朋友總是會穿很**奇怪的**衣服。

補充單字 항상 總是／옷 衣服

재미없다 形 無聊的

어제 본 영화는 너무 **재미없었다**.

- eo-je bon yeong-hwa-neun neo-mu **jae-mi-eop-sseot-tta**.

譯 昨天看的電影很**無聊**。

補充單字 어제 昨天／너무 很

유머감각이 있다 形
很幽默的 ⋯⋯⋯⋯⋯⋯⋯⋯⋯⋯ 漢

우리 사장님은 **유머감각이 있다**.

- u-ri sa-jang-ni-meun **yu-meo-gam-ga-gi it-tta**.

譯 我老闆**很幽默**。

補充單字 사장님 老闆

진지하다 形 認真的 ⋯⋯⋯⋯⋯ 漢

인터뷰를 할 때는 매우 **진지해진다**.

- in-teo-byu-reul hal ttae-neun mae-u **jin-ji-hae-jin-da**.

譯 採訪的時候變得很**認真**。

補充單字 인터뷰 採訪

약하다 形 虛弱的 ········· 漢

나는 몸이 **약해서** 병원에 자주 간다.

• na-neun mo-mi **ya-kae-seo** byeong-wo-ne ja-ju gan-da.

譯 我身體很**虛弱**，所以常去醫院。

補充單字 몸 身子／병원 醫院

강하다 形 強的 ········· 漢

내 친구의 첫 인상은 매우 **강해** 보인다.

• nae chin-gu-ui cheot in-sang-eun mae-u **gang-hae** bo-in-da.

譯 我朋友的第一印象看起來很**強**。

補充單字 친구 朋友／첫 인상 第一印象

부끄러워하다 形 害羞的

많은 사람들 앞에서 노래를 해서 **부끄러웠다**.

• ma-neun sa-ram-deul a-pe-seo no-rae-reul hae-seo **bu-kkeu-reo-wot-tta**.

譯 在很多人面前唱歌很**害羞**。

補充單字 앞에 面前／노래 歌

창피하다 形 丟臉的

길거리에서 넘어져서 **창피했다**.

• gil-geo-ri-e-seo neo-meo-jeo-seo **chang-pi-haet-tta**.

譯 在街上跌倒很**丟臉**。

補充單字 길거리 街上／넘어지다 跌；摔

경청하다 形 傾聽的 ········· 漢

그는 늘 상대방의 말을 **경청한다**.

• geu-neun neul ssang-dae-bang-ui ma-reul **kkyeong-cheong-han-da**.

譯 他總能耐心**傾聽**他人的話。

補充單字 상대방 對方／말 話

배려깊다 形 關懷的

그녀는 **배려**심이 **깊다**.

• geu-nyeo-neun **bae-ryeo-si-mi gip-tta**.

譯 她很**關懷**他人。

補充單字 그녀 她／심 心

사려깊다 形 穩重的

그는 언제나 **사려깊다**.

• geu-neun eon-je-na **sa-ryeo-gip-tta**.

譯 他總是很**穩重**。

補充單字 그 他／언제나 始終；總是

말이 많다 形 話很多的

내 친구는 **말이** 너무 **많다**.

• nae chin-gu-neun **ma-ri** neo-mu **man-ta**.

譯 我朋友**話太多**。

補充單字 내 我的／친구 朋友

말이 적다 形 話很少的

내 남동생은 **말이 적다**.

• nae nam-dong-saeng-eun **ma-ri jeok-tta**.

譯 我弟弟**話很少**。

補充單字 남동생 弟弟

漢 漢語延伸單字／外 外來語延伸單字

수다스럽다 形 囉嗦的

우리 언니는 매우 **수다스럽다**.

• u-ri eon-ni-neun mae-u **su-da-seu-reop-tta**.

譯 我姊姊非常囉嗦。

補充單字 우리 我們；親密稱「我的」／
언니 姊姊

과묵하다 形 沉默的 ⋯⋯⋯⋯ 漢

우리 오빠는 매우 **과묵하다**.

• u-ri o-ppa-neun mae-u **gwa-mu-ka-da**.

譯 我哥哥非常沉默。

補充單字 오빠 哥哥／매우 十分；極為

무시하다 形 瞧不起的 ⋯⋯⋯⋯ 漢

그녀가 날 **무시해서** 화가 났다.

• geu-nyeo-ga nal **mu-si-hae-seo** hwa-ga nat-tta.

譯 她瞧不起我，我很生氣。

補充單字 화가 나다 生氣

존중하다 形 尊重的 ⋯⋯⋯⋯ 漢

늘 다른사람을 **존중해야 한다**.

• neul tta-reun-sa-ra-meul **jjon-jung-hae-ya han-da**.

譯 總是要尊重別人。

補充單字 다른 其他的／사람 人

존경하다 形 尊敬的 ⋯⋯⋯⋯ 漢

학생들은 선생님을 **존경한다**.

• hak-ssaeng-deu-reun seon-saeng-ni-meul **jjon-gyeong-han-da**.

譯 學生尊敬老師。

補充單字 학생들 學生們／선생님 老師

생각이 깊다 形 想法深沉的

아직 학생인데도 **생각이 깊다**.

• a-jik hak-ssaeng-in-de-do **saeng-ga-gi gip-tta**.

譯 雖然還是個學生，但已想法深沉。

補充單字 아직 還／학생 學生

양심없다 形 沒良心的 ⋯⋯⋯⋯ 漢

그는 쓰레기를 아무데나 버리는 **양심없는** 행동을 한다.

• geu-neun sseu-re-gi-reul a-mu-de-na beo-ri-neun **yang-si-meom-neun** haeng-dong-eul han-da.

譯 他亂丟垃圾沒良心。

補充單字 쓰레기 垃圾／아무데나 隨處

무식하다 形 無知的 ⋯⋯⋯⋯ 漢

책을 읽지 않아 **무식하다**.

• chae-geul ik-jji a-na **mu-si-ka-da**.

譯 因為沒有看書所以很無知。

補充單字 책 書／읽다 閱讀

멍청하다 形 笨拙的 ⋯⋯⋯⋯ 漢

그의 하는 말 한마디 한마디가 다 **멍청하게** 들린다.

• geu-ui ha-neun mal han-ma-di han-ma-di-ga da **meong-cheong-ha-ge** deul-lin-da.

譯 他說的每句話聽起來都很笨拙。

補充單字 한마디 一言一語／다 都

똑똑하다 形 聰明的

그녀는 **똑똑해서** 모든 일을 질 한다.
- geu-nyeo-neun **ttok-tto-kae-seo** mo-deun i-reul jjal han-da.

譯 她很**聰明**所以工作都做得很好。

補充單字 모든 所有／잘 好

현명하다 形 賢明的 ⋯⋯⋯⋯ 漢

우리 엄마는 **현명하다**.
- u-ri eom-ma-neun **hyeon-myeong-ha-da**.

譯 我媽媽很**賢明**。

補充單字 엄마 媽媽

지혜롭다 形 有智慧的 ⋯⋯⋯ 漢

지식보다는 **지혜가** 중요하다.
- ji-sik-ppo-da-neun **ji-hye-ga** jung-yo-ha-da.

譯 比起知識，**有智慧**還更重要。

補充單字 지식 知識／중요하다 重要的

폭력적이다 形 暴力的 ⋯⋯⋯ 漢

학교에는 **폭력적인** 학생이 있다.
- hak-kkyo-e-neun **pong-nyeok-jjeo-gin** hak-ssaeng-i it-tta.

譯 學校裡有很**暴力的**學生。

補充單字 학교 學校／학생 學生

귀가 얇다 形 耳根子軟的

귀가 얇아서 쉽게 유혹당한다.
- **gwi-ga yal-ba-seo** swip-kke yu-hok-ttang-han-da.

譯 **耳根子軟**所以很容易被誘惑。

補充單字 쉽게 容易地／유혹하다 誘惑

입이 무겁다 形 口風緊的

나는 **입이 무거워서** 비밀을 잘 지킨다.
- na-neun **i-bi mu-geo-wo-seo** bi-mi-reul jji-kin-da.

譯 我**口風很緊**，很會保守祕密。

補充單字 비밀 祕密／지킨다 保守

입이 가볍다 形 不牢靠的

그는 **입이 가벼워** 믿을 수 없다.
- geu-neun **i-bi ga-byeo-w**o mi-deul ssu eop-tta.

譯 他**不牢靠**，無法相信。

補充單字 믿다 相信

겁이 많다 形 膽子小的

나는 **겁이 많아** 놀이기구를 타지 못한다.
- na-neun **geo-bi ma-na** no-ri-gi-gu-reul ta-ji mo-tan-da.

譯 我**膽子小**，不敢玩遊樂設施。

補充單字 놀이기구 遊樂設施

정이 많다 形 情感豐富的

나는 **정도 많고** 눈물도 많다.
- na-neun **jeong-do man-ko** nun-mul-do man-ta.

譯 我**情感豐富**，又很會流眼淚。

補充單字 눈물 眼淚

즐겁다 形 開心的

오늘 하루 너무 **즐거웠다**.
- o-neul ha-ru neo-mu **jeul-kkeo-wot-tta**.

譯 今天很**開心**！

補充單字 오늘 今天

행복하다 形 幸福的 ⋯⋯⋯⋯⋯ 漢

더 **행복해**질 것이다.
- deo **haeng-bo-kae**-jil geo-si-da.
- 譯 會更**幸福的**！

補充單字 것이다 將會

게으르다 形 懶惰的

게을러서 늦게 일어난다.
- **ge-eul-leo-seo** neut-kke i-reo-nan-da.
- 譯 **懶惰地**很晚才起床。

補充單字 늦다 遲；晚／일어나다 起床

부지런하다 形 勤勞的

부지런해서 일찍 일어난다.
- **bu-ji-reon-hae-seo** il-jjik i-reo-nan-da.
- 譯 **勤勞地**很早起床。

補充單字 일찍 提早／일어나다 起床

잠이 많다 形 很會睡的

잠이 많아서 8시간 이상 자야한다.
- **ja-mi ma-na-seo** yeo-deo-ssi-gan i-sang ja-ya-han-da.
- 譯 我**很會睡**，至少要睡八小時以上。

補充單字 이상 以上／자다 睡

잠이 없다 形 睡很少的

잠이 없어서 6시간 자면 충분하다.
- **ja-mi eop-sseo-seo** yeo-seot-ssi-gan ja-myeon chung-bun-ha-da.
- 譯 我**睡很少**，所以睡六小時就夠。

補充單字 자다 睡／충분하다 足夠的

일찍 일어나다 形 早起的

일찍 일어나면 하루가 길다.
- **il-jjik i-reo-na**-myeon ha-ru-ga gil-da.
- 譯 **早起**的話，一天就會很長。

補充單字 하루 一天／길다 長的

세심하다 形 細心的；細微的
⋯⋯⋯⋯⋯⋯⋯⋯⋯⋯⋯ 漢

우리 엄마는 **세심한** 것까지 다 챙겨준다.
- u-ri eom-ma-neun **se-sim-han** geot-kka-ji da chaeng-gyeo-jun-da.
- 譯 我媽媽連很**細微的**部分都照顧得無微不至。

補充單字 엄마 媽媽／다 全部都

소심하다 形 過分謹慎；小心
⋯⋯⋯⋯⋯⋯⋯⋯⋯⋯⋯ 漢

그는 하는 행동이 **소심하다**.
- geu-neun ha-neun haeng-dong-i **so-sim-ma-da**.
- 譯 他的行為**極為謹慎**。

補充單字 행동 行為

조심스럽다 形 很小心的

조심스럽게 문을 열었다.
- **jo-sim-seu-reop-kke** mu-neul yeo-reot-tta.
- 譯 很**小心地**開門。

補充單字 문 門

잘난척하다 形 驕傲的；自大的

사람은 **잘난척하면** 안된다.
- sa-ra-meun **jal-lan-cheo-ka-myeon** an-doen-da.
- 譯 人不能太**自大**。

補充單字 사람 人

자만하다 [形] 自滿的；驕傲的 [漢]

자만하지 마세요.
- **ja-man-ha-ji** ma-se-yo.
- (譯) 不要驕傲。

補充單字 말다 停止；不要

겸손하다 [形] 謙虛的 [漢]

그의 태도는 늘 **겸손하다**.
- geu-ui tae-do-neun neul **kkyeom-son-ha-da**.
- (譯) 他的態度總是很謙虛。

補充單字 태도 態度／늘 總是

자신이 없다 [形] 沒自信的 [漢]

나는 운동에 **자신이 없다**.
- na-neun un-dong-e **ja-si-ni eop-tta**.
- (譯) 我對運動沒自信。

補充單字 운동 運動

마음이 좁다 [形] 心胸狹窄的

그는 **마음이 좁아** 다른 사람을 용서하지 않는다.
- geu-neun **ma-eu-mi jo-ba** da-reun sa-ra-meul yong-seo-ha-ji an-neun-da.
- (譯) 他的心胸狹窄，不會原諒別人。

補充單字 다른 其他／용서하다 原諒

마음이 넓다 [形] 心胸寬大的

그녀는 **마음이 넓어서** 사람들을 이해해준다.
- geu-nyeo-neun **ma-eu-mi neop-eo-seo** sa-ram-deu-reul i-hae-hae-jun-da.
- (譯) 她的心胸寬大，很能體諒他人。

補充單字 사람 人／이해하다 諒解；理解

잘 웃다 [形] 很愛笑的

그녀는 **잘 웃어서** 좋다.
- geu-nyeo-neun **jal u-seo-seo** jo-ta.
- (譯) 她很愛笑，我很喜歡。

補充單字 그녀 她／좋다 喜歡

비열하다 [形] 卑鄙的 [漢]

그의 **비열한** 태도에 화가 났다.
- geu-ui **bi-yeol-han** tae-do-e hwa-ga nat-tta.
- (譯) 他那卑鄙的態度很令人生氣。

補充單字 그의 他的／태도 態度

우울하다 [形] 憂鬱的 [漢]

비가 와서 **우울하다**.
- bi-ga wa-seo **u-ul-ha-da**.
- (譯) 下雨令人很憂鬱。

補充單字 비 下雨

소극적이다 [形] 消極的 [漢]

소극적인 생각은 좋지 않다.
- **so-geuk-jjeo-gin** saeng-ga-geun jo-chi an-ta.
- (譯) 消極的想法很不好。

補充單字 생각 想法／않다 不；否定

적극적이다 [形] 主動的；積極的 [漢]

적극적으로 기회를 잡아야 한다.
- **jeok-kkeuk-jjeo-geu-ro** gi-hoe-reul jja-ba-ya han-da.
- (譯) 要積極地抓住機會。

補充單字 기회 機會／잡다 抓住

[漢] 漢語延伸單字／[外] 外來語延伸單字

활발하다 形 活潑的 ⋯⋯⋯⋯ 漢

활발한 사람은 친구가 많다.

• **hwal-bal-han** sa-ra-meun chin-gu-ga man-ta.

譯 **活潑的**人有很多朋友。

補充單字 사람 人／많다 很多的

짜증나다 形 煩的

일이 너무 많아서 **짜증난다**.

• i-ri neo-mu ma-na-seo **jja-jeung-nan-da**.

譯 事情太多**很煩**。

補充單字 일 事情／많다 很多的

불쾌하다 形 不快的；不舒服的 ⋯⋯⋯⋯⋯⋯⋯⋯⋯⋯⋯ 漢

그녀의 말투가 매우 **불쾌했다**.

• geu-nyeo-ui mal-tu-kka mae-u **bul-kwae-haet-tta**.

譯 她講話的口氣，讓我**不舒服**。

補充單字 말투 口氣

불친절하다 形 不親切的 ⋯⋯ 漢

그의 태도가 **불친절하다**.

• geu-ui tae-do-ga **bul-chin-jeo-la-da**.

譯 他的態度**不親切**。

補充單字 태도 態度

Chapter 2
身體 & 健康

◀體內構造 相關的情境單字

뇌 名 腦 .... 漢

뇌검사를 했다.
- **noe**-geom-sa-reul haet-tta.
- 譯 對**腦袋**做了檢查。

補充單字 검사 檢查／했다 做（過去式）

심장 名 心臟 .... 漢

심장이 빨리 뛴다.
- **sim-jang**-i ppal-li ttwin-da.
- 譯 **心臟**跳得很快。

補充單字 빨리 很快地／뛰다 跳動

위 名 胃 .... 漢

위가 아프다.
- **wi**-ga a-peu-da.
- 譯 **胃**很不舒服。

補充單字 아프다 痛；不舒服

장 名 腸 .... 漢

장염에 걸렸다.
- **jang**-yeo-me geol-lyeot-tta.
- 譯 罹患了**腸**炎。

補充單字 염 炎／걸리다 染上；罹患

뼈 名 骨頭

뼈가 얇다.
- **ppyeo**-ga yap-tta.
- 譯 **骨頭**很細。

補充單字 얇다 薄；單薄

인대 名 韌帶 .... 漢

인대를 다쳤다.
- **in-dae**-reul tta-cheot-tta.
- 譯 **韌帶**受傷了。

補充單字 다치다 受傷

피 名 血

손을 베어 **피**가 난다.
- so-neul ppe-eo **pi**-ga nan-da.
- 譯 手指被割流**血**。

補充單字 손 手指

핏줄 名 血管

핏줄이 선명하다.
- **pit-jju**-ri seon-myeong-ha-da.
- 譯 **血管**很明顯。

補充單字 선명하다 鮮明的；明顯的

근육 名 肌肉 .... 漢

근육량을 늘려야 한다.
- **geu-nyung**-nyang-eul neul-lyeo-ya han-da.
- 譯 要增加**肌肉**量。

補充單字 늘리다 增加

살 名 肉

살이 쪘다.
- **sa**-ri jjeot-tta.
- 譯 長**肉**了。

補充單字 찌다 增胖

세포 名 細胞 ⋯⋯⋯⋯⋯⋯ 漢

세포는 가장 작은 단위이다.
- **se-po**-neun ga-jang ja-geun da-nwi-i-da.
- 譯 **細胞**是最小的單位。

補充單字 가장 最／단위 單位

ᴥ臉部 相關的情境單字

이마 名 額頭

넘어져서 **이마**에 상처가 났다.
- neo-meo-jeo-seo **i-ma**-e sang-cheo-ga nat-tta.
- 譯 因為跌倒而在**額頭**上有了疤痕。

補充單字 넘어지다 跌；摔／상처 傷痕

눈썹 名 眉毛

짱구는 **눈썹**이 짙다.
- jjang-gu-neun **nun-sseo**-bi jit-tta.
- 譯 蠟筆小新的**眉毛**很濃、很粗。

補充單字 짱구 漫畫《蠟筆小新》

눈 名 眼睛

어린 아이들의 **눈**은 반짝거린다.
- eo-rin a-i-deu-rui **nu**-neun ban-jjak-kkeo-rin-da.
- 譯 小孩子的**眼睛**很晶亮。

補充單字 반짝거리다 閃亮亮

눈동자 名 眼球

사람마다 **눈동자** 색깔이 다르다.
- sa-ram-ma-da **nun-ttong-ja** saek-kka-ri da-reu-da.
- 譯 每個人的**眼球**顏色都不一樣。

補充單字 색깔 顏色／다르다 不同的

동공 名 瞳孔 ⋯⋯⋯⋯⋯⋯ 漢

의사는 **동공**을 검사하였다.
- ui-sa-neun **dong-gong**-eul kkeom-sa-ha-yeot-tta.
- 譯 醫生檢查了**瞳孔**。

補充單字 의사 醫生／검사하다 檢查

쌍꺼풀 名 雙眼皮

쌍꺼풀이 있으면 눈이 커 보인다.
- **ssang-kkeo-pu**-ri i-sseu-myeon nu-ni keo bo-in-da.
- 譯 有**雙眼皮**的話，眼睛看起來會很大。

補充單字 있다 有／커 大的

홑꺼풀 名 單眼皮

홑꺼풀인 남자는 매력적이다.
- **o-kkeo-pu**-rin nam-ja-neun mae-ryeok-jjeo-gi-da.
- 譯 **單眼皮**的男生很有魅力。

補充單字 남자 男人／매력 魅力

속눈썹 名 睫毛

인형처럼 **속눈썹**이 길다.
- in-hyeong-cheo-reom **song-nun-sseo**-bi gil-da.
- 譯 **睫毛**像娃娃一樣長。

補充單字 인형 洋娃娃／처럼 像⋯⋯一樣

코 名 鼻子

서양사람들은 **코**가 높다.
- seo-yang-sa-ram-deu-reun **ko**-ga nop-tta.
譯 西方人的**鼻子**很挺。

補充單字 서양 西洋；西方／높다 高的

코구멍 名 鼻孔

코구멍은 두 개다.
- **ko-gu-meong**-eun du gae-da.
譯 **鼻孔**有兩個。

補充單字 두 二／개 個

입 名 嘴巴

웃을 때 **입**을 크게 벌리고 웃는다.
- u-seul ttae **i**-beul keu-ge beol-li-go u-neun-da.
譯 笑的時候**嘴巴**開得很大。

補充單字 웃 笑／벌리다 打開

입술 名 嘴唇

입술이 두꺼우면 섹시하다.
- **ip-ssu**-ri du-kkeo-u-myeon sek-ssi-ha-da.
譯 **嘴唇**厚的話很性感。

補充單字 두껍다 厚的／섹시하다 性感的

치아 名 牙齒 ⋯⋯⋯⋯⋯⋯ 漢

치아가 고르다.
- **chi-a**-ga go-reu-da.
譯 **牙齒**很整齊。

補充單字 고르다 整齊的

이빨 名 牙齒

강아지 **이빨**이 날카롭다.
- gang-a-ji **i-ppa**-ri nal-ka-rop-tta.
譯 小狗的**牙齒**很利。

補充單字 강아지 小狗／날카롭다 銳利的

앞니 名 門牙

앞니가 튀어나왔다.
- **am-ni**-ga twi-eo-na-wat-tta.
譯 **門牙**突出來了。

補充單字 튀어나오다 突出來

어금니 名 臼齒

어금니가 아프다.
- **eo-geum-ni**-ga a-peu-da.
譯 **臼齒**很痛。

補充單字 아프다 痛；不舒服

사랑니 名 智齒

사랑니를 뽑았다.
- **sa-rang-ni**-reul ppo-bat-tta.
譯 把**智齒**拔掉了。

補充單字 뽑다 拔掉

잇몸 名 牙齦

잇몸이 분홍색이다.
- **in-mo**-mi bun-hong-sae-gi-da.
譯 **牙齦**是粉紅色。

補充單字 분홍색 粉紅色

漢 漢語延伸單字／外 外來語延伸單字

볼 名 臉頰

부끄러워서 **볼**이 빨개졌다.

• bu-kkeu-reo-wo-seo **bo**-ri ppal-kkae-jeot-tta.

譯 我因為害羞而**臉**紅了。

補充單字 부끄럽다 害羞／빨개지다 發紅

귀 名 耳朵

나는 **귀**걸이 사는 것을 좋아한다.

• na-neun **gwi**-geo-ri sa-neun geo-seul jjo-a-han-da.

譯 我喜歡買**耳**環。

補充單字 나 我（半語）／좋아하다 喜歡

귓볼 名 耳垂

귓볼이 두껍다.

• **gwit-ppo**-ri du-kkeop-tta.

譯 **耳垂**很厚。

補充單字 두껍다 厚的

턱 名 下巴

턱 밑에 여드름이 났다.

• **teok** mi-te yeo-deu-reu-mi nat-tta.

譯 **下巴**下面長了痘痘。

補充單字 밑 下面／여드름 粉刺；面皰

털 名 毛

다리에 **털**이 많다.

• da-ri-e **teo**-ri man-ta.

譯 在腳上有很多**毛**。

補充單字 다리 腳／많다 很多的

머리카락 名 頭髮

요즘 **머리카락**이 많이 떨어진다.

• yo-jeum **meo-ri-ka-ra**-gi ma-ni tteo-reo-jin-da.

譯 最近**頭髮**掉很多。

補充單字 요즘 最近／떨어지다 掉落

가르마 名 分線

내 **가르마**는 오른쪽이다.

• nae **ga-reu-ma**-neun o-reun-jjo-gi-da.

譯 我頭髮的**分線**是往右邊的。

補充單字 오른쪽 右邊

점 名 痣 ·············· 漢

얼굴에 **점**이 있다.

• eol-gu-re **jeo**-mi it-tta.

譯 **臉**上有**痣**。

補充單字 얼굴 臉／있다 有

여드름 名 痘痘

청소년기에는 **여드름**이 많이 난다.

• cheong-so-nyeon-gi-e-neun **yeo-deu-reu**-mi ma-ni nan-da.

譯 青春期會長很多**痘痘**。

補充單字 청소년기 青春期

◆身體 相關的情境單字

머리 名 頭

오늘 아침에 **머리**를 감았다.

• o-neul a-chi-me **meo-ri**-reul kka-mat-tta.

譯 今天早上洗**頭**。

補充單字 오늘 今天／아침 早上

상반신 名 上半身 ··············· 漢

상반신 사진을 제출해야 한다.
- **sang-ban-sin** sa-ji-neul jje-chul-hae-ya han-da.
譯 要繳上半身的照片。

補充單字 사진 照片／제출 提出；提交

하반신 名 下半身 ··············· 漢

수술을 위해 **하반신** 마취를 했다.
- su-su-reul wi-hae **ha-ban-sin** ma-chwi-reul haet-tta.
譯 要動手術而麻醉了下半身。

補充單字 수술 手術／마취 麻醉

목 名 脖子

잠을 제대로 못 자서 **목**이 뻐근하다.
- ja-meul jje-dae-ro mot ja-seo **mo**-gi ppeo-geun-ha-da.
譯 睡不好所以脖子很痠。

補充單字 잠 睡／뻐근하다 痠痛的

어깨 名 肩膀

어깨 마사지를 받았다.
- **eo-kkae** ma-sa-ji-reul ppa-dat-tta.
譯 做肩膀按摩。

補充單字 마사지 按摩／받다 接受

겨드랑이 名 腋下

겨드랑이에 땀이 난다.
- **gyeo-deu-rang-i**-e tta-mi nan-da.
譯 腋下流汗。

補充單字 땀 汗／나다 出來；出現

손 名 手

남자친구와 **손**을 잡고 걸었다.
- nam-ja-chin-gu-wa **so**-neul jjap-kko geo-reot-tta.
譯 與男朋友牽手走路。

補充單字 남자친구 男朋友

팔 名 手臂

두 **팔** 벌려 안아주었다.
- du **pal** ppeol-lyeo a-na-ju-eot-tta.
譯 敞開雙臂擁抱他。

補充單字 벌리다 張開／안다 擁抱

팔꿈치 名 手肘

요즘 **팔꿈치** 통증이 심해졌다.
- yo-jeum **pal-kkum-chi** tong-jeung-i sim-hae-jeot-tta.
譯 最近手肘的疼痛變嚴重了。

補充單字 통증 痛楚／심하다 嚴重的

손바닥 名 手掌

서울은 내 **손바닥**이다.
- seo-u-reun nae **son-ba-da**-gi-da.
譯 首爾是我手掌。

韓國俗諺 看自己手掌一樣很了解的意思。

補充單字 서울 首爾

손등 名 手背

왕자는 공주의 **손등**에 키스했다.
- wang-ja-neun gong-ju-ui **son-deung**-e ki-seu-haet-tta.
譯 王子親吻公主的手背。

補充單字 왕자 王子／키스하다 親吻

漢 漢語延伸單字／外 外來語延伸單字

손가락 名 手指

손가락으로 지도를 짚다.
- **son-ga-ra**-geu-ro ji-do-reul jjip-tta.
- 譯 用**手指**指了地圖。

補充單字 지도 地圖／짚다 指出

손톱 名 指甲

손톱에 매니큐어를 발랐다.
- **son-to**-be mae-ni-kyu-eo-reul ppal-lat-tta.
- 譯 在**指甲**上擦了指甲油。

補充單字 매니큐어 指甲油／바르다 抹；擦

손금 名 掌紋

할머니가 **손금**을 봐주었다.
- hal-meo-ni-ga **son-geu**-meul ppwa-ju-eot-tta.
- 譯 奶奶幫我看**掌紋**。

補充單字 할머니 奶奶／보다 看

쇄골 名 鎖骨 ·························· 漢

일자 모양의 **쇄골**이 예쁘다.
- il-ja mo-yang-ui **swae-go**-ri ye-ppeu-da.
- 譯 一字形的**鎖骨**很好看。

補充單字 일자 一字／모양 樣子

척추 名 脊椎

척추가 휘었다.
- **cheok-chu**-ga hwi-eot-tta.
- 譯 **脊椎**歪了。

補充單字 휘다 壓歪

가슴 名 胸部

가슴 근육 운동을 하다.
- **ga-seum** geu-nyuk un-dong-eul ha-da.
- 譯 鍛鍊**胸肌**。

補充單字 근육 肌肉／운동 運動

배 名 肚子

저녁을 너무 많이 먹어 **배**가 부르다.
- jeo-nyeo-geul neo-mu ma-ni meo-geo **bae**-ga bu-reu-da.
- 譯 晚餐吃太多所以**肚子**很飽。

補充單字 저녁 晚餐／먹다 吃

똥배 名 啤酒肚

살이쪄서 **똥배**가 나왔다.
- sa-ri-jjeo-seo **ttong-bae**-ga na-wat-tta.
- 譯 因為變胖所以有了**啤酒肚**。

補充單字 살찌다 變胖

배꼽 名 肚臍

사람마다 **배꼽** 모양이 다르다.
- sa-ram-ma-da **bae-kkop** mo-yang-i da-reu-da.
- 譯 每個人的**肚臍**都長得不一樣。

補充單字 사람 人／다르다 不一樣的

허리 名 腰

무거운 물건을 들었더니 **허리**가 아프다.
- mu-geo-un mul-geo-neul tteu-reot-tteo-ni **heo-ri**-ga a-peu-da.
- 譯 拿很重的東西，所以**腰**很痛。

補充單字 무겁다 沉重的／아프다 痛；不舒服

골반 名 骨盆 ·········· 漢

바지를 **골반**에 입는다.

• ba-ji-reul **kkol-ba**-ne im-neun-da.

譯 把褲子穿在**骨盆**。

補充單字 바지 褲子／입는다 穿著

엉덩이 名 屁股

간호사가 **엉덩이**에 주사를 놓았다.

• gan-ho-sa-ga **eong-deong-i**-e ju-sa-reul no-at-tta.

譯 護士在我**屁股**上打針。

補充單字 간호사 護士／주사를 놓다 打針

발 名 腿

발에 무좀이 생기다.

• **ba**-re mu-jo-mi saeng-gi-da.

譯 **腳**染上了香港腳。

補充單字 무좀 腳氣；香港腳

허벅지 名 大腿

허벅지 살을 빼는 것이 가장 힘들다.

• **heo-beok-jji** sa-reul ppae-neun geo-si ga-jang him-deul-tta.

譯 瘦**大腿**最難。

補充單字 빼다 減去／힘들다 吃力的

무릎 名 膝蓋

잘못해서 **무릎**을 꿇었다.

• jal-mo-tae-seo **mu-reu**-peul kku-reot-tta.

譯 做錯事，罰跪了（跪**膝蓋**）。

補充單字 잘못 錯誤／꿇다 跪下

다리 名 腳

오래 서있었더니 **다리**가 부었다.

• o-rae seo-i-sseot-tteo-ni **da-ri**-ga bu-eot-tta.

譯 站太久**腳**都腫起來了！

補充單字 오래 久／서다 站立

종아리 名 小腿

종아리에 쥐가 나다.

• **jong-a-ri**-e jwi-ga na-da.

譯 **小腿**麻掉了。

補充單字 쥐 抽筋；痙攣／나다 出來；出現

발목 名 腳踝

발목을 삐다.

• **bal-mo**-geul ppi-da.

譯 **腳踝**扭到了。

補充單字 삐다 扭傷

발등 名 腳背

발등에 불이 떨어지다.

• **bal-tteung**-e bu-ri tteo-reo-ji-da.

譯 **腳背**上掉了火。

韓國俗諺 發生緊急的事情。

補充單字 불 火／떨어지다 落下

발가락 名 腳趾

발가락에 물집이 잡혔다.

• **bal-kka-ra**-ge mul-ji-bi ja-pyeot-tta.

譯 **腳趾**上長了水泡。

補充單字 물집 水泡／잡히다 起泡

漢 漢語延伸單字／外 外來語延伸單字

발바닥 名 腳掌

발바닥이 간지럽다.

- bal-ppa-da-gi gan-ji-reop-tta.

譯 **腳掌**很癢。

補充單字 간지럽다 發癢

발꿈치 名 腳跟

키가 커보이기 위해 **발꿈치**를 들었다.

- ki-ga keo-bo-i-gi wi-hae bal-kkum-chi-reul tteu-reot-tta.

譯 為了要看起來更高一點，墊了**腳跟**。

補充單字 키 身高／보이다 看起來

◀身體不適 相關的情境單字

질병 名 疾病 ⋯⋯⋯⋯⋯⋯⋯ 漢

의사들은 **질병**치료 연구를 한다.

- ui-sa-deu-reun jil-byeong-chi-ryo yeon-gu-reul han-da.

譯 醫生們研究**疾病**治療。

補充單字 의사 醫生／연구 研究

감염 名 傳染 ⋯⋯⋯⋯⋯⋯⋯ 漢

세균에 **감염**되었다.

- se-gyu-ne ga-myeom-doe-eot-tta.

譯 被細菌**感染**。

補充單字 세균 細菌

세균 名 細菌 ⋯⋯⋯⋯⋯⋯⋯ 漢

손에는 많은 **세균**이 있다.

- so-ne-neun ma-neun se-gyu-ni it-tta.

譯 手上有很多**細菌**。

補充單字 손 手

상처 名 傷口 ⋯⋯⋯⋯⋯⋯⋯ 漢

넘어져서 **상처**가 났다.

- neo-meo-jeo-seo sang-cheo-ga nat-tta.

譯 跌倒後有**傷口**了。

補充單字 넘어지다 跌倒／나다 產生

흉터 名 疤痕

넘어진 상처가 **흉터**로 남았다.

- neo-meo-jin sang-cheo-ga hyung-teo-ro na-mat-tta.

譯 跌倒造成的傷口留下**疤痕**了。

補充單字 넘어지다 跌；摔／상처 傷口

부러지다 動 斷掉

다리가 **부러졌다**.

- da-ri-ga bu-reo-jeot-tta.

譯 腿**斷掉**了。

補充單字 다리 腳

아프다 形 痛；不舒服

아침부터 몸이 **아프다**.

- a-chim-bu-teo mo-mi a-peu-da.

譯 從早上開始身體就**不舒服**了。

補充單字 아침 早上／부터 從⋯⋯

구토 名 嘔吐

갑자기 **구토**가 났다.

- gap-jja-gi gu-to-ga nat-tta.

譯 突然想**嘔吐**。

補充單字 갑자기 突然

식은땀 名 冒汗

긴장해서 **식은땀**이 났다.
- gin-jang-hae-seo **si-geun-tta**-mi nat-tta.

譯 緊張得**冒汗**。

補充單字 긴장 緊張

임신 名 懷孕；妊娠 ⋯⋯⋯ 漢

의사가 **임신**이라고 알려주었다.
- ui-sa-ga **im-si**-ni-ra-go al-lyeo-ju-eot-tta.

譯 醫生告訴我**懷孕**了。

補充單字 의사 醫生

어지럽다 形 暈眩的

놀이기구를 탔더니 **어지럽다**.
- no-ri-gi-gu-reul tat-tteo-ni **eo-ji-reop-tta**.

譯 玩遊樂設施很**暈**。

補充單字 놀이기구 遊樂設施／타다 乘坐

기운이 없다 形 沒力氣

밥을 안 먹었더니 **기운이 없다**.
- ba-beul an meo-geot-tteo-ni **gi-u-ni eop-tta**.

譯 沒吃飯就**沒力氣**。

補充單字 밥 飯／먹다 吃

감기 名 感冒 ⋯⋯⋯⋯⋯ 漢

감기에 걸려 학교에 가지 않았다.
- **gam-gi**-e geol-lyeo hak-kkyo-e ga-ji a-nat-tta.

譯 **感冒**了所以沒去學校。

補充單字 학교 學校／가다 去

독감 名 流感 ⋯⋯⋯⋯⋯ 漢

독감에 걸려 병원에 입원했디.
- **dok-kka**-me geol-lyeo byeong-wo-ne i-won-haet-tta.

譯 得了**流感**所以住院了。

補充單字 걸리다 罹患／입원하다 住院

기침 名 咳嗽

감기에 걸려 계속 **기침**을 했다.
- gam-gi-e geol-lyeo gye-sok **gi-chi**-meul haet-tta.

譯 感冒一直**咳嗽**。

補充單字 계속 一直

재채기 名 打噴嚏

코가 간지러워서 자꾸 **재채기**가 나왔다.
- ko-ga gan-ji-reo-wo-seo ja-kku **jae-chae-gi**-ga na-wat-tta.

譯 鼻子癢會一直**打噴嚏**。

補充單字 코 鼻子／자꾸 總是

콧물이 나다 動 流鼻涕

시내 공기가 좋지 않아 **콧물이 났다**.
- si-nae gong-gi-ga jo-chi a-na **kon-mu-ri** nat-tta.

譯 因為市區的空氣不是很好而**流鼻涕**。

補充單字 시내 市區／공기 空氣

목이 따끔따끔하다
形 喉嚨刺刺的

감기에 걸린 것처럼 **목이 따끔따끔하다**.
- gam-gi-e geol-lin geot-cheo-reom **mo-gi tta-kkeum-tta-kkeum-ha-da**.

譯 像感冒一樣**喉嚨刺刺的**。

補充單字 걸리다 罹患；染病

漢 漢語延伸單字／ 外 外來語延伸單字

머리가 아프다 形 頭痛

복잡한 일들이 많이 생겨서 **머리가 아프다**.

• bok-jja-pan il-deu-ri ma-ni saeng-gyeo-seo **meo-ri-ga a-peu-da**.

譯 發生了很複雜的事情，真**頭痛**！

補充單字 복잡 複雜的／생기다 發生

편두통 名 偏頭痛 漢

편두통때문에 잠을 못 잔다.

• **pyeon-du-tong**-ttae-mu-ne ja-meul mot jan-da.

譯 因為有**偏頭痛**，所以睡不著。

補充單字 때문에 因為／잠 睡

생리통 名 生理痛 漢

생리통으로 어쩔 수없이 결근했다.

• **saeng-ni-tong**-eu-ro eo-jjeol su-eop-ssi gyeol-geun-haet-tta.

譯 因為**生理痛**，不得不請假了。

補充單字 결근하다 請假

치통 名 牙痛 漢

치통 때문에 치과에 가다.

• **chi-tong** ttae-mu-ne chi-gwa-e ga-da.

譯 因為**牙痛**去看牙科。

補充單字 치과 牙科／가다 去

복통 名 腹痛 漢

갑자기 **복통**이 왔다.

• gap-jja-gi **bok-tong**-i wat-tta.

譯 突然**腹痛**。

補充單字 갑자기 突然

배가 아프다 形 肚子痛

상한 음식을 먹어서 **배가 아프다**.

• sang-han eum-si-geul meo-geo-seo **bae-ga a-peu-da**.

譯 吃了腐壞的食物而**肚子痛**。

補充單字 상하다 壞；腐敗／음식 飲食

위염 名 胃炎 漢

위염 때문에 위가 아프다.

• **wi-yeom** ttae-mu-ne wi-ga a-peu-da.

譯 得了**胃炎**因此胃很痛。

補充單字 때문에 因為／아프다 痛的

위궤양 名 胃潰瘍 漢

요즘 **위궤양** 때문에 고생이다.

• yo-jeum **wi-gwe-yang** ttae-mu-ne go-saeng-i-da.

譯 最近因**胃潰瘍**而辛苦。

補充單字 요즘 最近／고생 辛苦

위암 名 胃癌 漢

위암은 초기에 발견하면 괜찮다.

• **wi-a**-meun cho-gi-e bal-kkyeon-ha-myeon gwaen-chan-ta.

譯 若早期發現**胃癌**就沒問題。

補充單字 초기 早期／괜찮다 沒關係的

대장암 名 大腸癌 漢

대장암에 걸리는 사람들이 늘고 있다.

• **dae-jang-a**-me geol-li-neun sa-ram-deu-ri neul-kko it-tta.

譯 罹患**大腸癌**的人越來越多。

補充單字 사람 人／늘다 增加

식도암 名 食道癌 ⋯⋯⋯⋯⋯ 漢

식도암은 무척 위험하다.
- **sik-tto-a**-meun mu-cheok wi-heom-ha-da.
譯 **食道癌**是很危險的。

補充單字 위험하다 危險的

백혈병 名 白血病 ⋯⋯⋯⋯⋯ 漢

백혈병에 걸린 어린이들을 위해 기부를 했다.
- **bae-kyeol-byeong**-e geol-lin eo-ri-ni-deu-reul wi-hae gi-bu-reul haet-tta.
譯 為了罹患**白血病**的孩子而捐款。

補充單字 위하다 為了／기부 捐款

불치병 名 不治之症 ⋯⋯⋯⋯⋯ 漢

불치병 환자를 위해 기도했다.
- **bul-chi-byeong** hwan-ja-reul wi-hae gi-do-haet-tta.
譯 為了罹患**不治之症**的人而禱告。

補充單字 환자 病患／기도하다 祈禱

당뇨병 名 糖尿病 ⋯⋯⋯⋯⋯ 漢

당뇨병은 단 것을 많이 먹으면 안된다.
- **dang-nyo-byeong**-eun dan geo-seul ma-ni meo-geu-myeon an-doen-da.
譯 有**糖尿病**的人不能吃太多甜的。

補充單字 것 ⋯⋯的／많다 多的

비만 名 肥胖 ⋯⋯⋯⋯⋯ 漢

비만아동은 사회적 문제이다.
- **bi-ma**-na-dong-eun sa-hoe-jeok mun-je-i-da.
譯 **肥胖**兒童已經成為社會的問題。

補充單字 사회적 社會的／문제 問題

고혈압 名 高血壓 ⋯⋯⋯⋯⋯ 漢

고혈압 환자들은 무리한 운동을 하면 안된다.
- **go-hyeo-rap** hwan-ja-deu-reun mu-ri-han un-dong-eul ha-myeon an-doen-da.
譯 **高血壓**患者不能做太激烈的運動。

補充單字 운동 運動／안된다 不可以

저혈압 名 低血壓 ⋯⋯⋯⋯⋯ 漢

나는 약간 **저혈압**이다.
- na-neun yak-kkan **jeo-hyeo-ra**-bi-da.
譯 我有點**低血壓**。

補充單字 나 我／약간 些微；稍微

우울증 名 憂鬱症 ⋯⋯⋯⋯⋯ 漢

우울증때문에 병원에 간다.
- **u-ul-jeung**-ttae-mu-ne byeong-wo-ne gan-da.
譯 因為**憂鬱症**而去醫院。

補充單字 병원 醫院

불면증 名 失眠症 ⋯⋯⋯⋯⋯ 漢

불면증때문에 고민이다.
- **bul-myeon-jeung**-ttae-mu-ne go-mi-ni-da.
譯 因**失眠症**而煩惱。

補充單字 고민 苦悶；煩惱

몸살 名 痠痛

중요한 행사가 끝난 후에 **몸살**이 났다.
- jung-yo-han haeng-sa-ga kkeun-nan hu-e **mom-sa**-ri nat-tta.
譯 結束很重要的活動之後，全身**痠痛**了。

補充單字 중요 重要的／후 後

漢 漢語延伸單字／外 外來語延伸單字

뻐근하다 形 （身體）痠的

어제 농구를 했더니 **뻐근하다**.

- eo-je nong-gu-reul haet-tteo-ni **ppeo-geun-na-da**.

譯 昨天打了籃球後，身體很痠。

補充單字 어제 昨天／농구 籃球

쥐가 나다 動 抽筋

수영하다 **쥐가 났다**.

- su-yeong-ha-da **jwi-ga nat-tta**.

譯 游泳時抽筋了。

補充單字 수영 游泳

빈혈 名 貧血 ·························· 漢

빈혈이 심해졌다.

- **bin-hyeo**-ri sim-hae-jeot-tta.

譯 貧血變嚴重了。

補充單字 심하다 嚴重的

기절하다 動 昏倒

갑자기 **기절하다**.

- gap-jja-gi **gi-jeol-la-da**.

譯 突然昏倒。

補充單字 갑자기 突然

쓰러지다 動 倒下

빈혈로 **쓰러지다**.

- bin-hyeol-lo **sseu-reo-ji-da**.

譯 因為有貧血而倒下。

補充單字 빈혈 貧血

◖就醫 相關的情境單字

접수하다 動 掛號

병원 문 닫기 전에 마지막으로 **접수했다**.

- byeong-won mun dat-kki jeo-ne ma-ji-ma-geu-ro **jeop-ssu-haet-tta**.

譯 在醫院打烊的前一刻掛號了。

補充單字 병원 醫院／마지막 最後

산부인과 名 婦產科

여성들은 정기적으로 **산부인과**에 검사를 받아야 한다.

- yeo-seong-deu-reun jeong-gi-jeo-geu-ro **san-bu-in-gwa**-e geom-sa-reul ppa-da-ya han-da.

譯 女生要定期去婦產科做檢查。

補充單字 여성 女性／검사 檢查

치과 名 牙科 ·························· 漢

치과가는 것이 제일 무섭다.

- **chi-gwa**-ga-neun geo-si je-il mu-seop-tta.

譯 最怕去看牙科了。

補充單字 제일 最／무섭다 害怕

안과 名 眼科

안과에서 시력검사를 했다.

- **an-gwa**-e-seo si-ryeok-kkeom-sa-reul haet-tta.

譯 在眼科檢查視力。

補充單字 시력 視力／검사 檢查

이비인후과 名 耳鼻喉科 ⋯⋯ 漢

콧물이 계속 니서 **이비인후과**에 갔다.

• kon-mu-ri gye-sok na-seo **i-bi-in-hu-gwa**-e gat-tta.

譯 一直流鼻水，所以去**耳鼻喉科**。

補充單字 계속 一直

내과 名 內科 ⋯⋯ 漢

아침에 갑자기 배가 아파 **내과**에 갔다.

• a-chi-me gap-jja-gi bae-ga a-pa **nae-gwa**-e gat-tta.

譯 早上突然肚子痛，所以去了**內科**。

補充單字 아침 早上／배 肚子

외과 名 外科 ⋯⋯ 漢

외과 접수를 했다.

• oe-gwa jeop-ssu-reul haet-tta.

譯 到**外科**掛號。

補充單字 접수 掛號

비뇨기과 名 泌尿科 ⋯⋯ 漢

오늘 **비뇨기과**에 사람이 많다.

• o-neul **ppi-nyo-gi-gwa**-e sa-ra-mi man-ta.

譯 今天在**泌尿科**有很多人。

補充單字 오늘 今天／많다 很多的

소아과 名 小兒科 ⋯⋯ 漢

동생이 감기에 걸려 **소아과**에 갔다.

• dong-saeng-i gam-gi-e geol-lyeo **so-a-gwa**-e gat-tta.

譯 弟弟感冒了，所以去看**小兒科**。

補充單字 동생 弟弟／감기 感冒

가정의학과 名 家庭醫學科

몸이 안좋으면 집 근처 **가정의학과**에 간다.

• mo-mi an-jo-cu-myeon jip geun-cheo **ga-jeong-ui-hak-kkwa**-e gan-da.

譯 身體不舒服時，去家附近的**家庭醫學科**看病。

補充單字 몸 身體／근처 附近

성형외과 名 整形外科 ⋯⋯ 漢

성형외과에서 쌍꺼풀 수술을 했다.

• **seong-hyeong-oe-gwa**-e-seo ssang-kkeo-pul su-su-reul haet-tta.

譯 去**整形外科**動雙眼皮手術。

補充單字 쌍꺼풀 雙眼皮／수술 手術

피부과 名 皮膚科 ⋯⋯ 漢

여드름이 많이 나서 **피부과**에 간다.

• yeo-deu-reu-mi ma-ni na-seo **pi-bu-gwa**-e gan-da.

譯 因為長很多痘痘而去看**皮膚科**。

補充單字 여드름 痘痘／나다 出來

治療 相關的情境單字

입원 名 住院 ⋯⋯ 漢

어제 **입원**했다.

• eo-je **i-bwon**-haet-tta.

譯 昨天**住院**了。

補充單字 어제 昨天

漢 漢語延伸單字／外 外來語延伸單字

퇴원 名 出院 ·········· 漢

다음주에 **퇴원**한다.
- da-eum-ju-e **toe-won**-han-da.

譯 下星期會**出院**。

補充單字 다음주 下週

치료 名 治療 ·········· 漢

상처난 곳에 **치료**를 받았다.
- sang-cheo-nan go-se **chi-ryo**-reul ppa-dat-tta.

譯 受傷的地方接受了**治療**。

補充單字 상처 傷口／곳 地方；所在

처방전 名 藥單；處方箋 ·········· 漢

처방전에는 약 종류가 써있다.
- **cheo-bang-jeo**-ne-neun yak jong-nyu-ga sseo-it-tta.

譯 **藥單**上寫著藥的種類。

補充單字 약 藥／종류 種類

비타민 名 維他命 ·········· 漢

매일 **비타민**C 약을 먹는다.
- mae-il **bi-ta-min** C ya-geul meong-neun-da.

譯 每天吃**維他命** C 的藥。

補充單字 매일 每天／약 藥

한약 名 韓藥（類似中藥）·········· 漢

매일 한번 **한약**을 먹는다.
- mae-il han-beon **ha-nya**-geul meong-neun-da.

譯 每天吃一次**韓藥**。

補充單字 매일 每天／한번 一次

다이어트 名 減肥 ·········· 外 diet

다이어트를 또 시작했다.
- **da-i-eo-teu**-reul tto si-ja-kaet-tta.

譯 又開始**減肥**了。

補充單字 또 又／시작하다 開始

물리치료 名 物理治療 ·········· 漢

교통사고 후 **물리치료**를 받는다.
- gyo-tong-sa-go hu **mul-li-chi-ryo**-reul ppan-neun-da.

譯 車禍後接受**物理治療**。

補充單字 교통사고 交通事故／받다 接受

주사를 놓다 動 打針

주사를 놓은 자리가 아프다.
- **ju-sa-reul no-eun** ja-ri-ga a-peu-da.

譯 被**打針**的地方很痛。

補充單字 자리 位置／아프다 痛；不舒服

헌혈하다 動 捐血

나는 정기적으로 **헌혈을 한다**.
- na-neun jeong-gi-jeo-geu-ro **heon-hyeo-reul han-da**.

譯 我定期**捐血**。

補充單字 나 我（半語）／정기적 定期

피검사 名 驗血

매년 **피검사**를 한다.
- mae-nyeon **pi-geom-sa**-reul han-da.

譯 每年**驗血**。

補充單字 매년 每年

면역 名 免疫 ⋯⋯⋯⋯⋯⋯⋯ 漢

면역이 약해지면 감기에 쉽게 걸린다.
• **myeo-nyeo**-gi ya-kae-ji-myeon gam-gi-e swip-kke geol-lin-da.

譯 **免疫**力變脆弱的話，很容易感冒的。

補充單字 약하다 脆弱的／쉽다 容易的

초음파 名 超音波 ⋯⋯⋯⋯⋯⋯ 漢

초음파 검사를 했다.
• **cho-eum-pa** geom-sa-reul haet-tta.

譯 做了**超音波**檢查了。

補充單字 검사 檢查／했다 做（過去式）

환자복 名 病人服 ⋯⋯⋯⋯⋯⋯ 漢

환자복이 하늘색이다.
• **hwan-ja-bo**-gi ha-neul-ssae-gi-da.

譯 **病人服**是天藍色。

補充單字 하늘색 天藍色

엑스레이 名 X 光 ⋯⋯ 外 X-ray

팔을 다쳐 **엑스레이**를 찍었다.
• pa-reul tta-cheo **ek-sseu-re-i**-reul jji-geot-tta.

譯 手受傷，照 X 光了。

補充單字 팔 手／찍다 拍攝

마취 名 麻醉 ⋯⋯⋯⋯⋯⋯⋯ 漢

마취가 되자 잠에 들었다.
• **ma-chwi**-ga doe-ja ja-me deu-reot-tta.

譯 **麻醉**後睡著了。

補充單字 잠 睡

수술 名 手術 ⋯⋯⋯⋯⋯⋯⋯ 漢

다리를 다쳐 **수술**해야 한다.
• da-ri-reul tta-cheo **su-sul**-hae-ya han-da.

譯 腳受傷了要動**手術**。

補充單字 다리 腳／다치다 受傷

깁스 名 石膏

부러진 다리에 **깁스**를 했다.
• bu-reo-jin da-ri-e **gip-sseu**-reul haet-tta.

譯 斷掉的腿打上**石膏**。

補充單字 부러지다 折斷／다리 腳

늘어나다 動 伸展

인대가 **늘어났다**.
• in-dae-ga **neu-reo-nat-tta**.

譯 韌帶已經復原可以**伸展**了。

補充單字 인대 韌帶

漢 漢語延伸單字／ 外 外來語延伸單字

Chapter

03/04

音檔連結
因各家手機系統不同，若無法直接掃描，仍可以至
（https://tinyurl.com/65xkhhaw）
電腦連結雲端下載。

Chapter 3
稱謂 & 家庭成員

⸜一般稱謂 相關的情境單字

나 名 我（半語）

나는 20살이다.
- **na**-neun seu-mu-sa-ri-da.
- 譯 我二十歲。

補充單字 살 歲

저 名 我（敬語）

저는 대만사람입니다.
- **jeo**-neun dae-man-sa-ra-mim-ni-da.
- 譯 我是臺灣人。

補充單字 대만 臺灣／사람 人

당신 名 你

당신은 아름답다.
- **dang-si**-neun a-reum-dap-tta.
- 譯 你很美。

補充單字 아름답다 美麗的

그 名 他

그는 멋있다.
- **geu**-neun meo-sit-tta.
- 譯 他很帥。

補充單字 멋있다 帥氣的

그녀 名 她

그녀는 예쁘다.
- **geu-nyeo**-neun ye-ppeu-da.
- 譯 她很漂亮。

補充單字 예쁘다 漂亮的

우리 名 我們

우리는 집에 간다.
- **u-ri**-neun ji-be gan-da.
- 譯 我們回家。

補充單字 집 家／가다 走；去

너희들 名 你們

너희들은 어디로 가니?
- **neo-hi-deu**-reun eo-di-ro ga-ni?
- 譯 你們去哪裡？

補充單字 어디 哪裡／가다 去

그들 名 他們

그들은 좋은 친구이다.
- **geu-deu**-reun jo-eun chin-gu-i-da.
- 譯 他們是好朋友。

補充單字 좋다 好的／친구 朋友

여러분 名 大家

여러분 만나서 반갑습니다.
- **yeo-reo-bun** man-na-seo ban-gap-sseum-ni-da.
- 譯 很開心認識大家。

補充單字 만나다 見；碰上／반갑다 歡喜的

이 사람 名 這個人

이 사람은 세 친구입니다.
- **i sa-ra**-meun je chin-gu-im-ni-da.
- 譯 **這個人**是我朋友。

補充單字 제 我的／친구 朋友

저 사람 名 那個人

저 사람은 경찰입니다.
- **jeo sa-ra**-meun gyeong-cha-rim-ni-da.
- 譯 **那個人**是警察。

補充單字 경찰 警察

이 분 名 這位（敬語）

이 분은 저희 선생님이십니다.
- **i bu**-neun jeo-hi seon-saeng-ni-mi-sim-ni-da.
- 譯 **這位**是我們老師。

補充單字 선생님 老師

저 분 名 那位（敬語）

저 분은 저희 사장님이십니다.
- **jeo bu**-neun jeo-hi sa-jang-ni-mi-sim-ni-da.
- 譯 **那位**是我們老闆。

補充單字 사장님 老闆

이 것 名 這個

이 것은 열쇠입니다.
- **i geo**-seun yeol-soe-im-ni-da.
- 譯 **這個**是鑰匙。

補充單字 열쇠 鑰匙

저 것 名 那個

저 것은 야채입니다.
- **jeo geo**-seun ya-chae-im-ni-da.
- 譯 **那個**是蔬菜。

補充單字 야채 蔬菜

아저씨 名 大叔

아저씨, 이것 얼마에요?
- **a-jeo-ssi**, i-geo eol-ma-e-yo?
- 譯 **大叔**，這個要多少錢呢？

補充單字 이것 這個／얼마 多少

아줌마 名 阿姨

아줌마, 제가 들게요.
- **a-jum-ma**, je-ga deul-kke-yo.
- 譯 **阿姨**，我幫你拿。

補充單字 제 我

노인 名 老人 ⋯⋯⋯⋯⋯⋯⋯⋯⋯ 漢

노인을 공경해야 한다.
- **no-i**-neul kkong-gyeong-hae-ya han-da.
- 譯 要尊敬**老人**。

補充單字 공경 尊敬

漢 漢語延伸單字／外 外來語延伸單字

청소년 名 青少年 ·············· 漢

청소년기는 매우 중요하다.
- **cheong-so-nyeon**-gi-neun mae-u jung-yo-ha-da.

譯 **青少年**期很重要。

補充單字 매우 很；非常／중요하다 重要的

청년 名 青年 ·············· 漢

청년들은 꿈을 가져야 한다.
- **cheong-nyeon**-deu-reun kku-meul kka-jeo-ya han-da.

譯 **青年**要有夢想。

補充單字 꿈 夢；夢想

어린이 名 小孩子

어린이들은 순수하다.
- **eo-ri-ni**-deu-reun sun-su-ha-da.

譯 **小孩子**很純真。

補充單字 순수하다 純真的

◀所有格 相關的情境單字

나의 名 助 我的（半語）

나의 가족들은 한국에 있다.
- **na-ui** ga-jok-tteu-reun han-gu-ge it-tta.

譯 **我的**家人在韓國。

補充單字 가족 家族；家人

저의 名 助 我的（敬語）

이쪽은 **저의** 어머니입니다.
- i-jjo-geun **jeo-ui** eo-meo-ni-im-ni-da.

譯 這是**我的**母親。

補充單字 이쪽 這邊／어머니 母親

당신의 名 助 你的

당신의 가방이 여기 있습니다.
- **dang-si-nui** ga-bang-i yeo-gi it-sseum-ni-da.

譯 **你的**包包在這裡。

補充單字 가방 包包／여기 這裡

엄마의 名 助 媽媽的

나는 **엄마의** 사랑스러운 딸이다.
- na-neun **eom-ma-ui** sa-rang-seu-reo-un tta-ri-da.

譯 我是**媽媽的**可愛女兒。

補充單字 사랑스럽다 可愛的／딸 女兒

◀家庭成員 相關的情境單字

가족 名 家人

우리 **가족**은 미국에 삽니다.
- u-ri **ga-jo**-geun mi-gu-ge sam-ni-da.

譯 我**家人**住在美國。

補充單字 미국 美國／사다 置產；住在

식구 名 家人（口人）

우리 가족은 네 **식구**입니다.
- u-ri ga-jo-geun ne **sik-kku**-im-ni-da.

譯 我家人一共四**口人**。

補充單字 가족 家人

어머니 名 母親

저희 **어머니**는 가정주부입니다.
- jeo-hi **eo-meo-ni**-neun ga-jeong-ju-bu-im-ni-da.

譯 我**母親**是家庭主婦。

補充單字 가정주부 家庭主婦

엄마 名 媽媽

엄마가 저녁을 해주었다.
- **eom-ma**-ga jeo-nyeo-geul hae-ju-eot-tta.

譯 **媽媽**煮晚餐給我吃。

補充單字 저녁 晚餐

아버지 名 父親

아버지는 회사원이다.
- **a-beo-ji**-neun hoe-sa-wo-ni-da.

譯 **父親**是上班族。

補充單字 회사원 上班族

아빠 名 爸爸

아빠와 아들이 닮았다.
- **a-ppa**-wa a-deu-ri dal-mat-tta.

譯 **爸爸**與兒子很像。

補充單字 아들 兒子／닮다 像；似

누나 名 姊姊（男性稱呼姊姊）

우리 누나와 나는 3살 차이가 난다.
- u-ri **nu-na**-wa na-neun sam-sal cha-i-ga nan-da.

譯 我跟我**姊**差三歲。

補充單字 살 歲／차이 差異；出入

언니 名 姊姊（女性稱呼姊姊）

우리 언니는 의사이다.
- u-ri **eon-ni**-neun ui-sa-i-da.

譯 我**姊姊**是醫生。

補充單字 우리 我們；親密稱「我的」／의사 醫生

형 名 哥哥（男性稱呼哥哥）

우리 형은 한국에 산다.
- u-ri **hyeong**-eun han-gu-ge san-da.

譯 我**哥哥**住在韓國。

補充單字 한국 韓國／사다 置產；住在

오빠 名 哥哥（女性稱呼哥哥）

우리 오빠는 가수다.
- u-ri **o-ppa**-neun ga-su-da.

譯 我**哥哥**是歌手。

補充單字 가수 歌手

남동생 名 弟弟

내 남동생은 초등학생이다.
- nae **nam-dong-saeng**-eun cho-deung-hak-ssaeng-i-da.

譯 我**弟弟**是國小學生。

補充單字 초등 國小／학생 學生

여동생 名 妹妹

내 여동생은 바이올린을 할 줄 안다.
- nae **yeo-dong-saeng**-eun ba-i-ol-li-neul hal jjul an-da.

譯 我**妹妹**會拉小提琴。

補充單字 내 我的／바이올린 小提琴

첫째 名 老大

나는 첫째 아들이다.
- na-neun **cheot-jjae** a-deu-ri-da.

譯 我是**第一個**兒子。

補充單字 아들 兒子

漢 漢語延伸單字／外 外來語延伸單字

둘째 名 老二

둘째 아들은 공부를 잘 한다.
- **dul-jjae** a-deu-reun gong-bu-reul jjal han-da.

譯 老二很會讀書。

補充單字 아들 兒子／공부 讀書；唸書

막내 名 老么

막내는 어딜가나 사랑받는다.
- **mang-nae**-neun eo-dil-ga-na sa-rang-ban-neun-da.

譯 老么不管到哪裡都很受歡迎。

補充單字 사랑 喜愛／받다 收到；接到

아들 名 兒子

아들은 믿음직스럽다.
- **a-deu**-reun mi-deum-jik-sseu-reop-tta.

譯 兒子又乖又可靠。

補充單字 믿음직스럽다 可靠的；可以信任的

딸 名 女兒

딸은 엄마의 좋은 친구이다.
- **tta**-reun eom-ma-ui jo-eun chin-gu-i-da.

譯 女兒是媽媽的好朋友。

補充單字 엄마 媽媽／친구 朋友

◀親戚稱謂 相關的情境單字

사촌 名 堂兄弟姊妹（父親家族之親戚）

우리 **사촌**들은 키가 크다.
- u-ri **sa-chon**-deu-reun ki-ga keu-da.

譯 我堂兄弟姊妹都很高。

補充單字 키 身高／크다 高的

외사촌 名 表兄弟姊妹（母親家族之親戚）

우리 **외사촌**들은 다 재미있다.
- u-ri **oe-sa-chon**-deu-reun da jae-mi-it-tta.

譯 我表兄弟姊妹都很有趣。

補充單字 다 全都／재미있다 有趣的

할머니 名 奶奶

우리 **할머니**는 농사를 지으신다.
- u-ri **hal-meo-ni**-neun nong-sa-reul jji-eu-sin-da.

譯 我奶奶種田。

補充單字 농사 農事

할아버지 名 爺爺

우리 **할아버지**는 차를 즐겨 마신다.
- u-ri **ha-ra-beo-ji**-neun cha-reul jjeul-kkyeo ma-sin-da.

譯 我爺爺喜歡喝茶。

補充單字 차 茶／마시다 喝

외할머니 名 外婆

우리 **외할머니**는 노래를 잘 하신다.
- u-ri **oe-hal-meo-ni**-neun no-rae-reul jjal ha-sin-da.

譯 我外婆很會唱歌。

補充單字 노래 歌／잘 做得好的

외할아버지 名 外公

우리 **외할아버지**는 서예를 잘 쓰신다.
- u-ri **oe-ha-ra-beo-ji**-neun seo-ye-reul jjal sseu-sin-da.

譯 我外公很會寫書法。

補充單字 서예 書法／쓰다 做；使用

이모 名 阿姨 ⋯⋯⋯⋯⋯⋯⋯⋯⋯⋯⋯ 漢

우리 **이모**는 화장품이 많다.
• u-ri **i-mo**-neun hwa-jang-pu-mi man-ta.
譯 我**阿姨**有很多化妝品。
補充單字 화장품 化妝品／많다 多的

외삼촌 名 舅舅

우리 **외삼촌**은 용돈을 자주 주신다.
• u-ri **oe-sam-cho**-neun yong-do-neul jja-ju ju-sin-da.
譯 我**舅舅**很常給我零用錢。
補充單字 용돈 零用錢／자주 常常；時常

고모 名 姑姑 ⋯⋯⋯⋯⋯⋯⋯⋯⋯⋯⋯ 漢

우리 **고모**는 부자다.
• u-ri **go-mo**-neun bu-ja-da.
譯 我**姑姑**很有錢。
補充單字 부자다 有錢的

삼촌 名 叔叔

우리 **삼촌**은 정치인이다.
• u-ri **sam-cho**-neun jeong-chi-i-ni-da.
譯 我**叔叔**是政治家。
補充單字 정치인 政治家

큰아빠 名 大伯

우리 **큰아빠**는 시인이다.
• u-ri **keu-na-ppa**-neun si-i-ni-da.
譯 我**大伯**是詩人。
補充單字 시인 詩人

큰엄마 名 嬸嬸

우리 **큰엄마**는 요리를 잘 하신다.
• u-ri **keu-neom-ma**-neun yo-ri-reul jjal ha-sin-da.
譯 我**嬸嬸**很會煮菜。
補充單字 요리 料理／잘 做得好的

사촌언니 名 堂姊

우리 **사촌언니**는 화가이다.
• u-ri **sa-cho-neon-ni**-neun hwa-ga-i-da.
譯 我**堂姊**是畫家。
補充單字 화가 畫家

사촌동생 名 堂妹／弟

우리 **사촌동생**은 고등학생이다.
• u-ri **sa-chon-dong-saeng**-eun go-deung-hak-ssaeng-i-da.
譯 我**堂弟**是高中生。
補充單字 고등 高中

외사촌오빠 名 表哥

우리 **외사촌오빠**는 올해 결혼한다.
• u-ri **oe-sa-cho-no-ppa**-neun ol-hae gyeol-hon-han-da.
譯 我**表哥**今年要結婚了。
補充單字 올해 今年／결혼한다 結婚

손자 名 孫子 ⋯⋯⋯⋯⋯⋯⋯⋯⋯⋯⋯ 漢

나는 **손자**가 8명 있다.
• na-neun **son-ja**-ga yeo-deo-myeong it-tta.
譯 我有八個**孫子**。
補充單字 명 名；位

漢 漢語延伸單字／外 外來語延伸單字

손녀 名 孫女 .... 漢

처음으로 **손녀**를 보았다.
- cheo-eu-meu-ro **son-nyeo**-reul ppo-at-tta.

譯 第一次有了**孫女**。

補充單字 처음 第一次

◀親家稱謂 相關的情境單字

시어머니 名 婆婆

시어머니가 좋아보인다.
- **si-eo-meo-ni**-ga jo-a-bo-in-da.

譯 **婆婆**看起來很好。

補充單字 좋다 好的／보이다 看起來

시아버지 名 公公

시아버지가 재밌어보인다.
- **si-a-beo-ji**-ga jae-mi-sseo-bo-in-da.

譯 **公公**看起來很有趣。

補充單字 재미있다 有趣的

장모님 名 岳母

장모님은 요리를 잘 한다.
- **jang-mo-ni**-meun yo-ri-reul jjal han-da.

譯 **岳母**很會做菜。

補充單字 요리 料理／잘 做得好的

장인어른 名 岳父

장인어른은 골프를 좋아하신다.
- **jang-i-neo-reu**-neun gol-peu-reul jjo-a-ha-sin-da.

譯 **岳父**喜歡打高爾夫球。

補充單字 골프 高爾夫

며느리 名 媳婦

며느리는 시어머니에게 잘 한다.
- **myeo-neu-ri**-neun si-eo-meo-ni-e-ge jal han-da.

譯 **媳婦**對婆婆很好。

補充單字 잘 很好的

사위 名 女婿

사위는 아들과 같다.
- **sa-wi**-neun a-deul-kkwa gat-tta.

譯 **女婿**像兒子一樣。

補充單字 아들 兒子／같다 相同；一樣

◀結婚 相關的情境單字

맞선 名 相親

주말에 **맞선**을 볼 것이다.
- ju-ma-re **mat-sseo**-neul ppol geo-si-da.

譯 週末打算去**相親**。

補充單字 주말 週末

결혼 名 結婚

내년에 **결혼**할 계획이다.
- nae-nyeo-ne **gyeol-hon**-hal kkye-hoe-gi-da.

譯 打算明年要**結婚**。

補充單字 내년 明年／계획하다 計畫

시집가다 動 女性結婚；嫁

우리 언니는 **시집갔다**.
- u-ri eon-ni-neun **si-jip-kkat-tta**.

譯 我姊姊**嫁人**了。

補充單字 언니 姊姊

장가가다 動 男性結婚；娶

우리 오빠는 **장가가고** 나서 집에 살
안 온다.

• u-ri o-ppa-neun **jang-ga-ga-go** na-seo ji-be jal
an on-da.

譯 我的哥哥**結婚**之後不常回家。

補充單字 오빠 哥哥／온다 到；過來

신랑 名 新郎 ⋯⋯⋯⋯⋯⋯ 漢

신랑이 잘 생겼다.

• **sil-lang**-i jal ssaeng-gyeot-tta.

譯 **新郎**長得很好看。

補充單字 생기다 生長；長得

신부 名 新娘 ⋯⋯⋯⋯⋯⋯⋯ 漢

신부가 행복해보인다.

• **sin-bu**-ga haeng-bo-kae-bo-in-da.

譯 **新娘**看起來很幸福。

補充單字 행복 幸福／보이다 看起來

부부 名 夫婦 ⋯⋯⋯⋯⋯⋯⋯ 漢

부부는 닮아간다.

• **bu-bu**-neun dal-ma-gan-da.

譯 **夫婦**越來越像。

補充單字 닮다 像；似

약혼식 名 訂婚 ⋯⋯⋯⋯⋯⋯ 漢

우리는 먼저 **약혼식**을 올렸다.

• u-ri-neun meon-jeo **ya-kon-si**-geul ol-lyeot-tta.

譯 我們先**訂婚**了。

補充單字 먼저 首先／올리다 舉行

하객 名 嘉賓

하객들이 매우 많이 왔다.

• **ha-gaek**-tteu-ri mae-u ma-ni wat-tta.

譯 很多**嘉賓**來了。

補充單字 많이 很多的／오다 來；到

결혼반지 名 結婚戒指

백화점에서 **결혼반지**를 골랐다.

• bae-kwa-jeo-me-seo **gyeol-hon-ban-ji**-reul
kkol-lat-tta.

譯 在百貨公司選**結婚戒指**。

補充單字 백화점 百貨公司／고르다 挑選

청첩장 名 喜帖

청첩장에 사진을 넣었다.

• **cheong-cheop-jjang**-e sa-ji-neul neo-eot-tta.

譯 **喜帖**上放了照片。

補充單字 사진 照片／넣다 放；裝進

가족사진 名 全家福

이 것은 우리 **가족사진**이다.

• i geo-seun u-ri **ga-jok-ssa-ji**-ni-da.

譯 這是我們**全家福**。

補充單字 이 것 這個／우리 我們

신혼 名 新婚

우리는 아직 **신혼**이다.

• u-ri-neun a-jik **sin-ho**-ni-da.

譯 我們還是**新婚**。

補充單字 아직 還是

漢 漢語延伸單字／外 外來語延伸單字

신혼여행 名 度蜜月 ⋯⋯⋯ 漢

하와이로 **신혼여행**을 갔다.
- ha-wa-i-ro **sin-ho-nyeo-haeng**-eul kkat-tta.
(譯) 去夏威夷**度蜜月**。

補充單字 하와이 夏威夷

결혼식 名 結婚典禮 ⋯⋯⋯ 漢

토요일에 친구 **결혼식**에 가야 한다.
- to-yo-i-re chin-gu **gyeol-hon-si**-ge ga-ya han-da.
(譯) 星期六要去朋友**結婚典禮**。

補充單字 토요일 星期六／친구 朋友

혼인신고 名 婚姻登記 ⋯⋯ 漢

오늘 **혼인신고**를 했다.
- o-neul **ho-nin-sin-go**-reul haet-tta.
(譯) 今天做**婚姻登記**。

補充單字 오늘 今天

이혼 名 離婚 ⋯⋯⋯⋯⋯ 漢

이혼은 심사숙고해야 한다.
- i-ho-neun sim-sa-suk-kko-hae-ya han-da.
(譯) **離婚**是要再次考慮的。

補充單字 심사숙고하다 再三考慮

◆家庭 相關的情境單字

집 名 家

우리**집**은 서울이다.
- u-ri-**ji**-beun seo-u-ri-da.
我**家**在首爾。

補充單字 서울 首爾

댁 名 家 (敬語)

외할머니**댁**은 부산이다.
- oe-hal-meo-ni-**dae**-geun bu-sa-ni-da.
(譯) 外婆**家**在釜山。

補充單字 외할머니 外婆／부산 釜山

다문화가정 名 多文化家庭 (父母一方是外國人) ⋯⋯⋯⋯⋯ 漢

다문화가정이 점점 많아진다.
- **da-mun-hwa-ga-jeong**-i jeom-jeom ma-na-jin-da.
(譯) **多文化家庭**越來越多了。

補充單字 점점 漸漸地／많다 多的

입양 名 領養 ⋯⋯⋯⋯⋯ 漢

매년 많은 아이들이 해외로 **입양**된다.
- mae-nyeon ma-neun a-i-deu-ri hae-oe-ro **i-byang**-doen-da.
(譯) 每年有很多小孩被**領養**到國外。

補充單字 매년 每年／해외 海外

혈연관계 名 血緣關係 ·········· 漢

우리는 **혈연관계**는 없지만 가족과 같다.

• u-ri-neun **hyeo-ryeon-gwan-gye**-neun eop-jji-man ga-jok-kkwa gat-tta.

譯 我們沒有**血緣關係**，但是卻像家人一樣。

補充單字 가족 家人／같다 相同；一樣

양육 名 養育 ····························· 漢

많은 사람들에게 **양육**은 큰 문제이다.

• ma-neun sa-ram-deu-re-ge **yang-yu**-geun keun mun-je-i-da.

譯 對很多人而言，**養育**是一個很大的問題。

補充單字 사람들 人們／문제 問題

육아 名 育兒 ························· 漢

여자는 **육아**를 담당한다.

• yeo-ja-neun **yu-ga**-reul ttam-dang-han-da.

譯 女生負責**育兒**。

補充單字 여자 女性／담당하다 擔任；擔當

유아 名 幼兒 ····················· 漢

유아용품은 종류가 많다.

• **yu-a**-yong-pu-meun jong-nyu-ga man-ta.

譯 **幼兒**用品有很多種。

補充單字 종류 種類／많다 多的

쌍둥이 名 雙胞胎

언니와 나는 **쌍둥이**이다.

• eon-ni-wa na-neun **ssang-dung-i**-i-da.

譯 姊姊跟我是**雙胞胎**。

補充單字 언니 姊姊／～와 和；與

기저귀 名 尿布

아기의 **기저귀**를 갈다.

• a-gi-ui **gi-jeo-gwi**-reul kkal-tta.

譯 換孩子的**尿布**。

補充單字 아기 孩子／갈다 更換

인형 名 娃娃 ·················· 漢

여동생은 **인형**을 매우 좋아한다.

• yeo-dong-saeng-eun **in-hyeong**-eul mae-u jo-a-han-da.

譯 妹妹非常喜歡**娃娃**。

補充單字 여동생 妹妹／좋아하다 喜歡

장난감 名 玩具

조카는 로보트 **장난감**을 좋아한다.

• jo-ka-neun ro-bo-teu **jang-nan-ga**-meul jjo-a-han-da.

譯 侄子喜歡機器人**玩具**。

補充單字 조카 侄子／로보트 機器人

가사 名 家事 ·················· 漢

가사일은 쉽지 않다.

• **ga-sa**-i-reun swip-jji an-ta.

譯 **家事**並不容易。

補充單字 쉽다 簡單的；容易的／않다 不做

漢 漢語延伸單字／外 外來語延伸單字

Chapter 4
數字 & 數量

◀ 漢字式數字 相關的情境單字

漢字式數字為漢字衍伸而來，大部分需要用
數字時會使用之，例如：電話號碼、車號、
日子……

숫자 名 數字 .... 漢

이 **숫자**들을 합하면 팔천칠백오십삼
만이천이다.

- i **sut-jja**-deu-reul ha-pa-myeon pal-cheon-chil-
  bae-go-sip-ssam-ma-ni-cheo-ni-da.

譯 這些**數字**加總起來是八千七百五十三萬又
兩千。

補充單字 합치다 加總起來

영 名 零 .... 漢

기상예보에서는 내일 날씨가 **영**하 5
도까지 내려 간다고 한다.

- gi-sang-ye-bo-e-seo-neun nae-il nal-ssi-kka
  yeong-ha o-do-kka-ji nae-ryeo gan-da-go han-
  da.

譯 氣象報告說明天氣溫會下降到**零**下五度。

補充單字 기상예보 氣象預報／영하 零下

공 名 零（口語）......................... 漢

국제전화를 걸 때 지역번호 앞 **공**을
생략한다.

- guk-jje-jeon-hwa-reul kkeol ttae ji-yeok-ppeon-
  ho ap **gong**-eul ssaeng-nya-kan-da.

譯 打國際電話時要省略區域號碼前面的
「零」。

補充單字 걸다 打／생략하다 省略

일 名 一 .... 漢

동생은 시험에서 반 전체 **일**등을 했
다.

- dong-saeng-eun si-heo-me-seo ban jeon-che
  il-deung-eul haet-tta.

譯 弟弟考了全班第一名。

補充單字 시험 考試／동생 弟弟

이 名 二 .... 漢

학교 수영대회에서 그는 **이**등을 했다.

- hak-kkyo su-yeong-dae-hoe-e-seo geu-neun
  i-deung-eul haet-tta.

譯 他在學校舉辦的游泳比賽得了第二名。

補充單字 학교 學校／하다 得到

삼 名 三 .... 漢

동생은 전 학년에서 달리기 **삼**등을 했
다.

- dong-saeng-eun jeon hang-nyeo-ne-seo dal-li-
  gi **sam**-deung-eul haet-tta.

譯 妹妹跑步拿到全年級第三名。

補充單字 여동생 妹妹／학년 年級

사 名 四 ⋯⋯⋯⋯⋯⋯ 漢

교과서 **사**쪽은 테스트이다.
- gyo-gwa-seo **sa**-jjo-geun te-seu-teu-i-da.

譯 課本第**四**頁是測驗。

補充單字 쪽 頁碼／테스트 測驗

오 名 五 ⋯⋯⋯⋯⋯⋯ 漢

우리 할머니는 올해 **오**십**오**세이다.
- u-ri hal-meo-ni-neun ol-hae **o**-si-bo-se-i-da.

譯 我奶奶今年**五十五**歲。

補充單字 우리 我／세 歲數

육 名 六 ⋯⋯⋯⋯⋯⋯ 漢

우리 조카는 올해 **육**세 생일이다.
- u-ri jo-ka-neun ol-hae **yuk**-sse saeng-i-ri-da.

譯 今天是我侄子**六**歲生日。

補充單字 조카 姪子／생일 生日

칠 名 七 ⋯⋯⋯⋯⋯⋯ 漢

동화에는 **칠**(일곱) 난장이가 나온다.
- dong-hwa-e-neun **chil** nan-jang-i-ga na-on-da.

譯 童話故事裡有**七**個小矮人。

補充單字 동화 童話／난장이 小矮人

팔 名 八 ⋯⋯⋯⋯⋯⋯ 漢

그 집에는 **팔**(여덟)명의 어린이가 있다.
- geu ji-be-neun **pal**-myeong-ui eo-ri-ni-ga it-tta.

譯 他們家有**八**位小朋友。

補充單字 어린이 小朋友／있다 有

구 名 九 ⋯⋯⋯⋯⋯⋯ 漢

엄마는 오늘 시장에서 사과 **구**(아홉) 개를 샀다.
- eom-ma-neun o-neul ssi-jang-e-seo sa-gwa **gu**-kkae reul ssat-tta.

譯 媽媽今天在市場買了**九**顆蘋果。

補充單字 시장 市場／사과 蘋果

십 名 十 ⋯⋯⋯⋯⋯⋯ 漢

십일 후에 시골에 놀러간다.
- si-bil hu-e si-go-re nol-leo-gan-da.

譯 再過**十**天我要去鄉下玩。

補充單字 시골 鄉下／후 後

이십 名 二十 ⋯⋯⋯⋯⋯⋯ 漢

그들 모두 **이십**대 젊은이이다.
- geu-deul mo-du **i-sip**-ttae jeol-meu-ni-i-da.

譯 他們都是**二十**幾歲的年輕人。

補充單字 젊은이 年輕人

삼십 名 三十 ⋯⋯⋯⋯⋯⋯ 漢

그 회사 직원들의 연령은 모두 **삼십**대이다.
- geu hoe-sa ji-gwon-deu-rui yeol-lyeong-eun mo-du **sam-sip**-ttae-i-da.

譯 他們公司人員的年齡都在**三十**歲左右。

補充單字 직원 職員；公司人員／연령 年齡

사십 名 四十 ⋯⋯⋯⋯⋯⋯ 漢

우리 학생의 어머니는 **사십**대이다.
- u-ri hak-ssaeng-ui eo-meo-ni-neun **sa-sip**-ttae-i-da.

譯 我學生的媽媽**四十**多歲。

補充單字 의 的

오십 名 五十 ⋯⋯⋯⋯⋯⋯⋯⋯ 漢

자동차 **오십**대가 주차장에 있다.
• ja-dong-cha **o-sip**-ttae-ga ju-cha-jang-e it-tta.
譯 **五十**臺汽車停在停車場。

補充單字 주차장 停車場

육십 名 六十 ⋯⋯⋯⋯⋯⋯⋯⋯ 漢

육십년대 젊은이들의 생각은 매우 다르다.
• **yuk-ssim**-nyeon-dae jeol-meu-ni-deu-rui saeng-ga-geun mae-u da-reu-da.
譯 **六十**年代年輕人的想法很不一樣。

補充單字 생각 想法／다르다 不同

칠십 名 七十 ⋯⋯⋯⋯⋯⋯⋯⋯ 漢

우리 할머니는 **칠십**대이다.
• u-ri hal-meo-ni-neun **chil-sip**-ttae-i-da.
譯 我奶奶**七十**多歲了。

補充單字 할머니 奶奶／대 多歲

팔십 名 八十 ⋯⋯⋯⋯⋯⋯⋯⋯ 漢

팔십대 노인이 혼자 생활하는 것은 불쌍하다.
• **pal-ssip**-ttae no-i-ni hon-ja saeng-hwal-ha-neun geo-seun bul-ssang-ha-da.
譯 **八十**幾歲的老人獨自生活很可憐。

補充單字 노인 老人／불쌍하다 可憐

구십 名 九十 ⋯⋯⋯⋯⋯⋯⋯⋯ 漢

그의 할아버지는 **구십**대이다.
• geu-ui ha-ra-beo-ji-neun **gu-sip**-ttae-i-da.
譯 他爺爺**九十**多歲了。

補充單字 할아버지 爺爺

백 名 百 ⋯⋯⋯⋯⋯⋯⋯⋯⋯⋯ 漢

발렌타인데이날 **백**송이 장미꽃을 받았다.
• bal-len-ta-in-de-i-nal **ppaek**-ssong-i jang-mi-kko-cheul ppa-dat-tta.
譯 情人節她收到**一百**朵玫瑰花。

補充單字 발렌타인데이 情人節／장미 玫瑰花

천 名 千 ⋯⋯⋯⋯⋯⋯⋯⋯⋯⋯ 漢

이 도시의 인구는 **천**만이다.
• i do-si-ui in-gu-neun **cheon**-ma-ni-da.
譯 這個城市有**一千**萬人口了。

補充單字 도시 城市／인구 人口

만 名 萬 ⋯⋯⋯⋯⋯⋯⋯⋯⋯⋯ 漢

한화에는 **만**원짜리 액수 지폐가 있다.
• han-hwa-e-neun **ma**-nwon-jja-ri aek-ssu ji-pye-ga it-tta.
譯 韓幣有一張**一萬**元的面額。

補充單字 한화 韓幣

십만 名 十萬 ⋯⋯⋯⋯⋯⋯⋯⋯ 漢

오빠는 **십만**원짜리 수표를 냈다.
• o-ppa-neun **sim-ma**-nwon-jja-ri su-pyo-reul naet-tta.
譯 哥哥開出**十萬**元支票支付費用。

補充單字 오빠 哥哥

백만 名 百萬 ⋯⋯⋯⋯⋯⋯⋯⋯ 漢

이 스포츠카의 가치는 **백만**위안이다.
• i seu-po-cheu-ka-ui ga-chi-neun **baeng-ma**-nwi-a-ni-da.
譯 這輛跑車價值**一百**多**萬**元。

補充單字 가치 價值

천만 名 千萬　　　　　　　漢

동구의 집값은 평당 **천만**위안이다.

- dong-gu-ui jip-kkap-sseun pyeong-dang **cheon-ma**-nwi-a-ni-da.

譯 東區的房價每坪要價**一千萬**元。

補充單字 동구 東區／집값 房價

억 名 億　　　　　　　　　漢

그 회사 사장의 재산은 수십**억**위안이
다.

- geu hoe-sa sa-jang-ui jae-sa-neun su-si-**beo**-gwi-a-ni-da.

譯 那家公司老闆的家產有數**十億**元。

補充單字 사장 老闆／재산 家產

십억 名 十億　　　　　　　　漢

중국은 땅이 넓고 인구도 **십삼억**에 달
한다.

- jung-gu-geun ttang-i neop-go in-gu-do **sip-ssa-meo**-ge dal-han-tta.

譯 中國地緣廣闊，總人口高達**十三億**。

補充單字 중국 中國／인구 人口

백억 名 百億　　　　　　　　漢

그녀는 몸값은 **백억**에 달하는 부자이
다.

- geu-nyeo-neun mom-gap-sseun **bae-geo**-ge dal-ha-neun bu-ja-i-da.

譯 她是位身價**一百億**的富翁。

補充單字 몸값 身價／부자 富翁；富者

천억 名 千億　　　　　　　　漢

미국 복권 당첨금은 **천억**까지 누적됐
다.

- mi-guk bok-kkwon dang-cheom-geu-meun **cheo-neok**-kka-ji nu-jeok-ttwaet-tta.

譯 美國彩券獎金累積到**一千億**了。

補充單字 복권 彩券／당첨금 獎金

조 名 兆　　　　　　　　　　漢

연간 국가예산은 천**조**위안이다.

- yeon-gan guk-kka-ye-sa-neun cheon-**jo**-wi-a-ni-da.

整年度國家預算為千**兆**元。

補充單字 연간 年間；年度／국가예산 國家預算

만오천 名 一萬五　　　　　　漢

지난 달 상여가 **만오천**위안이다.

- ji-nan dal ssang-yeo-ga **ma-no-cheo**-nwi-a-ni-da.

譯 我上個月的業績獎金有**一萬五千**元。

補充單字 상여 生意；業績／지난 달 上個月

만오백 名 一萬零五百　　　　漢

언니는 **만오백**위안을 내고 명품가방
을 샀다.

- eon-ni-neun **ma-no-bae**-gwi-a-neul nae-go myeong-pum-ga-bang-eul ssat-tta.

譯 姐姐用**一萬零五百**元買了個名牌皮包。

補充單字 언니 姐姐／명품가방 名牌皮包

漢 漢語延伸單字／外 外來語延伸單字

만오십 名 一萬零五十 ·········· 漢

오빠는 **만오십**위안짜리 정장을 한벌 샀다.

- o-ppa-neun **ma-no-si**-bwi-an-jja-ri jeong-jang-eul han-beol sat-tta.

(譯) 哥哥買了一套**一萬零五十**元的西裝。

補充單字 정장 西裝／사다 買

삼백만 名 三百萬 ·················· 漢

농촌에는 **삼백만**위안이면 집을 한 채 산다.

- nong-cho-ne-neun **sam-baeng-ma**-nwi-a-ni-myeon ji-beul han chae san-da.

(譯) 在鄉下**三百萬**元就可以買到一間房子。

補充單字 채 間／농촌 農村；鄉下

육백오십만 名 六百五十萬·漢

시내 20평 방값은 **육백오십만**위안이 다.

- si-nae i-sip-pyeong bang-gap-sseun **yuk-ppae-go-sim-ma**-nwi-a-ni-da.

(譯) 市區一間 20 坪的套房要價**六百五十萬**元。

補充單字 시내 市區／방값 房價

◀漢數字應用 相關的情境單字

전화번호 名 電話號碼

국제**전화번호**는 길고 외우기 어렵다.

- guk-jje-**jeon-hwa-beon-ho**-neun gil-go oe-u-gi eo-ryeop-tta.

(譯) 國際的**電話號碼**很長很難記住。

補充單字 길다 長／외우다 記住

시내 전화번호 名 市內電話號碼

시내 전화번호는 공이구팔칠육오사삼이입니다.

- si-nae **jeon-hwa-beon**-ho-neun gong-i-gu-pal-chi-ryu-go-sa-sa-mi-im-ni-da.

(譯) 我的**市內電話號碼**是 02-98765432。

補充單字 공 零

백일층 名 101 樓

타이베이에서 가장 높은 빌딩은 **백일 층**이다.

- ta-i-be-i-e-seo ga-jang no-peun bil-ding-eun **bae-gil-cheung**-i-da.

(譯) 臺北最高的大樓是 **101** 樓。

補充單字 가장 最／높다 高的

삼십오층 名 35 樓

그녀의 사무실은 **삼십오층**이다.

- geu-nyeo-ui sa-mu-si-reun sap-ssi-bo-cheung-i-da.

(譯) 她辦公室在 **35** 樓。

補充單字 사무실 辦公室

버스번호 名 公車號碼

버스마다 **번호**가 다르다.

- beo-seu-ma-da **beon-ho**-ga da-reu-da.

(譯) 每輛**公車號碼**都不同。

補充單字 다르다 不同

이팔사 名 284 號

이팔사는 우편번호다.

- i-pal-ssa-neun u-pyeon-beon-ho-da.

(譯) **284** 是郵寄的區域號碼。

補充單字 우편번호 區域號碼

육공오 名 605 號

그 버스번호는 **육공오**이다.
- jeo beo-seu-beon-ho-neun **yuk-kkong-o**-i-da.
- 譯 那輛公車號碼是 **605**。

補充單字 그 那

지하철 노선 名 地鐵路線

지하철노선은 매우 복잡하다.
- ji-ha-cheol-lo-seo-neun mae-u bok-jja-pa-da.
- 譯 **地鐵路線**很複雜。

補充單字 매우 很；非常／복잡하다 複雜

이호선 名 二號線 漢

우리집은 지하철 **이호선**이다.
- u-ri-ji-beun ji-ha-cheol **i-ho-seo**-ni-da.
- 譯 我家在捷運的**二號線**。

補充單字 지하철 捷運

육호선 名 六號線 漢

그녀의 집은 지하철 **육호선** 옆이다.
- geu-nyeo-ui ji-beun ji-ha-cheol **yu-ko-seon** yeo-pi-da.
- 譯 她家住在捷運**六號線**旁邊。

補充單字 지하철 地鐵；捷運／옆 旁邊

오십초 名 五十秒 漢

엄마는 동생에게 장난감을 정리할 시간 **50초**를 주었다.
- eom-ma-neun dong-saeng-e-ge jang-nan-ga-meul jjeong-ni-hal ssi-gan **o-sip-cho**-reul ju-eot-tta.
- 譯 媽媽給弟弟**五十秒**收拾玩具。

補充單字 장난감 玩具／정리 整理

이백초 名 兩百秒 漢

이백초동안 물건을 옮기는 경기에 참가했다.
- **i-baek-cho**-dong-an mul-geo-neul om-gi-neun gyeong-gi-e cham-ga-haet-tta.
- 譯 參加這個比賽有**兩百秒**的時間可以搬東西。

補充單字 참가하다 參加

삼십분 名 三十分 漢

버스는 **삼십분**에 한 대 있다.
- beo-seu-neun **sam-sip-ppu**-ne han dae it-tta.
- 譯 公車每**三十分**鐘就有一班。

補充單字 버스 公車

사십오분 名 四十五分 漢

당신 지각했어요. 지금 이미 **45분**이에요.
- dang-sin ji-ga-kae-sseo-yo. ji-geum i-mi **sa-sip-o-bu**-ni-e-yo.
- 譯 你遲到了！現在已經**四十五分**了。

補充單字 지각하다 遲到／지금 現在

칠일 名 七天 漢

이 우유의 유효기간은 **칠일**이다.
- i u-yu-ui yu-hyo-gi-ga-neun **chi-ri**-ri-da.
- 譯 這瓶牛奶的有效期限是**七天**。

補充單字 우유 牛奶／유효기간 期限

이십삼일 名 二十三號 漢

엄마의 생일은 **이십삼일**이다.
- eom-ma-ui saeng-i-reun **i-sip-ssa-mi**-ri-da.
- 譯 媽媽的生日在**二十三號**。

補充單字 생일 生日

일주 名 一週 .... 漢

언니는 **일주**일동안 요리수업을 들으러 간다.

• eon-ni-neun **il-ju**-il-dong-an yo-ri-su-eo-beul tteu-reu-reo gan-da.

譯 姐姐**一週**要去上烹飪課。

補充單字 가다 去

십이주 名 十二週 .... 漢

이 안건은 시작부터 마무리까지 **십이주**가 걸린다.

• i an-geo-neun si-jak-ppu-teo ma-mu-ri-kka-ji **si-bi-ju**-ga geol-lin-da.

譯 這個案子開始到完成要**十二週**的時間。

補充單字 시작 開始

이천십이년 名 2012 年 ...... 漢

올해는 서기 **이천십이년**이다.

• ol-hae-neun seo-gi **i-cheon-si-bi-nyeo**-ni-da.

譯 今年是西元 **2012 年**。

補充單字 올해 今年

천구백팔십팔년 名 1988 .... 漢

나는 **천구백팔십팔년**에 초등학교를 졸업했다.

• na-neun **cheon-gu-baek-pal-ssip-pal-lyeo**-ne cho-deung-hak-kkyo-reul jjo-reo-paet-tta.

譯 我小學畢業的那年是西元 **1988 年**。

補充單字 초등학교 小學／졸업하다 畢業

오만원 名 五萬韓元 .... 漢

이 옷은 한화 **오만원**이다.

• i o-seun han-hwa **o-ma-nwo**-ni-da.

譯 這件衣服要價**五萬韓元**。

補充單字 옷 衣服

◀純韓文數字 相關的情境單字

此為原始韓文數字說法，當要表示數量（與量詞一同使用）、時間、歲數……時會使用之。

순한국말 숫자 名 純韓文數字

이 책에는 **순한국말 숫자** 내용이 있다.

• i chae-ge-neun **sun-han-gung-mal ssut-jja** nae-yong-i it-tta.

譯 這本書的內容有**純韓文的數字**。

補充單字 책 書

하나 名 一

나는 오늘 빨간색 가방을 **하나** 샀다.

• na-neun o-neul ppal-kkan-saek ga-bang-eul **ha-na** sat-tta.

譯 我今天買了**一**個紅色的包包。

補充單字 빨간색 紅色

둘 名 二

나는 친한 친구가 **둘** 있다.

• na-neun chin-han chin-gu-ga **dul** it-tta.

譯 我有**兩**個跟我很要好的朋友。

補充單字 있다 有

셋 名 三

우리 **셋**은 어렸을 때부터 같이 자란 친한 친구이다.

• u-ri **se**-seun eo-ryeo-sseul ttae-bu-teo ga-chi ja-ran chin-han chin-gu-i-da.

譯 我們**三**個是從小一起長大的好朋友。

補充單字 친한 친구 好朋友

넷 名 四

그녀는 어린이 **넷**의 엄마이다.
- geu-nyeo-neun eo-ri-ni **ne**-sui eom-ma-i-da.

譯 她是**四**個孩子的媽媽。

補充單字 어린이 孩子

다섯 名 五

나는 남부로 가는 차표 **다섯**장을 샀다.
- na-neun nam-bu-ro ga-neun cha-pyo **da-seot**-jjang-eul ssat-tta.

譯 我買了**五**張到南部的車票。

補充單字 차표 車票

여섯 名 六

저쪽에는 강아지 **여섯**마리가 놀고 있다.
- jeo-jjo-ge-neun gang-a-ji **yeo-seon**-ma-ri-ga nol-go it-tta.

譯 那邊有**六**隻小狗狗在玩耍。

補充單字 저쪽 那邊／놀다 玩

일곱 名 七

동생은 **일곱**장의 파란색 종이가 있다.
- dong-saeng-eun **il-gop**-jjang-ui pa-ran-saek jong-i-ga it-tta.

譯 弟弟有**七**張藍色的紙。

補充單字 파란색 藍色／종이 紙

여덟 名 八

여덟사람은 주일 모임을 약속했다.
- **yeo-deop**-ssa-ra-meun ju-il mo-i-meul yak-sso-kaet-tta.

譯 她們**八**個人相約週日聚餐。

補充單字 주일 週日／약속 約定

아홉 名 九

책상 위에 물 **아홉**잔이 놓여있다.
- chaek-ssang wi-e mul **a-hop**-jja-ni no-yeo-it-tta.

譯 桌上放著**九**杯水。

補充單字 책상 桌

열 名 十

그녀는 시장에서 기름 **열** 통을 샀다.
- geu-nyeo-neun si-jang-e-seo gi-reum **yeol** tong-eul ssat-tta.

譯 她在市場買了**十**桶油。

補充單字 통 桶／기름 油

서른 名 三十

우리 반에는 학생이 총 **서른**명이다.
- u-ri ba-ne-neun hak-ssaeng-i chong **seo-reun**-myeong-i-da.

譯 我們班上學生總共有**三十**位。

補充單字 총 總共

마흔 名 四十

나는 이번에 1000미터 수영에 **마흔**번째 도전한다.
- na-neun i-beo-ne cheon-mi-teo su-yeong-e **ma-heun**-beon-jjae do-jeon-han-da.

譯 這是我第**四十**次挑戰 1000 公尺游泳。

補充單字 도전하다 挑戰

쉰 名 五十

우리 큰아빠는 **쉰**다섯에 퇴직하셨다.
- u-ri keu-na-ppa-neun **swin**-da-seo-se toe-ji-ka-syeot-tta.

譯 我伯父**五十**五歲退休。

補充單字 퇴직하다 退休

漢 漢語延伸單字／ 外 外來語延伸單字

예순 名 六十

우리 삼촌은 **예순**살에 사장님이 되었다.

- u-ri sam-cho-neun **ye-sun**-sa-re sa-jang-ni-mi doe-eot-tta.

譯 我叔叔**六十**歲開始做老闆。

補充單字 삼촌 叔叔／사장님 老闆

일흔 名 七十

할머니는 올해 **일흔**둘이다.

- hal-meo-ni-neun ol-hae **il-heun**-du-ri-da.

譯 奶奶今年年齡**七十**二歲。

補充單字 할머니 奶奶／올해 今年

여든 名 八十

정부는 **여든**살인 사람들에게 무료로 건강검진을 해준다.

- jeong-bu-neun **yeo-deun**-sa-rin sa-ram-deu-re-ge mu-ryo-ro geon-gang-geom-ji-neul hae-jun-da.

譯 政府為**八十**歲以上的人做免費的健康檢查。

補充單字 정부 政府／무료 免費

아흔 名 九十

옆집 할머니는 **아흔**살이실거야!

- yeop-jjip hal-meo-ni-neun **a-heun**-sa-ri-sil-geo-ya!

譯 隔壁的奶奶有**九十**歲了吧！

補充單字 옆집 隔壁／살 歲

◀韓數字應用 相關的情境單字

나이 名 年紀

동생은 **나이**가 아직 어리다.

- dong-saeng-eun **na-i**-ga a-jik eo-ri-da.

譯 弟弟的**年紀**還很小。

補充單字 동생 弟弟／어리다 小

스무살 名 二十歲

동생은 **스무살**때부터 인터넷에서 판매했다.

- dong-saeng-eun **seu-mu-sal**-ttae-ppu-teo in-teo-ne-se-seo pan-mae-haet-tta.

譯 妹妹**二十歲**就開始做網路行銷。

補充單字 인터넷 網路／판매 銷售

스물세살 名 二十三歲

내 친구는 올해 **스물세살**에 회사 간부가 되었다.

- nae chin-gu-neun ol-hae **seu-mul-se-sa**-re hoe-sa gan-bu-ga doe-eot-tta.

譯 我朋友今年才**二十三歲**，就當公司主管了。

補充單字 회사 公司／간부 主管

여든다섯살 名 八十五歲

여든다섯살이신데도 아직 일하신다.

- **yeo-deun-da-seot-ssa**-ri-sin-de-do a-jik il-ha-sin-da.

譯 有個人**八十五歲**了還在工作。

補充單字 아직 還／일 工作；事

세시 名 三點

오후 **세시**에 디저트를 먹는다.

• o-hu **se-si**-e di-jeo-teu-reul meong-neun-da.

譯 下午**三點**吃點心。

補充單字 디저트 點心／먹다 吃

열시 名 十點

내일 오전 **열시**에 시작한다.

• nae-il o-jeon **yeol-si**-e si-ja-kan-da.

譯 明天上午**十點**開始。

補充單字 오전 上午／내일 明天

◀ 其他數字表示 相關的情境單字

삼분의일 名 三分之一

삼분의 일의 사람들은 이 건에 대해 의견이 없다.

• **sam-bu-nui i**-rui sa-ram-deu-reun i geo-ne dae-hae ui-gyeo-ni eop-tta.

譯 有**三分之一**的人對這案子沒意見。

補充單字 의견 意見／없다 沒

이분의일 名 二分之一

학교에서 개최한 이벤트에 **이분의 일**의 사람들은 참가하지 않는다.

• hak-kkyo-e-seo gae-choe-han i-ben-teu-e **i-bu-nui i**-rui sa-ram-deu-reun cham-ga-ha-ji an-neun-da.

譯 有**二分之一**的人不參加學校舉辦的活動。

補充單字 이벤트 活動／참가 參加

오분의삼 名 五分之三

엄마는 케익의 **오분의 삼**을 남겨 오빠와 동생에게 주어야 한다고 말했다.

• eom-ma-neun ke-i-gui **o-bu-nui sa** meul nam-gyeo o-ppa-wa dong-saeng-e-ge ju-eo-ya han-da-go mal-haet-tta.

譯 媽媽說要留**五分之三**的蛋糕給哥哥和弟弟。

補充單字 남기다 留／케익 蛋糕

영점삼 名 0.3

볼펜의 심은 **영점삼**이다.

• bol-pe-nui si-meun **yeong-jeom-sa**-mi-da.

譯 原子筆的筆頭是 **0.3** 的。

補充單字 볼펜 原子筆／심 筆頭

영점팔오 名 0.85

이 사이즈는 1센티미터도 안되는 **영점팔오**이다.

• i sa-i-jeu-neun il-sen-ti-mi-teo-do an-doe-neun **yeong-jeom-pa-ro**-i-da.

譯 這尺寸只有 **0.85** 還不到一公分。

補充單字 사이즈 尺寸／안되다 還不到

마이너스이십 名 -20 ……… 外
minus + 漢

한국의 가장 추운 곳은 **마이너스이십**도이다.

• han-gu-gui ga-jang chu-un go-seun **ma-i-neo-seu-i-sip**-tto-i-da.

譯 韓國最冷的地方有 **-20** 度的。

補充單字 가장 最／곳 地方

마이너스영점오 名 -0.5

마이너스영점오도면 눈이 내린다.

• **ma-i-neo-seu-yeong-jeo-mo**-do-myeon nu-ni nae-rin-da.

譯 一般到 **-0.5** 度就會下雪。

補充單字 내리다 下／눈 雪

◀序數 相關的情境單字

첫번째 形 第一

오늘 **첫번째** 출근이다.

• o-neul **cheot-ppeon-jjae** chul-geu-ni-da.

譯 今天是**第一**次上班。

補充單字 출근 上班

두번째 形 第二

나는 우리반에서 달리기가 **두번째**로 빠르다.

• na-neun u-ri-ba-ne-seo dal-li-gi-ga **du-beon-jjae**-ro ppa-reu-da.

譯 我在我們班上是跑步**第二**快的。

補充單字 우리반 我們班

세번째 形 第三

이번이 **세번째** 가는 것이다.

• i-beo-ni **se-beon-jjae** ga-neun geo-si-da.

譯 這次是**第三**次去的。

補充單字 이번 這次

네번째 形 第四

나는 **네번째** 아이이다.

• na-neun **ne-beon-jjae** a-i-i-da.

譯 我是家裡的**第四**個小孩。

補充單字 아이 小孩

다섯번째 形 第五

다섯번째 줄에 앉을 것이다.

• **da-seot-ppeon-jjae** ju-re an-jeul kkeo-si-da.

譯 我會坐**第五**排。

補充單字 앉다 坐

여섯번째 形 第六

행사가 이미 **여섯번째** 순서까지 진행 되었다.

• haeng-sa-ga i-mi **yeo-seot-ppeon-jjae** sun-seo-kka-ji jin-haeng-doe-eot-tta.

譯 節目已經進行到**第六**項了。

補充單字 진행되다 進行

일곱번째 形 第七

운동장에서 **일곱번째** 바퀴를 뛰고 있 다.

• un-dong-jang-e-seo **il-gop-ppeon-jjae** ba-kwi-reul ttwi-go it-tta.

譯 已經在操場跑**第七**圈了。

補充單字 운동장 操場

여덟번째 形 第八

수영장에서 **여덟번째**로 들어왔다.

• su-yeong-jang-e-seo **yeo-deop-ppeon-jjae**-ro deu-reo-wat-tta.

譯 在游泳池游**第八**回了。

補充單字 들어오다 來回

아홉번째 形 第九

언니는 **아홉번째** 피아노 대회에 참가 한다.

• eon-ni-neun **a-hop-ppeon-jjae** pi-a-no dae-hoe-e cham-ga-han-da.

譯 姐姐**第九**次參加鋼琴比賽。

補充單字 피아노 鋼琴

열번째 形 第十

학교 운동팀은 **열번째** 해외 경기에 참가한다.

• hak-kkyo un-dong-ti-meun **yeol-beon-jjae** hae-oe gyeong-gi-e cham-ga-han-da.

譯 學校球隊第十次出國比賽。

補充單字 운동팀 球隊

백번째 形 第一百

이 동네 **백번째** 가정이 이사왔다.

• i dong-ne **baek-ppeon-jjae** ga-jeong-i i-sa-wat-tta.

譯 這社區第一百戶已經搬進來了。

補充單字 이 동네 這社區

천번째 形 第一千

천번째 등록하는 사람은 경품이 있다.

• **cheon-beon-jjae** deung-no-ka-neun sa-ra-meun gyeong-pu-mi it-tta.

譯 第一千個報名的人有獎勵。

補充單字 등록하다 報名

만번째 形 第一萬

그녀는 놀이공원 **만번째** 입장객이다.

• geu-nyeo-neun no-ri-gong-won **man-beon-jjae** ip-jjang-gae-gi-da.

譯 她是遊樂園第一萬個入園的人。

補充單字 입장객 入園的人

마지막 形 最後

경기는 **마지막**까지 힘내야 한다.

• gyeong-gi-neun **ma-ji-mak**-kka-ji him-nae-ya han-da.

譯 比賽一定要堅持到最後。

補充單字 경기 比賽

◆數量冠詞 相關的情境單字

절반 形 一半

우유가 **절반**만 남았다.

• u-yu-ga **jeol-ban**-man na-mat-tta.

譯 牛奶只剩一半了。

補充單字 우유 牛奶

대단히 많은 形 許多的

가수의 콘서트에 **대단히 많은** 군중이 모였다.

• ga-su-ui kon-seo-teu-e **dae-dan-hi ma-neun** gun-jung-i mo-yeot-tta.

譯 歌手的演唱會有許多的觀眾。

補充單字 가수 歌手／콘서트 演唱會

대량의 形 大量的

뉴스에서는 **대량**으로 공무원의 부패를 보도했다.

• nyu-seu-e-seo-neun **dae-ryang**-eu-ro gong-mu-wo-nui bu-pae-reul ppo-do-haet-tta.

譯 新聞大量地在報導官員貪汙。

補充單字 뉴스 新聞／부패 腐敗；貪汙

소량의 形 少量的

가벼운 감기여서 의사는 **소량의** 약을 처방했다.

• ga-byeo-un gam-gi-yeo-seo ui-sa-neun **so-ryang-ui** ya-geul cheo-bang-haet-tta.

譯 因為是小感冒，所以醫生開了少量的藥。

補充單字 감기 感冒／의사 醫生

漢 漢語延伸單字／外 外來語延伸單字

대부분 形 大部分 ⋯⋯⋯⋯⋯⋯ 漢

대부분 사람들은 찬성했다.
- **dae-bu-bun** sa-ram-deu-reun chan-seong-han-da.

譯 **大部分**的人都是贊成的。

補充單字 찬성하다 贊成

일부 名 一部分 ⋯⋯⋯⋯⋯⋯⋯ 漢

일부 학자들은 이 같은 이론을 지지한다.
- **il-bu** hak-jja-deu-reun i ga-teun i-ro-neul jji-ji-han-da.

譯 有**一部分**學者是支持這樣的理論。

補充單字 이론 理論／지지하다 支持

소수 名 少數 ⋯⋯⋯⋯⋯⋯⋯⋯⋯ 漢

소수의 반대자들도 의견이 있다.
- **so-su**-ui ban-dae-ja-deul-tto ui-gyeo-ni it-tta.

譯 **少數**的反對者還是有意見。

補充單字 반대자 反對者／의견 意見

◀ 量詞 相關的情境單字

층 名 （樓）層 ⋯⋯⋯⋯⋯⋯⋯ 漢

이 빌딩은 고**층**빌딩이다.
- i bil-ding-eun go-**cheung**-bil-ding-i-da.

譯 這棟大樓的**樓層**很高。

補充單字 빌딩 大樓

개 名 個 ⋯⋯⋯⋯⋯⋯⋯⋯⋯⋯ 漢

가방 한 **개**를 샀다.
- ga-bang han **gae**-reul ssat-tta.

譯 買了一**個**包包。

補充單字 가방 包包

자루 名 枝

여동생에게 연필 두 **자루**를 주었다.
- yeo-dong-saeng-e-ge yeon-pil du **ja-ru**-reul jju-eot-tta.

譯 給妹妹兩**枝**鉛筆。

補充單字 주다 給

마리 名 隻

우리집에 강아지 한 **마리**가 있다.
- u-ri-ji-be gang-a-ji han **ma-ri**-ga it-tta.

譯 我家有一**隻**小狗。

補充單字 우리집 我家

알 名 顆

감기약 두 **알**을 먹었다.
- gam-gi-yak du **a**-reul meo-geot-tta.

譯 吃了兩**顆**感冒藥。

補充單字 약 藥

장 名 張 ⋯⋯⋯⋯⋯⋯⋯⋯⋯⋯⋯ 漢

종이 열 **장**에 그림을 그렸다.
- jong-i yeol **jang**-e geu-ri-meul kkeu-ryeot-tta.

譯 在十**張**紙上畫畫。

補充單字 그림 畫

그루 名 棵

나무 세 **그루**를 심었다.
- na-mu se **geu-ru**-reul ssi-meot-tta.

譯 種了三**棵**樹。

補充單字 나무 樹木

잔 名 杯

오후에 커피 한 **잔**을 마셨다.
- o-hu-e keo-pi han **ja**-neul ma-syeot-tta.

譯 下午喝了一**杯**咖啡。

補充單字 오후 下午

통 名 桶 ⋯⋯⋯⋯⋯⋯⋯ 漢

아이스크림 한 **통**을 다 먹었다.

• a-i-seu-kou-rim han **tong**-eul tta meo-geot-tta.

譯 把一**桶**冰淇淋吃光了。

補充單字 아이스크림 冰淇淋／다 全都

판 名 盤 ⋯⋯⋯⋯⋯⋯⋯⋯ 漢

피자 두 **판**을 주문했다.

• pi-ja du **pa**-neul jju-mun-haet-tta.

譯 訂了兩**盤**披薩。

補充單字 피자 披薩／주문하다 訂購

그릇 名 碗

짜장면 한 **그릇**을 먹었더니 배가 불렀다.

• jja-jang-myeon han **geu-reu**-seul meo-geot-tteo-ni bae-ga bul-leot-tta.

譯 吃了一**碗**炸醬麵後就很飽。

補充單字 짜장면 炸醬麵／배 肚子

스푼 名 湯匙 ⋯⋯⋯⋯ 外 spoon

간장 한 **스푼**을 넣었다.

• gan-jang han **seu-pu**-neul neo-eot-tta.

譯 加了一個**湯匙**的醬油。

補充單字 간장 醬油

티스푼 名 茶匙 ⋯⋯ 外 tea spoon

커피에 설탕 한 **티스푼**을 넣었다.

• keo-pi-e seol-tang han **ti-seu-pu**-neul neo-eot-tta.

譯 咖啡裡放一個**茶匙**的砂糖。

補充單字 커피 咖啡／넣다 放

컵 名 杯子 ⋯⋯⋯⋯⋯⋯ 外 cup

라면이 짜서 물을 한 **컵** 넣었다.

• ra-myeo-ni jja-seo mu-reul han **keop** neo-eot-tta.

譯 因為泡麵有點鹹，所以加了一**杯**水。

補充單字 라면 泡麵／짜다 鹹

박스 名 盒 ⋯⋯⋯⋯⋯⋯ 外 box

이 인삼 한**박스**는 이백팔십칠만사천삼백원이다.

• i in-sam han-**bak-sseu**-neun i-baek-pal-ssip-chil-man-sa-cheon-sam-bae-gwo-ni-da.

譯 這**盒**人參要價兩百八十七萬四千三百韓元。

補充單字 인삼 人參

상자 名 箱子 ⋯⋯⋯⋯⋯⋯ 漢

사과 네 **상자**를 학교에 보냈다.

• sa-gwa ne **sang-ja**-reul hak-kkyo-e bo-naet-tta.

把四**箱**蘋果送去學校。

補充單字 학교 學校／보내다 送去

벌 名 件

양복 다섯 **벌**을 새로 샀다.

• yang-bok da-seot **beo**-reul ssae-ro sat-tta.

譯 買了五**件**新的西裝。

補充單字 새로 新的／사다 買

켤레 名 雙

나는 신발이 여덟 **켤레** 있다.

• na-neun sin-ba-ri yeo-deol **kyeol-le** it-tta.

譯 我有八**雙**鞋子。

補充單字 신발 鞋子

쌍 名 雙;對 ································· 漢

귀걸이 한 **쌍**을 만들었다.

• gwi-geo-ri han **ssang**-eul man-deu-reot-tta.

譯 做了一**對**耳環。

補充單字 귀걸이 耳環

대 名 臺 ··································· 漢

우리집에는 자동차가 두 **대** 있다.

• u-ri-ji-be-neun ja-dong-cha-ga du **dae** it-tta.

譯 我家有兩**臺**車子。

補充單字 자동차 車子

송이 名 朵

장미꽃 스무 **송이**을 받았다.

• jang-mi-kkot seu-mu **song-i**-eul ppa-dat-tta.

譯 收到二十**朵**玫瑰。

補充單字 받다 收到

권 名 本

책 일곱 **권**을 옮겼다.

• chaek il-gop **gwo**-neul om-gyeot-tta.

譯 搬了七**本**書。

補充單字 옮기다 搬

Chapter ➙

05 / 06

音檔連結
因各家手機系統不同，若無法直接掃描，仍可以至
（https://tinyurl.com/9mj2mjr3）
電腦連結雲端下載。

Chapter 5
時間

◀時間標記 相關的情境單字

시간 名 時間 ·························· 漢

보통 여덟**시간**동안 근무를 한다.
- bo-tong yeo-deop-**ssi-gan**-dong-an geun-mu-reul han-da.
- 譯 通常上班的總**時間**是八個小時。

補充單字 보통 普通；通常／근무 工作

달력 名 月曆

벽에 **달력**을 걸었다.
- byeo-ge **dal-lyeo**-geul kkeo-reot-tta.
- 譯 牆壁上掛了**月曆**。

補充單字 벽 牆壁／걸다 吊；掛

음력 名 農曆（陰曆）·········· 漢

동양에서는 **음력**도 사용한다.
- dong-yang-e-seo-neun **eum-nyeok**-tto sa-yong-han-da.
- 譯 **農曆**在東方國家也有被使用。

補充單字 동양 東方／사용하다 使用

양력 名 陽曆 ·························· 漢

달력은 보통 **양력**이다.
- dal-lyeo-geun bo-tong **yang-nyeo**-gi-da.
- 譯 通常月曆是**陽曆**的時間。

補充單字 보통 通常

◀季節 相關的情境單字

계절 名 季節 ·························· 漢

한국은 4**계절**이 뚜렷하다.
- han-gu-geun sa-**gye-jeo**-ri ttu-ryeo-ta-da.
- 譯 韓國的四**季**分明。

補充單字 한국 韓國／뚜렷하다 分明的

봄 名 春天

봄에는 꽃이 많이 핀다.
- **bo**-me-neun kko-chi ma-ni pin-da.
- 譯 **春天**有很多種花綻放。

補充單字 꽃 花／많이 很多的

여름 名 夏天

여름에는 바닷가에 간다.
- **yeo-reu**-me-neun ba-dat-kka-e gan-da.
- 譯 **夏天**去海邊。

補充單字 바닷가 海邊

가을 名 秋天

가을에는 단풍이 진다.
- **ga-eu**-re-neun dan-pung-i jin-da.
- 譯 **秋天**楓葉轉紅落下。

補充單字 단풍 紅楓／지다 落下

겨울 名 冬天

겨울에는 눈이 내린다.
- **gyeo-u**-re-neun nu-ni nae-rin-da.
- 譯 **冬天**會下雪。

補充單字 눈 雪／내리다 落；降下

◀時間點 相關的情境單字

초 名 秒

달리기는 **초**로 계산한다.
- dal-li-gi-neun **cho**-ro gye-san-han-da.

譯 賽跑是用**秒**數計算的。

補充單字 달리기 賽跑／계산하다 計算

분 名 分 .... 漢

일**분**간 말해야 한다
- il-**bun**-gan mal-hae-ya han-da.

譯 要講一**分鐘**。

補充單字 말 話；語

시 名 點 .... 漢

일곱**시**에 알람을 맞춰 놓았다.
- il-gop-**ssi**-e al-la-meul mat-chwo no-at-tta.

譯 我將鬧鐘設在七**點**起床。

補充單字 알람 鬧鈴／맞추다 設；調

일 名 日；天 .... 漢

한 달은 삼십**일**이다.
- han da-reun sam-si-**bi**-ri-da.

譯 一個月有三十**天**。

補充單字 한 一個／달 月

날짜 名 日子 .... 漢

여행가는 **날짜**가 다가온다.
- yeo-haeng-ga-neun **nal-jja**-kka da-ga-on-da.

譯 去旅行的**日子**快到了。

補充單字 여행 旅行／다가오다 來臨

월 名 月 .... 漢

1**월**에는 눈이 많이 온다.
- i-**rwo**-re-neun nu-ni ma-ni on-da.

譯 一**月**下很多雪。

補充單字 눈 雪／많이 很多的

년 名 年 .... 漢

2012**년**에는 올림픽이 개최되었다.
- i-cheon si-bi-**nyeo**-ne-neun ol-lim-pi-gi gae-choe-doe-eot-tta.

譯 2012 **年**舉辦了奧運會。

補充單字 올림픽 奧林匹克運動會／개최되다 舉辦；開辦

월요일 名 星期一

월요일에 출근한다.
- **wo-ryo-i**-re chul-geun-han-da.

譯 **星期一**上班。

補充單字 출근하다 上班

화요일 名 星期二

화요일에 운동한다.
- **hwa-yo-i**-re un-dong-han-da.

譯 **星期二**去運動。

補充單字 운동하다 運動

수요일 名 星期三

수요일은 휴가다.
- **su-yo-i**-reun hyu-ga-da.
- 譯 星期三放假。

補充單字 휴가 放假

목요일 名 星期四

목요일에 야근을 한다.
- **mo-gyo-i**-re ya-geu-neul han-da.
- 譯 星期四加班了。

補充單字 야근 夜勤；加班

금요일 名 星期五

금요일에 학원에 간다.
- **geu-myo-i**-re ha-gwo-ne gan-da.
- 譯 星期五去補習班。

補充單字 학원 補習班／가다 去

토요일 名 星期六

토요일에 여행을 간다.
- **to-yo-i**-re yeo-haeng-eul kkan-da.
- 譯 星期六去旅行。

補充單字 여행 旅行

일요일 名 星期日

일요일에 교회에 간다.
- **i-ryo-i**-re gyo-hoe-e gan-da.
- 譯 星期日去教會。

補充單字 교회 教會

일월 名 一月 .... 漢

일월에는 눈이 온다.
- **i-rwo**-re-neun nu-ni on-da.
- 譯 一月會下雪。

補充單字 눈 雪

이월 名 二月 .... 漢

이월은 여전히 춥다.
- **i-wo**-reun yeo-jeon-hi chup-tta.
- 譯 二月還是很冷。

補充單字 여전히 還是；依舊／춥다 冷的

삼월 名 三月 .... 漢

삼월부터 봄이다.
- **sa-mwol**-bu-teo bo-mi-da.
- 譯 從三月開始就是春天了。

補充單字 부터 從／봄 春天

사월 名 四月 .... 漢

사월에 꽃이 핀다.
- **sa-wo**-re kko-chi pin-da.
- 譯 四月會開花。

補充單字 꽃 花／피다 開；綻放

오월 名 五月 .... 漢

오월은 날씨가 좋다.
- **o-wo**-reun nal-ssi-kka jo-ta.
- 譯 五月天氣很好。

補充單字 날씨 天氣／좋다 很好的

유월 名 六月 .... 漢

유월부터 조금 덥다.
- **yu-wol**-bu-teo jo-geum deop-tta.
- 譯 六月開始有點熱。

補充單字 부터 從／조금 有點

칠월 名 七月 ⋯⋯⋯⋯⋯ 漢

칠월은 여름이다.
• **chi-rwo**-reun yeo-reu-mi-da.
譯 七月是夏天。

補充單字 여름 夏天

팔월 名 八月 ⋯⋯⋯⋯⋯ 漢

팔월에 휴가를 간다.
• **pa-rwo**-re hyu-ga-reul kkan-da.
譯 八月去度假。

補充單字 휴가 休假

구월 名 九月 ⋯⋯⋯⋯⋯ 漢

구월은 가을이다.
• **gu-wo**-reun ga-eu-ri-da.
譯 九月是秋天。

補充單字 가을 秋天

시월 名 十月 ⋯⋯⋯⋯⋯ 漢

시월은 선선하다.
• **si-wo**-reun seon-seon-ha-da.
譯 十月很涼快。

補充單字 선선하다 涼快的

십일월 名 十一月 ⋯⋯⋯⋯ 漢

십일월부터 춥다.
• **si-bi-rwol**-bu-teo chup-tta.
譯 從十一月開始冷了。

補充單字 춥다 冷的

십이월 名 十二月 ⋯⋯⋯⋯ 漢

십이월은 일년의 마지막 달이다.
• **si-bi-wo**-reun il-lyeo-nui ma-ji-mak da-ri-da.
譯 十二月是一年的最後一個月。

補充單字 일년 一年／마지막 最後的

일주년 名 一周年 ⋯⋯⋯⋯ 漢

백화점 **일주년** 행사에 갔다.
• bae-kwa-jeom **il-ju-nyeon** haeng-sa-e gat-tta.
譯 去了百貨公司一周年活動。

補充單字 백화점 百貨公司／행사 活動

십주년 名 十周年 ⋯⋯⋯⋯ 漢

올해는 결혼 **십주년**이다.
• ol-hae-neun gyeol-hon **sip-jju-nyeo**-ni-da.
譯 今年是結婚十周年。

補充單字 올해 今年／결혼 結婚

백주년 名 一百周年 ⋯⋯⋯ 漢

2012년은 중화민국 건국 **백주년**이다.
• i-cheon si-bi-nyeo-neun jung-hwa-min-guk geon-guk **baek-jju-nyeo**-ni-da.
譯 2012 年時中華民國建立一百周年。

補充單字 중화민국 中華民國／건국 建國

언젠가 副 總有一天

언젠가는 대통령이 될 것이다.
• **eon-jen-ga**-neun dae-tong-nyeong-i doel geo-si-da.
譯 總有一天一定要當總統！

補充單字 대통령 總統／되다 成為；當

어느날 名 有一天

어느날 그가 찾아왔다.
• **eo-neu-nal** kkeu-ga cha-ja-wat-tta.
譯 有一天他來找我。

補充單字 그 他／찾아오다 來訪；找

漢 漢語延伸單字／外 外來語延伸單字

◀ 一段時間 相關的情境單字

하루 名 一天

하루만에 이 책을 다 보았다.
- **ha-ru**-ma-ne i chae-geul tta bo-at-tta.

譯 用**一天**看完這本書。

補充單字 책 書／다 全部

이틀 名 兩天

이틀동안 씻지 못했다.
- **i-teul**-ttong-an ssit-jji mo-taet-tta.

譯 **兩天**無法洗澡。

補充單字 동안 期間／씻다 梳洗

사흘 名 三天

사흘간 먹지 못했다.
- **sa-heul**-kkan meok-jji mo-taet-tta.

譯 **三天**都沒辦法吃東西。

補充單字 못하다 無法

나흘 名 四天

나흘간 여행을 갔다.
- **na-heul**-kkan yeo-haeng-eul kkat-tta.

譯 **四天**去旅行。

補充單字 여행 旅行

닷새 名 五天

닷새간 교육을 받았다.
- **dat-ssae**-gan gyo-yu-geul ppa-dat-tta.

譯 接受了**五天**的教育課程。

補充單字 교육 教育／받다 接受

일주일 名 一週

일주일은 칠일이다.
- **il-ju-i**-reun chi-ri-ri-da.

譯 **一週**有七天。

補充單字 칠일 七天

이주일 名 二週

이주일동안 훈련을 받았다.
- **i-ju-il**-dong-an hul-lyeo-neul ppa-dat-tta.

譯 受訓了**兩個星期**。

補充單字 동안 期間／훈련 訓練

한달 名 一個月

한 달에 한 번 출장을 간다.
- **han da**-re han beon chul-jang-eul kkan-da.

譯 **一個月**出差一次。

補充單字 번 次／출장 出差

두달 名 兩個月

두달간 방학이다.
- **du-dal**-kkan bang-ha-gi-da.

譯 放假**兩個月**。

補充單字 방학 放假

세달 名 三個月

1분기는 **세달**이다.
- **il-bun-gi-neun se-da**-ri-da.

譯 一季有**三個月**。

補充單字 분기 季度

네달 名 四個月

네달동안 한국에 간다.
- **ne-dal**-ttong-an han-gu-ge gan-da.
譯 去了韓國**四個月**。

補充單字 한국 韓國／가다 去

기간 名 期間 ⋯⋯⋯⋯⋯ 漢

교육**기간**은 육개월이다.
- gyo-yuk-**kki-ga**-neun yuk-kkae-wo-ri-da.
譯 教育**期間**為六個月。

補充單字 교육 教育／육개월 六個月

유통기한 名 有效期間

이 우유의 **유통기한**은 내일까지이다.
- i u-yu-ui **yu-tong-gi-ha**-neun nae-il-kka-ji-i-da.
譯 這牛奶的**有效期間**到明天為止。

補充單字 우유 牛奶／내일까지 到明天

아침내내 副 一整個早上

아침내내 비가 왔다.
- **a-chim-nae-nae** bi-ga wat-tta.
譯 **整個早上**都在下雨。

補充單字 비 雨／오다 來；下（雨）

오후내내 副 一整個下午

오후내내 더웠다.
- **o-hu-nae-nae** deo-wot-tta.
譯 **整個下午**都很熱。

補充單字 덥다 熱的

밤새 副 一整個晚上

밤새 한 잠도 못 잤다.
- **bam-sae** han jam-do mot jat-tta.
譯 **一整晚**睡不著。

補充單字 못 無法／자다 睡覺

일년내내 副 一整年

일년내내 바빴다.
- **il-lyeon-nae-nae** ba-ppat-tta.
譯 **一整年**都很忙。

補充單字 바쁘다 忙碌的

◀ 一天的時刻 相關的情境單字

아침 名 早上

아침에 일찍 일어났다.
- **a-chi**-me il-jjik i-reo-nat-tta.
譯 **早上**很早就起床了。

補充單字 일찍 早早地／일어나다 起床

오전 名 上午 ⋯⋯⋯⋯⋯ 漢

오전에 아르바이트를 한다.
- **o-jeo**-ne a-reu-ba-i-teu-reul han-da.
譯 **上午**去打工。

補充單字 아르바이트 打工／하다 做

점심 名 中午 ⋯⋯⋯⋯⋯ 漢

점심에 친구와 약속이 있다.
- **jeom-si**-me chin-gu-wa yak-sso-gi it-tta.
譯 **中午**跟朋友有約。

補充單字 ～와 和；與／약속 約定

漢 漢語延伸單字／外 外來語延伸單字

오후 名 下午 ⋯⋯⋯⋯⋯⋯⋯⋯⋯ 漢

오후에 운동을 하러 간다.
- **o-hu**-e un-dong-eul ha-reo gan-da.

譯 **下午**去運動。

補充單字 운동 運動／가다 去

저녁 名 晚上

저녁에 음악회를 보러 갈 것이다.
- **jeo-nyeo**-ge eu-ma-koe-reul ppo-reo gal kkeo-si-da.

譯 **晚上**要去看音樂會。

補充單字 음악회 音樂會／보다 看

밤 名 比較晚的晚上

밤에 야식을 먹는다.
- **ba**-me ya-si-geul meong-neun-da.

譯 **晚上**吃宵夜。

補充單字 야식 夜食；消夜／먹다 吃

심야 名 深夜 ⋯⋯⋯⋯⋯⋯⋯⋯⋯ 漢

TV **심야** 프로그램은 재미없다.
- ti-bi **si-mya** peu-ro-geu-rae-meun jae-mi-eop-tta.

譯 電視的**深夜**節目很無聊。

補充單字 프로그램 節目／재미없다 無趣的

새벽 名 凌晨

새벽에 일어나 수영을 간다.
- **sae-byeo**-ge i-reo-na su-yeong-eul kkan-da.

譯 **凌晨**起床去游泳。

補充單字 일어나다 起床／수영 游泳

◀時間先後 相關的情境單字

현재 名 現在 ⋯⋯⋯⋯⋯⋯⋯⋯⋯ 漢

가장 중요한 것은 **현재** 무엇을 하느냐이다.
- ga-jang jung-yo-han geo-seun **hyeon-jae** mu-eo-seul ha-neu-nya-i-da.

譯 最重要的是**現在**在做什麼。

補充單字 가장 最／무엇 什麼

과거 名 過去 ⋯⋯⋯⋯⋯⋯⋯⋯⋯ 漢

과거에는 휴대폰이 없었다.
- **gwa-geo**-e-neun hyu-dae-po-ni eop-sseot-tta.

譯 **過去**沒有手機這種東西。

補充單字 휴대폰 手機／없다 沒有

미래 名 未來 ⋯⋯⋯⋯⋯⋯⋯⋯⋯ 漢

찬란한 **미래**가 펼쳐질 것이다.
- chal-lan-han **mi-rae**-ga pyeol-cheo-jil geo-si-da.

譯 展開燦爛的**未來**！

補充單字 찬란하다 燦爛的／펼쳐지다 展開

오늘 名 今天

오늘 영화볼래요?
- **o-neul** yeong-hwa-bol-lae-yo?

譯 **今天**要看電影嗎？

補充單字 영화 電影

어제 名 昨天

어제 누구랑 같이 갔어요?
- **eo-je** nu-gu-rang ga-chi ga-sseo-yo?
譯 **昨天**跟誰一起去?

補充單字 누구 誰／같이 一起

그저께 名 前天

그저께부터 몸이 안 좋아요.
- **geu-jeo-kke**-bu-teo mo-mi an jo-a-yo.
譯 從**前天**開始身體就不舒服。

補充單字 몸 身體／안 좋다 不好的

내일 名 明天

내일 같이 밥먹을래요?
- **nae-il** ga-chi bam-meo-geul-lae-yo?
譯 **明天**要一起吃飯嗎?

補充單字 밥 飯

모레 名 後天

모레 약속있어요?
- **mo-re** yak-sso-gi-sseo-yo?
譯 **後天**有約嗎?

補充單字 약속 約定

이번주 名 這個星期

이번주부터 학교에 간다.
- **i-beon-ju**-bu-teo hak-kkyo-e gan-da.
譯 從**這個星期**開始去上課。

補充單字 부터 從……開始／학교 學校

저번주 名 上個星期

저번주부터 비가 계속 온다.
- **jeo-beon-ju**-bu-teo bi-ga gye-sok on-da.
譯 從**上個星期**開始就一直下雨了。

補充單字 비 雨／계속 持續地

저저번주 名 上上個星期

저저번주에 노트북을 샀다.
- **jeo-jeo-beon-ju**-e no-teu-bu-geul ssat-tta.
譯 **上上個星期**買了筆電。

補充單字 노트북 筆電／사다 購買

다음주 名 下星期

다음주에 미국에 간다.
- **da-eum-ju**-e mi-gu-ge gan-da.
譯 **下星期**要去美國。

補充單字 미국 美國／가다 去

다다음주 名 下下星期

다다음주부터 방학이다.
- **da-da-eum-ju**-bu-teo bang-ha-gi-da.
譯 **下下星期**開始放假。

補充單字 부터 從……開始／방학 放假

이번달 名 這個月

이번달에는 너무 바빴다.
- **i-beon-da**-re-neun neo-mu ba-ppat-tta.
譯 **這個月**太忙了。

補充單字 너무 太／바쁘다 忙碌的

저번달 名 上個月

저번달에는 한가했다.
- **jeo-beon-da**-re-neun han-ga-haet-tta.

譯 **上個月**很閒。

補充單字 한가하다 清閒的；悠閒的

다음달 名 下個月

다음달에는 바쁘지 않았으면 좋겠다.
- **da-eum-da**-re-neun ba-ppeu-ji a-na-sseu-myeon jo-ket-tta.

譯 如果**下個月**不忙的話就太好了！

補充單字 않다 不／면 ……的話

올해 名 今年

올해 많은 일이 일어났다.
- **ol-hae** ma-neun i-ri i-reo-nat-tta.

譯 **今年**發生了很多事情。

補充單字 일 事情／일어나다 發生

작년 名 去年

작년보다 올해에 좋은 일이 더 많이 생겼다.
- **jang-nyeon**-bo-da ol-hae-e jo-eun i-ri deo ma-
- ni saeng-gyeot-tta.

譯 今年比**去年**發生了更多好事。

補充單字 보다 比起；比／생기다 發生

재작년 名 前年

재작년에 졸업했다.
- **jae-jang-nyeo**-ne jo-reo-paet-tta.

譯 **前年**畢業了。

補充單字 졸업 畢業

내년 名 明年

내년에는 더 행복해질 것이다.
- **nae-nyeo**-ne-neun deo haeng-bo-kae-jil geo-si-da.

譯 **明年**會更幸福的。

補充單字 더 更／행복 幸福

내후년 名 後年

내후년쯤 이민을 갈 것이다.
- **nae-hu-nyeon**-jjeum i-mi-neul kkal kkeo-si-da.

譯 差不多**後年**要辦理移民。

補充單字 쯤 差不多；左右／이민 移民

이번 名 這次

이번에는 지하철타고 가요.
- **i-beo**-ne-neun ji-ha-cheol-ta-go ga-yo.

譯 **這次**坐捷運去吧！

補充單字 지하철 地鐵；捷運／타다 搭乘

저번 名 上次

저번에는 고마웠어요.
- **jeo-beo**-ne-neun go-ma-wo-sseo-yo.

譯 **上次**很謝謝你。

補充單字 고맙다 感謝；謝謝

다음번 名 下次

다음번에는 제가 커피 살게요.
- **da-eum-ppeo**-ne-neun je-ga keσ-pi sal-kke-yo.

譯 **下次**我請你喝咖啡。

補充單字 커피 咖啡／사다 買；請

이때 名 這時候

꼭 **이때** 전화가 온다.
- kkok **i-ttae** jeon-hwa-ga on-da.

譯 每次在**這時候**打電話來。

補充單字 꼭 一定；肯定／전화 電話

그때 名 那時候

그때 하지 말았어야 했다.
- **geu-ttae** ha-ji ma-ra-sseo-ya haet-tta.

譯 **那時候**不應該這樣做才對。

補充單字 하지 否定

◀年代 相關的情境單字

현대 名 現代 漢

현대는 과학기술이 발전했다.
- **hyeon-dae**-neun gwa-hak-kki-su-ri bal-jjeon-haet-tta.

譯 **現代**的科技迅速發展。

補充單字 과학기술 科技／발전하다 發展

고대 名 古代 漢

고대 갑골문이 발견되었다.
- **go-dae** gap-kkol-mu-ni bal-kkyeon-doe-eot-tta.

譯 發現了**古代**的甲骨文。

補充單字 갑골문 甲骨文／발견되다 出現

옛날 名 從前

옛날에는 한복을 입었다.
- **yen-na**-re-neun han-bo-geul i-beot-tta.

譯 **從前**穿韓服。

補充單字 한복 韓服／입다 穿

조선시대 名 朝鮮時代 漢

세종대왕은 **조선시대** 사람이다.
- se-jong-dae-wang-eun **jo-seon-si-dae** sa-ra-mi-da.

譯 世宗大王是**朝鮮時代**的人。

補充單字 세종대왕 世宗大王

고구려시대 名 高句麗時代 漢

고구려시대에는 영토가 매우 넓었다.
- **go-gu-ryeo-si-dae**-e-neun yeong-to-ga mae-u neop-eot-tta.

譯 **高句麗時代**的領土很廣闊。

補充單字 영토 領土／넓다 廣大的；遼闊的

◀週期 相關的情境單字

매일 名 每天 漢

매일 회사에 간다.
- **mae-il** hoe-sa-e gan-da.

譯 **每天**上班。

補充單字 회사 公司

매주 名 每週 漢

매주 영화를 본다.
- **mae-ju** yeong-hwa-reul ppon-da.

譯 **每週**看電影。

補充單字 영화 電影／보다 看

매달 名 每個月

매달 여행을 간다.
- **mae-dal** yeo-haeng-eul kkan-da.

譯 **每個月**去旅行。

補充單字 여행 旅行

漢 漢語延伸單字／外 外來語延伸單字

매년 名 每年 ·· 漢

매년 12월에는 뉴욕에 간다.
- **mae-nyeon** si-bi-wo-re-neun nyu-yo-ge gan-da.

譯 **每年**十二月都會去紐約。

補充單字 뉴욕 紐約

격일 名 隔一天 ································· 漢

격일에 한번 수영을 한다.
- **gyeo-gi**-re han-beon su-yeong-eul han-da.

譯 **每隔一天**游泳一次。

補充單字 수영 游泳

격주 名 隔週 ······································ 漢

이 잡지는 **격주**에 한 번 발행된다.
- i jap-jji-neun **gyeok-jju**-e han beon bal-haeng-ttoen-da.

譯 這個雜誌**隔週**發行。

補充單字 잡지 雜誌／발행 發行

격달 名 隔一個月

격달에 한번 출장을 간다.
- **gyeok-tta**-re han-beon chul-jang-eul kkan-da.

譯 每**隔一個月**都會出差一次。

補充單字 출장 出差／가다 去

격년 名 隔一年 ································· 漢

격년으로 홍수가 온다.
- **gyeong-nyeo**-neu-ro hong-su-ga on-da.

譯 **隔一年**淹水。

補充單字 홍수 洪水；大水／오다 來

Chapter 6
金錢 & 金融

◀ 貨幣 相關的情境單字

돈 名 錢

요즘 **돈**이 부족하다.
• yo-jeum **do**-ni bu-jo-ka-da.
譯 最近很缺**錢**。

補充單字 요즘 最近／부족하다 不足的

한국돈 名 韓幣

한국돈은 원화라고 한다.
• **han-guk-tto**-neun won-hwa-ra-go han-da.
譯 **韓國的貨幣**稱作韓圜。

補充單字 원화 韓圜／라고 하다 稱作

대만달러 名 臺幣
漢 + 外 dollar

대만달러 환율이 떨어졌다.
• **dae-man-dal-leo** hwa-nyu-ri tteo-reo-jeot-tta.
譯 **臺幣**的匯率降了。

補充單字 환율 匯率／떨어지다 下降

미달러 名 美金 … 漢 + 外 dollar

많은 통계 자료는 **미달러** 기준이다.
• ma-neun tong-gye ja-ryo-neun **mi-dal-leo** gi-ju-ni-da.
譯 很多統計資料是以**美金**為基準。

補充單字 통계 자료 統計資料／기준 基準

엔화 名 日幣

엔화가치가 상승하였다.
• **en-hwa**-ga-chi-ga sang-seung-ha-yeot-tta.
譯 **日幣**升值了。

補充單字 가치 價值／상승하다 上升

인민폐 名 人民幣 漢

인민폐는 고정환율이다.
• **in-min-pye**-neun go-jeong-hwa-nyu-ri-da.
譯 **人民幣**是固定匯率。

補充單字 고정 固定／환율 匯率

유로화 名 歐元

유럽 많은 국가들은 **유로화**를 사용한다.
• yu-reop ma-neun guk-kka-deu-reun **yu-ro-hwa**-reul ssa-yong-han-da.
譯 很多歐洲國家皆使用**歐元**。

補充單字 국가 國家／사용하다 使用

◀ 金融處所 相關的情境單字

은행 名 銀行 漢

은행에서는 많은 서비스를 제공한다.
• **eun-haeng**-e-seo-neun ma-neun seo-bi-seu-reul jje-gong-han-da.
譯 **銀行**提供很多服務。

補充單字 서비스 服務／제공하다 提供

지점 名 分行

A은행은 전국에 100개 **지점**이 있다.

• A-eun-haeng-eun jeon-gu-ge baek-gae **ji-jeo**-mi it-tta.

譯 A 銀行在全國有一百個**分行**。

補充單字 은행 銀行／전국 全國

자동 인출기 名 自動提款機

가까운 곳에 **자동 인출기**가 없었다.

• ga-kka-un go-se **ja-dong in-chul-gi**-ga eop-sseot-tta.

譯 附近沒有**自動提款機**。

補充單字 가깝다 近的／없다 沒有

금고 名 錢庫 ⋯⋯⋯⋯⋯⋯⋯⋯ 漢

금고에 돈이 많다.

• **geum-go**-e do-ni man-ta.

譯 **錢庫**裡有很多錢。

補充單字 돈 錢／많다 很多

고객센터 名 顧客中心
漢 + 外 center

문의사항이 있으면 **고객센터**에 전화를 하면 된다.

• mu-nui-sa-hang-i i-sseu-myeon **go-gaek-ssen-teo**-e jeon-hwa-reul ha-myeon doen-da.

譯 有問題的話，可以打給**顧客中心**。

補充單字 문의사항 詢問事項／전화 電話

인터넷뱅킹 名 網路銀行
⋯⋯⋯⋯⋯⋯ 外 Internet banking

인터넷뱅킹은 시간을 절약해준다.

• **in-teo-net-ppaeng-king**-eun si-ga-neul jjeo-rya-kae-jun-da.

譯 **網路銀行**能節省很多時間。

補充單字 시간 時間／절약 節省；節約

영업시간 名 營業時間 ⋯⋯⋯⋯ 漢

은행 **영업시간**은 9시부터 4시까지이다.

• eun-haeng **yeong-eop-ssi-ga**-neun gu-si-bu-teo sa-si-kka-ji-i-da.

譯 銀行的**營業時間**是從早上九點到下午四點。

補充單字 부터 從／까지 到；至

▶金融事務 相關的情境單字

신용카드 名 信用卡
⋯⋯⋯⋯⋯⋯⋯⋯ 漢 + 外 card

신용카드는 매우 편리하다.

• **si-nyong-ka-deu**-neun mae-u pyeol-li-ha-da.

譯 **信用卡**很方便。

補充單字 편리하다 方便

체크카드 名 金融卡
⋯⋯⋯⋯⋯⋯⋯ 外 check card

체크카드는 통장에 돈이 있을 때만 사용할 수 있다.

• **che-keu-ka-deu**-neun tong-jang-e do-ni i-sseul ttae-man sa-yong-hal ssu it-tta.

譯 **金融卡**只有在帳戶裡有錢時才可以使用。

補充單字 통장 存摺／～할 수 있다 可以

현금카드 名 提款卡
漢+外 card

현금카드의 기능은 제한적이다.
• **hyeon-geum-ka-deu**-ui gi-neung-eun je-han-jeo-gi-da.

譯 **提款卡**的功能有限。

補充單字 기능 功能／제한적 限制性的

통장 名 存摺 ·······漢

통장을 다 써서 새로 바꿨다.
• **tong-jang**-eul tta sseo-seo sae-ro ba-kkwot-tta.

譯 **存摺**用完了換新的。

補充單字 새로 重新／바꾸다 替換

도장 名 印章 ·······漢

요즘에는 **도장**이 필요없다.
• yo-jeu-me-neun **do-jang**-i pi-ryo-eop-tta.

譯 最近不需要**印章**。

補充單字 요즘 最近／필요 需要

신분증 名 身分證 ········漢

은행에 갈 때는 **신분증**을 꼭 가져가야
한다.
• eun-haeng-e gal ttae-neun **sin-bun-jeung**-eul kkok ga-jeo-ga-ya han-da.

譯 去銀行的時候，一定要帶**身分證**。

補充單字 때 ······的時候／꼭 一定要

사본 名 影本

신분증 **사본**이 필요하다.
• sin-bun-jeung **sa-bo**-ni pi-ryo-ha-da.

譯 需要身份證**影本**。

補充單字 필요 需要

사인 名 簽名 ·········外 signing

통장에 **사인**을 하다.
• tong-jang-e **sa-i**-neul ha-da.

譯 在存摺上**簽名**。

補充單字 통장 存摺

환전 名 換錢 ·······漢

여행을 가려고 **환전**을 했다.
• yeo-haeng-eul kka-ryeo-go **hwan-jeo**-neul haet-tta.

譯 為了去旅行**換錢**。

補充單字 여행 旅行／～려고 表意圖（接在
動詞語幹後）

저금 名 存錢 ·······漢

월급을 받아 **저금**을 했다.
• wol-geu-beul ppa-da **jeo-geu**-meul haet-tta.

譯 拿了薪水後就**存起來**。

補充單字 월급 薪水／받다 收了

정기예금 名 定期存款

정기예금 이율이 낮다.
• **jeong-gi-ye-geum** i-yu-ri nat-tta.

譯 **定期存款**的利率很低。

補充單字 이율 利率／낮다 低的

일반예금 名 活期存款

나는 **일반예금**만 있다.
• na-neun **il-ba-nye-geum**-man it-tta.

譯 我只有**活期存款**。

補充單字 나 我（半語）／있다 有

출금 名 領錢

집세를 내기 위해 돈을 **출금**했다.

- jip-sse-reul nae-gi wi-hae do-neul **chul-geum**-haet-tta.

譯 為了要交租金而**領錢**。

補充單字 집세 房租／위해 為了

계좌이체 名 轉帳

학비를 **계좌이체**했다.

- hak-ppi-reul **kkye-jwa-i-che**-haet-tta.

譯 把學費**轉帳**了。

補充單字 학비 學費

송금 名 匯款

미국에 있는 오빠에게 **송금**을 해주었다.

- mi-gu-ge in-neun o-ppa-e-ge **song-geu**-meul hae-ju-eot-tta.

譯 **匯錢**給在美國的哥哥。

補充單字 미국 美國／오빠 哥哥

대출 名 貸款

집을 사려고 **대출**을 받았다.

- ji-beul ssa-ryeo-go **dae-chu**-reul ppa-dat-tta.

譯 為了買房子而**貸款**。

補充單字 집 家；房子／사다 買；購置

이자 名 利息

대출 **이자**가 높아졌다.

- dae-chul **i-ja**-ga no-pa-jeot-tta.

譯 貸款**利息**變高了。

補充單字 대출 貸款／높다 高的

계좌 名 戶頭

은행 **계좌**가 있나요?

- eun-haeng **gye-jwa**-ga in-na-yo?

譯 你有銀行**戶頭**嗎？

補充單字 있다 有／은행 銀行

계좌번호 名 帳號

계좌번호를 잊어버렸다.

- **gye-jwa-beon-ho**-reul i-jeo-beo-ryeot-tta.

譯 忘記**帳號**是多少了。

補充單字 잊어버리다 忘記

계좌명 名 戶名

계좌명을 반드시 확인해야 한다.

- **gye-jwa-myeong**-eul ppan-deu-si hwa-gin-hae-ya han-da.

譯 一定要確認**戶名**。

補充單字 반드시 絕對；必定／확인 確認

은행코드 名 銀行代碼
漢＋外 code

계좌이체를 하려면 **은행코드**를 알아야 한다.

- gye-jwa-i-che-reul ha-ryeo-myeon **eun-haeng-ko-deu**-reul a-ra-ya han-da.

譯 要轉帳的話，要知道**銀行代碼**。

補充單字 계좌이체 轉帳／알다 知道

Chapter⟩

07
08

音檔連結
因各家手機系統不同，若無法直
接掃描，仍可以至
（https://tinyurl.com/4cc9fk36）
電腦連結雲端下載。

Chapter 7
飲食 & 烹飪

◀飲食 相關的情境單字

채식주의자 名 素食主義者 漢

우리 언니는 **채식주의자**이다.
- u-ri eon-ni-neun **chae-sik-jju-ui-ja**-i-da.

譯 我姊姊是**素食主義者**。

補充單字 우리 我們／언니 姊姊

유기농 名 有機 漢

유기농 야채는 일반 야채보다 비싸다.
- **yu-gi-nong** ya-chae-neun il-ban ya-chae-bo-da bi-ssa-da.

譯 **有機**蔬菜比一般蔬菜貴。

補充單字 일반 一般／비싸다 貴的

부페 名 自助餐 外 buffet

부페에 갈때마다 많이 먹게 된다.
- **bu-pe**-e gal-ttae-ma-da ma-ni meok-kke doen-da.

譯 每次去吃**自助餐**都會吃很多。

補充單字 많다 很多的

아침 名 早餐

아침을 배부르게 먹었다.
- **a-chi**-meul ppae-bu-reu-ge meo-geot-tta.

譯 **早餐**吃很飽。

補充單字 배부르다 吃飽的

점심 名 午餐 漢

오늘 **점심** 메뉴는 삼계탕이다.
- o-neul **jjeom-sim** me-nyu-neun sam-gye-tang-i-da.

譯 今天的**午餐**是人參雞湯。

補充單字 오늘 今天／메뉴 菜單

저녁 名 晚餐

저녁을 일찍 먹었다.
- **jeo-nyeo**-geul il-jjik meo-geot-tta.

譯 早一點吃**晚餐**。

補充單字 일찍 早一點／먹다 吃

◀餐具 相關的情境單字

컵받침 名 杯墊

컵받침이 있으면 미끄러지지 않는다.
- **keop-ppat-chi**-mi i-sseu-myeon mi-kkeu-reo-ji-ji an-neun-da.

譯 有**杯墊**的話，不會滑下來。

補充單字 미끄러지다 滑動

냄비받침 名 鍋墊

냄비는 뜨겁기 때문에 꼭 **냄비받침**을 받쳐야 한다.
- naem-bi-neun tteu-geop-kki ttae-mu-ne kkok **naem-bi-bat-chi**-meul ppat-cheo-ya han-da.

譯 因為鍋子很燙，所以一定要用**鍋墊**。

補充單字 뜨겁다 燙的／받치다 墊；支撐

숟가락 名 湯匙

숟가락으로 탕을 먹다.
- **sut-kka-ra**-geu-ro tang-eul meok-tta.

譯 用**湯匙**來喝湯。

補充單字 탕 湯／먹다 吃

젓가락 名 筷子

외국인들은 **젓가락**을 잘 사용하지 못
한다.

• oe-gu-gin-deu-reun **jeot-kka-ra**-geul jjal ssa-
yong-ha-ji mo-tan-da.

譯 外國人不太會用**筷子**。

補充單字 외국인 外國人／사용하다 使用

밥그릇 名 飯碗

밥그릇에 밥을 담았다.

• bap-kkeu-reu-se ba-beul tta-mat-tta.

譯 用**飯碗**盛飯。

補充單字 밥 飯／담다 裝；盛

접시 名 盤子

과일을 **접시**에 담았다.

• gwa-i-reul **jjeop-ssi**-e da-mat-tta.

譯 把水果放在**盤子**上。

補充單字 과일 水果／담다 裝；盛

국그릇 名 湯碗

국그릇이 깊다.

• guk-kkeu-reu-si gip-tta.

譯 **湯碗**很深。

補充單字 깊다 深的

◀廚具 相關的情境單字

가스렌지 名 煤氣灶（瓦斯爐）

가스렌지의 가스가 다 떨어졌다.

• **ga-seu-ren-ji**-ui ga-seu-ga da tteo-reo-jeot-tta

譯 **煤氣灶**的瓦斯沒了。

補充單字 가스 瓦斯／떨어지다 不足

칼 名 刀

칼로 양파를 썰다.

• **kal**-lo yang-pa-reul sseol-da.

譯 用**刀**切洋蔥。

補充單字 양파 洋蔥／썰다 切

포크 名 叉子 ⋯⋯⋯⋯ 外 fork

어린이들은 **포크**를 사용한다.

• eo-ri-ni-deu-reun **po-keu**-reul ssa-yong-han-da.

譯 孩子們用**叉子**。

補充單字 어린이 小孩子／사용하다 使用

가위 名 剪刀

가위로 머리를 자르다.

• **ga-wi**-ro meo-ri-reul jja-reu-da.

譯 用**剪刀**剪頭髮。

補充單字 머리 頭髮／자르다 剪去

냄비 名 湯鍋

냄비에 김치찌개가 있다.

• **naem-bi**-e gim-chi-jji-gae-ga it-tta.

譯 **湯鍋**裡有泡菜鍋。

補充單字 김치찌개 泡菜鍋料理

漢 漢語延伸單字／ 外 外來語延伸單字

후라이팬 名 平底鍋
外 frying pan

후라이팬에 고기를 구웠다.
- hu-ra-i-pae-ne go-gi-reul kku-wot-tta.

譯 用**平底鍋**烤肉。

補充單字 고기 肉／굽다 烤；燒

뚜껑 名 蓋子

탕을 끓일 때 **뚜껑**을 덮어야 한다.
- tang-eul kkeu-ril ttae **ttu-kkeong**-eul tteo-peo-ya han-da.

譯 煮湯時要用**蓋子**蓋起來。

補充單字 끓이다 煮；沸／덮다 蓋

도마 名 砧板

감자를 썰기위해 **도마**를 찾았다.
- gam-ja-reul sseol-gi-wi-hae **do-ma**-reul cha-jat-tta.

譯 為了要切馬鈴薯而找**砧板**。

補充單字 감자 馬鈴薯／찾다 找

烹煮方式 相關的情境單字

썰다 動 切

당근을 작게 **썰다**.
- dang-geu-neul jjak-kke **sseol-da**.

譯 把紅蘿蔔**切**小塊。

補充單字 당근 紅蘿蔔／작다 小的

깎다 動 削

손님이 와서 사과를 **깎았다**.
- son-ni-mi wa-seo sa-gwa-reul **kka-kkat-tta**.

譯 因為有客人來，所以**削**了蘋果。

補充單字 손님 客人／사과 蘋果

벗기다 動 剝

새우 껍질을 **벗기는** 것은 귀찮다.
- sae-u kkeop-jji-reul **ppeot-kki-neun** geo-seun gwi-chan-ta.

譯 **剝**蝦殼很麻煩。

補充單字 새우껍질 蝦子殼／귀찮다 麻煩的

데우다 動 加熱

편의점에서 삼각김밥을 **데웠다**.
- pyeo-nui-jeo-me-seo sam-gak-kkim-ba-beul **tte-wot-tta**.

譯 在便利商店把飯糰**加熱**。

補充單字 편의점 便利商店／삼각김밥 三角飯糰

끓이다 動 煮開；煮沸

차를 마시기 위해 물을 **끓인다**.
- cha-reul ma-si-gi wi-hae mu-reul **kkeu-rin-da**.

譯 為了喝茶而**煮開**水。

補充單字 마시다 喝／물 水

찌다 動 蒸

점심으로 **찐** 만두를 먹었다.
- jeom-si-meu-ro **jjin** man-du-reul meo-geot-tta.

譯 午餐吃了**蒸**餃。

補充單字 점심 午餐／만두 餃子；包子

삶다 動 水煮

다이어트를 위해 **삶은** 계란을 먹었다.

• da-i-eo-teu-reul wi-hae **sal-meun** gye-ra-neul meo-geot-tta.

譯 為了減肥吃了**水煮**的雞蛋。

補充單字 다이어트 減肥／계란 雞蛋

굽다 動 烤

저녁으로 삼겹살을 **구워** 먹었다.

• jeo-nyeo-geu-ro sam-gyeop-ssa-reul **kku-wo** meo-geot-tta.

譯 晚餐吃**烤**五花肉。

補充單字 저녁 晚餐／삼겹살 五花肉；三層肉

볶다 動 炒

각종 야채를 **볶았다**.

• gak-jjong ya-chae-reul **ppo-kkat-tta**.

譯 **炒**各種蔬菜。

補充單字 각종 各種／야채 蔬菜

튀기다 動 炸

간식으로 감자를 **튀겨** 먹었다.

• gan-si-geu-ro gam-ja-reul **twi-gyeo** meo-geot-tta.

譯 吃**炸**的馬鈴薯當點心。

補充單字 간식 零食；點心

▶醬料 相關的情境單字

마요네즈 名 美乃滋

마요네즈는 흰색이다.

• **ma-yo-ne-jeu**-neun hin-sae-gi-da.

譯 **美乃滋**是白色。

補充單字 흰색 白色

케첩 名 番茄醬 ⋯⋯⋯ 外 catchup

감자튀김에 **케첩**을 찍어 먹는다.

• gam-ja-twi-gi-me **ke-cheo**-beul jji-geo meong-neun-da.

譯 薯條沾**番茄醬**。

補充單字 감자튀김 炸薯條／찍다 沾

겨자소스 名 芥末醬

겨자소스는 노란색이다.

• **gyeo-ja-so-seu**-neun no-ran-sae-gi-da.

譯 **芥末醬**是黃色。

補充單字 노란색 黃色

와사비 名 芥末

와사비는 맵다.

• **wa-sa-bi**-neun maep-tta.

譯 **芥末**很嗆辣。

補充單字 맵다 辣的

간장 名 醬油

간장은 짜다.

• **gan-jang**-eun jja-da.

譯 **醬油**很鹹。

補充單字 짜다 鹹的

고추장 名 辣椒醬

한국음식에는 **고추장**이 많이 들어간다.

• han-gu-geum-si-ge-neun **go-chu-jang**-i ma-ni deu-reo-gan-da.

譯 韓國菜都會放很多**辣椒醬**。

補充單字 한국음식 韓國飲食／들어가다 放

漢 漢語延伸單字／外 外來語延伸單字

고춧가루 名 辣椒粉

고춧가루를 뿌렸다.
- **go-chut-kka-ru**-reul ppu-ryeot-tta.
- 譯 灑了**辣椒粉**。

補充單字 뿌리다 撒；噴

◀ 海鮮 相關的情境單字

해산물 名 海鮮 ·········· 漢

바닷가에는 **해산물** 요리가 많다.
- ba-dat-kka-e-neun **hae-san-mul** yo-ri-ga man-ta.
- 譯 海邊有很多**海鮮**料理。

補充單字 바닷가 海邊／요리 料理

생선 名 魚

나는 **생선**구이를 가장 좋아한다.
- na-neun **saeng-seon**-gu-i-reul kka-jang jo-a-han-da.
- 譯 我最喜歡吃烤**魚**。

補充單字 좋아하다 喜歡

가시 名 刺

생선에는 **가시**가 많다.
- saeng-seo-ne-neun **ga-si**-ga man-ta.
- 譯 魚有很多**刺**。

補充單字 생선 魚

조개 名 貝類

조개류는 잘 익혀야 한다.
- **jo-gae**-ryu-neun jal i-kyeo-ya han-da.
- 譯 **貝類**要煮熟。

補充單字 류 類／익히다 煮熟；弄熟

멸치 名 小魚

멸치로 육수를 만든다.
- **myeol-chi**-ro yuk-ssu-reul man-deun-da.
- 譯 用**小魚**做湯底。

補充單字 육수 湯底／만들다 做

새우 名 蝦子

새우는 콜레스테롤이 높다.
- **sae-u**-neun kol-le-seu-te-ro-ri nop-tta.
- 譯 **蝦子**的膽固醇很高。

補充單字 콜레스테롤 膽固醇

◀ 動物性食材 相關的情境單字

계란 名 雞蛋

계란은 영양이 풍부하다.
- **gye-ra**-neun yeong-yang-i pung-bu-ha-da.
- 譯 **雞蛋**很營養。

補充單字 영양 營養／풍부하다 豐富的

치즈 名 起司 ·········· 外 cheese

치즈피자는 정말 맛있다.
- **chi-jeu**-pi-ja-neun jeong-mal ma-sit-tta.
- 譯 **起司**披薩真好吃。

補充單字 피자 披薩／정말 真是

버터 名 奶油 ·········· 外 butter

쿠키에는 **버터**가 많이 들어간다.
- ku-ki-e-neun **beo-teo**-ga ma-ni deu-reo-gan-da.
- 譯 餅乾裡放很多**奶油**。

補充單字 쿠키 餅乾／들어가다 放入

햄　名 火腿 .... 外 ham

햄샌드위치를 먹었다.
- **haem**-saen-deu-wi-chi-reul meo-geot-tta.
- 譯 吃了**火腿**三明治。

補充單字 샌드위치 三明治

소시지　名 香腸 .... 外 sausage

야시장에서 **소시지**를 먹었다.
- ya-si-jang-e-seo **so-si-ji**-reul meo-geot-tta.
- 譯 在夜市吃了**香腸**。

補充單字 야시장 夜市／먹다 吃

소고기　名 牛肉

소고기의 육즙이 맛있다.
- **so-go-gi**-ui yuk-jjeu-bi ma-sit-tta.
- 譯 **牛肉**的肉汁很美味。

補充單字 육즙 肉汁／맛있다 好吃的

돼지고기　名 豬肉

어떤 사람들은 종교때문에 **돼지고기**를 먹지 않는다.
- eo-tteon sa-ram-deu-reun jong-gyo-ttae-mu-ne **dwae-ji-go-gi**-reul meok-jji an-neun-da.
- 譯 有些人因為宗教而不吃**豬肉**。

補充單字 어떤 有些／종교 宗教

닭고기　名 雞肉

모든 **닭고기** 요리는 맛있다.
- mo-deun **dal-kko-gi** yo-ri-neun ma-sit-tta.
- 譯 所有的**雞肉**料理很好吃。

補充單字 모든 所有的／요리 料理

양고기　名 羊肉

양고기 요리의 관건은 냄새 제거이다.
- **yang-go-gi** yo-ri-ui gwan-geo-neun naem-sae je-geo-i-da.
- 譯 煮**羊肉**的關鍵是去除腥味。

補充單字 관건 關鍵／냄새 氣；臭

오리고기　名 鴨肉

오리고기는 기름이 적다.
- **o-ri-go-gi**-neun gi-reu-mi jeok-tta.
- 譯 **鴨肉**的油比較少。

補充單字 기름 油／적다 少的

훈제　名 煙燻

훈제햄과 맥주를 함께 먹는다.
- **hun-je**-haem-gwa maek-jju-reul ham-kke meong-neun-da.
- 譯 **煙燻**火腿跟啤酒一起吃。

補充單字 맥주 啤酒／함께 一同；一起

◀五穀雜糧 相關的情境單字

콩　名 豆

어렸을 때 **콩**을 먹지 않았다.
- eo-ryeo-sseul ttae **kong**-eul meok-jji a-nat-tta.
- 譯 小時候不吃**豆**。

補充單字 어렸 小時候／먹다 吃

漢 漢語延伸單字／外 外來語延伸單字

089

두부 名 豆腐 ·························· 漢

두부는 단백질이 풍부하다.
- **du-bu**-neun dan-baek-jji-ri pung-bu-ha-da.

譯 豆腐有很豐富的蛋白質。

補充單字 단백질 蛋白質／풍부하다 豐富的

녹두 名 綠豆 ·························· 漢

녹두전을 만들었다.
- **nok-ttu**-jeon-neul man-deu-reot-tta.

譯 做了綠豆煎餅。

補充單字 만들다 做

팥 名 紅豆

겨울에 따뜻한 **팥**죽을 먹는다.
- gyeo-u-re tta-tteu-tan **pat**-jju-geul meong-neun-da.

譯 冬天吃熱熱的紅豆粥。

補充單字 따뜻하다 熱騰騰的／죽 粥；稀飯

호두 名 胡桃 ·························· 漢

호두를 먹으면 머리가 좋아진다.
- **ho-du**-reul meo-geu-myeon meo-ri-ga jo-a-jin-da.

譯 吃胡桃會聰明。

補充單字 머리 頭腦／좋아지다 變好

땅콩 名 花生

중국요리에는 **땅콩** 반찬이 있다.
- jung-gu-gyo-ri-e-neun **ttang-kong** ban-cha-ni it-tta.

譯 中國料理有花生小菜。

補充單字 중국요리 中國料理／반찬 菜

아몬드 名 杏仁 ········ 外 almond

아몬드차의 맛은 받아들이기 힘들다.
- **a-mon-deu**-cha-ui ma-seun ba-da-deu-ri-gi him-deul-tta.

譯 杏仁茶的味道很難接受。

補充單字 맛 味道／힘들다 很難受的

보리 名 麥

보리차를 매일 마신다.
- **bo-ri**-cha-reul mae-il ma-sin-da.

譯 每天喝麥茶。

補充單字 매일 每天／마시다 喝

밤 名 栗子

밤은 부드럽다.
- **ba**-meun bu-deu-reop-tta.

譯 栗子很軟。

補充單字 부드럽다 軟的

◀蔬菜 相關的情境單字

야채 名 蔬菜 ·························· 漢

홍수로 **야채**값이 많이 올랐다.
- hong-su-ro **ya-chae**-gap-ssi ma-ni ol-lat-tta.

譯 因洪水蔬菜漲價了。

補充單字 홍수 洪水／오르다 升高

고구마 名 地瓜

고구마는 참 달다.
- **go-gu-ma**-neun cham dal-tta.

譯 地瓜真甜。

補充單字 달다 甜的

감자 名 馬鈴薯

감자를 바구니에 담았다.
- **gam-ja**-reul ppa-gu-ni-e da-mat-tta.
- 譯 把**馬鈴薯**放在籃子。

補充單字 바구니 籃子／담다 放在

토란 名 芋頭

대만에는 **토란**으로 만든 간식이 많다.
- dae-ma-ne-neun **to-ra**-neu-ro man-deun gan-si-gi man-ta.
- 譯 在臺灣有很多用**芋頭**做的點心。

補充單字 대만 臺灣／간식 點心

당근 名 紅蘿蔔

당근은 눈에 좋다.
- **dang-geu**-neun nu-ne jo-ta.
- 譯 **紅蘿蔔**對眼睛很好。

補充單字 눈 眼睛／좋다 好的

무 名 蘿蔔

무로 김치를 만든다.
- **mu**-ro gim-chi-reul man-deun-da.
- 譯 用**蘿蔔**做泡菜。

補充單字 김치 泡菜／만들다 做

뿌리 名 根

뿌리가 길다.
- **ppu-ri**-ga gil-da.
- 譯 植物的**根**很長。

補充單字 길다 長的

생강 名 薑 .... 漢

많은 요리에 **생강**을 넣는다.
- ma-neun yo-ri-e **saeng-gang**-eul neon-neun-da.
- 譯 很多料理都會放**薑**。

補充單字 요리 料理／넣다 放入

인삼 名 人參 .... 漢

한국 **인삼**을 품질이 매우 좋다.
- han-guk **in-sa**-meul pum-ji-ri mae-u jo-ta.
- 譯 韓國**人參**的品質很好。

補充單字 품질 品質／좋다 好的

연근 名 蓮藕

연근은 뿌리음식이다.
- **yeon-geu**-neun ppu-ri-eum-si-gi-da.
- 譯 **蓮藕**是根莖類食物。

補充單字 음식 飲食；食物

파 名 大蔥

태풍으로 **파**값이 올랐다.
- tae-pung-eu-ro **pa**-gap-ssi ol-lat-tta.
- 譯 因為颱風所以**大蔥**漲價了。

補充單字 태풍 颱風／오르다 提高

양파 名 洋蔥

양파를 썰 때 눈물이 난다.
- **yang-pa**-reul sseol ttae nun-mu-ri nan-da.
- 譯 切**洋蔥**時會流眼淚。

補充單字 눈물 眼淚／나다 產生；冒出

漢 漢語延伸單字／外 外來語延伸單字

마늘 名 大蒜

마늘은 몸에 좋다.
- **ma-neu**-reun mo-me jo-ta.

譯 **大蒜**對身體很好。

補充單字 몸 身體／좋다 好的

호박 名 南瓜

할로윈때 **호박**등을 만들었다.
- hal-lo-win-ttae **ho-bak**-tteung-eul man-deu-reot-tta.

譯 萬聖節時做了**南瓜**燈。

補充單字 할로윈 萬聖節／만들다 製作

죽순 名 竹筍 ⋯⋯⋯⋯⋯ 漢

죽순이 많이 나오는 계절이다.
- **juk-ssu**-ni ma-ni na-o-neun gye-jeo-ri-da.

譯 這季節生產了很多**竹筍**。

補充單字 나오다 出；出現／계절 季節

아스파라거스 名 蘆筍
⋯⋯⋯⋯⋯⋯⋯ 外 asparagus

아스파라거스는 숙취에 좋다.
- **a-seu-pa-ra-geo-seu**-neun suk-chwi-e jo-ta.

譯 **蘆筍**對解除宿醉有好的效果。

補充單字 숙취 宿醉／좋다 好的

옥수수 名 玉米 ⋯⋯⋯⋯⋯ 漢

옥수수는 노란색이다.
- **ok-ssu-su**-neun no-ran-sae-gi-da.

譯 **玉米**是黃色的。

補充單字 노란색 黃色

은행 名 銀杏 ⋯⋯⋯⋯⋯⋯ 漢

은행은 냄새가 고약하다.
- **eun-haeng**-eun naem-sae-ga go-ya-ka-da.

譯 **銀杏**有個很怪的味道。

補充單字 냄새 氣味／고약하다 討厭的

샐러리 名 西洋芹 ⋯⋯⋯ 外 celery

샐러리로 주스를 만든다.
- **sael-leo-ri**-ro ju-seu-reul man-deun-da.

譯 用**西洋芹**做蔬菜汁。

補充單字 주스 榨汁；蔬菜汁

브로콜리 名 花椰菜
⋯⋯⋯⋯⋯⋯⋯ 外 broccoli

브로콜리는 잘 씻어야 한다.
- **beu-ro-kol-li**-neun jal ssi-seo-ya han-da.

譯 **花椰菜**要洗好。

補充單字 잘 做得好的／씻다 洗

양배추 名 高麗菜

저녁으로 **양배추** 볶음을 먹었다.
- jeo-nyeo-geu-ro **yang-bae-chu** bo-kkeu-meul meo-geot-tta.

譯 晚餐吃了炒**高麗菜**。

補充單字 저녁 晚餐／볶음 炒

가지 名 茄子

가지는 보라색이다.
- **ga-ji**-neun bo-ra-sae-gi-da.

譯 **茄子**是紫色。

補充單字 보라색 紫色

오이 名 小黃瓜

오이는 길다.
- o-i-neun gil-da.
- 譯 小黃瓜很長。

補充單字 길다 長的

피망 名 青椒

어떤 사람들은 **피망**을 먹지 않는다.
- eo-tteon sa-ram-deu-reun **pi-mang**-eul meok-jji an-neun-da.
- 譯 有些人不吃**青椒**。

補充單字 어떤 有些／않다 不（做）

고추 名 辣椒

고추는 빨간색과 초록색이 있다.
- go-chu-neun ppal-kkan-saek-kkwa cho-rok-ssae-gi it-tta.
- 譯 **辣椒**有分紅色跟綠色的。

補充單字 빨간색 紅色／초록색 綠色

우엉 名 牛蒡

슈퍼마켓에서 **우엉**을 샀다.
- syu-peo-ma-ke-se-seo **u-eong**-eul ssat-tta.
- 譯 在超市買了**牛蒡**。

補充單字 슈퍼마켓 超市／사다 買

시금치 名 菠菜

뽀빠이는 **시금치**를 먹는다.
- ppo-ppa-i-neun **si-geum-chi**-reul meong-neun-da.
- 譯 大力水手吃**菠菜**。

補充單字 뽀빠이 大力水手卜派

부추 名 韭菜

부추만두를 만들었다.
- bu-chu-man-du-reul man-deu-reot-tta.
- 譯 做了**韭菜**水餃。

補充單字 만두 餃子／만들다 製作

상추 名 生菜

삼겹살을 **상추**에 싸서 먹었다.
- sam-gyeop-ssa-reul **ssang-chu**-e ssa-seo meo-geot-tta.
- 譯 把五花肉用**生菜**包起來吃。

補充單字 삼겹살 五花肉／싸다 包裹

배추 名 大白菜 ⋯⋯⋯⋯ 漢

배추로 김치를 만든다.
- bae-chu-ro gim-chi-reul man-deun-da.
- 譯 用**大白菜**做泡菜。

補充單字 김치 泡菜／만들다 製作

토마토 名 番茄 ⋯⋯⋯ 外 tomato

토마토는 야채이다.
- to-ma-to-neun ya-chae-i-da.
- 譯 **番茄**是蔬菜。

補充單字 야채 蔬菜

올리브 名 橄欖 ⋯⋯⋯⋯ 外 olive

올리브유는 건강에 좋다.
- ol-li-beu-yu-neun geon-gang-e jo-ta.
- 譯 **橄欖**油對健康好。

補充單字 건강 健康／좋다 好的

漢 漢語延伸單字／外 外來語延伸單字

버섯 名 香菇

소고기와 **버섯**을 같이 볶는다.

• so-go-gi-wa **beo-seo**-seul kka-chi bong-neun-da.

譯 牛肉跟**香菇**一起炒。

補充單字 소고기 牛肉／같이 一起

팽이버섯 名 金針菇

샤브샤브에 **팽이버섯**을 넣어 먹었다.

• sya-beu-sya-beu-e **paeng-i-beo-seo**-seul neo-eo meo-geot-tta.

譯 放**金針菇**到涮涮鍋來吃。

補充單字 샤브샤브 涮涮鍋／넣다 放入

‵各類料理 相關的情境單字

전통음식 名 傳統料理 .... 漢

사실 한국 **전통음식**은 맵지 않다.

• sa-sil han-guk **jeon-tong-eum-si**-geun maep-jji an-ta.

譯 事實上，韓國**傳統料理**是不辣的。

補充單字 사실 事實／맵다 辣

김치 名 泡菜

한국 **김치**는 맵지만 맛있다.

• han-guk **gim-chi**-neun maep-jji-man ma-sit-tta.

譯 **泡菜**雖然很辣，但是很好吃。

補充單字 한국 韓國／맛있다 好吃

떡볶이 名 辣炒年糕

떡볶이에는 떡과 계란, 라면 등을 넣는다.

• tteok-ppo-kki-e-neun tteok-kkwa gye-ran, ra-myeon deung-eul neon-neun-da.

譯 **辣炒年糕**裡會放年糕、雞蛋、泡麵……等。

補充單字 계란 雞蛋／등 等

김 名 海苔

김과 밥을 함께 먹는다.

• **gim**-gwa ba-beul ham-kke meong-neun-da.

譯 **海苔**跟白飯一起吃。

補充單字 함께 一起／밥 白飯

반찬 名 小菜

한국음식은 **반찬** 종류가 많다.

• han-gu-geum-si-geun **ban-chan** jong-nyu-ga man-ta.

譯 韓國菜有很多**小菜**。

補充單字 많다 多／음식 菜

라면 名 泡麵

한국**라면**은 맵다.

• han-gung-**na-myeo**-neun maep-tta.

譯 韓國**泡麵**很辣。

補充單字 맵다 辣

찌개 名 鍋物

한국음식은 **찌개**가 많다.

• han-gu-geum-si-geun **jji-gae**-ga man-ta.

譯 韓國料理有很多**鍋物**。

補充單字 많다 很多

중국요리 名 中國料理 ········· 漢

중국요리는 느끼하지만 맛있다.
- **jung-gu-gyo-ri**-neun neu-kki-ha-ji-man ma-sit-tta.

(譯) **中國料理**雖然油膩但是是很好吃。

補充單字 느끼하다 油膩的

우동 名 （讚岐）烏龍麵
外 Udon

우동의 면은 두껍다.
- **u-dong**-ui myeo-neun du-kkeop-tta.

(譯) **烏龍麵**的麵很粗。

補充單字 두껍다 粗的／면 麵

자장면 名 炸醬麵 ················· 漢

한국 **자장면**은 검은색이다.
- han-guk **jja-jang-myeo**-neun geo-meun-sae-gi-da.

(譯) 韓國的**炸醬麵**是黑色。

補充單字 검정색 黑色

탕수육 名 糖醋肉 ················· 漢

탕수육은 달콤하다.
- **tang-su-yu**-geun dal-kom-ha-da.

(譯) **糖醋肉**甜甜的。

補充單字 달콤하다 甜的

만두 名 水餃

만두 안에는 많은 재료가 들어간다.
- **man-du** a-ne-neun ma-neun jae-ryo-ga deu-reo-gan-da.

(譯) **水餃**裡面放了很多餡料。

補充單字 안 裡面／재료 材料；餡料

군만두 名 鍋貼

군만두는 서비스이다.
- **gun-man-du**-neun seo-bi-seu-i-da.

(譯) **鍋貼**是招待的。

補充單字 서비스 招待

일본요리 名 日本料理 ········· 漢

일본요리는 담백한 것이 특징이다.
- **il-bo-nyo-ri**-neun dam-bae-kan geo-si teuk-jjing-i-da.

(譯) 清淡就是**日本料理**的特點。

補充單字 담백하다 清淡／특징 特點

스시 名 壽司 ··········· 外 sushi

스시는 금방 배가 부른다.
- **seu-si**-neun geum-bang bae-ga bu-reun-da.

(譯) **壽司**很快就吃飽。

補充單字 배 肚子／부르다 飽的

회 名 生魚片

어떤 사람들은 **회**를 먹지 못한다.
- eo-tteon sa-ram-deu-reun **hoe**-reul meok-jji mo-tan-da

(譯) 有些人無法吃**生魚片**。

補充單字 어떤 有些

덮밥 名 蓋飯

십분만에 **덮밥**을 다 먹었다.
- sip-ppun-ma-ne **deop-ppa**-beul tta meo-geot-tta.

(譯) 十分鐘就吃完了**蓋飯**。

補充單字 다 全部／먹다 吃

漢 漢語延伸單字／ 外 外來語延伸單字

오뎅 名 關東煮 ………… 外 oden

대만 편의점에서는 **오뎅**을 판다.

- dae-man pyeo-nui-jeo-me-seo-neun **o-deng**-eul pan-da.

譯 臺灣便利商店有賣**關東煮**。

補充單字 팔다 賣／편의점 便利商店

패스트푸드 名 速食
………………………… 外 fast food

패스트푸드를 많이 먹으면 살이 찌기 쉽다.

- **pae-seu-teu-pu-deu**-reul ma-ni meo-geu-myeon sa-ri jji-gi swip-tta.

譯 吃很多**速食**會容易胖。

補充單字 쉽다 容易／찌다 胖

햄버거 名 漢堡… 外 hamburger

햄버거는 칼로리가 높다.

- **haem-beo-geo**-neun kal-lo-ri-ga nop-tta.

譯 **漢堡**的熱量很高。

補充單字 칼로리 熱量

감자튀김 名 薯條

감자튀김에는 소금이 많이 들어있다.

- **gam-ja-twi-gi**-me-neun so-geu-mi ma-ni deu-reo-it-tta.

譯 **薯條**放很多鹽巴。

補充單字 소금 鹽巴

팥죽 名 紅豆粥

동지날에는 **팥죽**을 먹는다.

- dong-ji-na-re-neun **pat-jju**-geul meong-neun-da.

譯 冬至時吃**紅豆粥**。

補充單字 동지날 冬至

호박죽 名 南瓜粥

호박죽은 영양가가 높다.

- **ho-bak-jju**-geun yeong-yang-ga-ga nop-tta.

譯 **南瓜粥**很有營養。

補充單字 영양가 營養／높다 高的

야채죽 名 蔬菜粥 ………………… 漢

야채죽을 끓였다.

- **ya-chae-ju**-geul kkeu-ryeot-tta.

譯 煮了**蔬菜粥**。

補充單字 끓이다 煮

샌드위치 名 三明治
………………………… 外 sandwich

아침에 **샌드위치**를 먹었다.

- a-chi-me **saen-deu-wi-chi**-reul meo-geot-tta.

譯 早上吃了**三明治**。

補充單字 아침 早上

피자 名 披薩 ………… 外 pizza

어린이들은 **피자**를 좋아한다.

- eo-ri-ni-deu-reun **pi-ja**-reul jjo-a-han-da.

譯 小朋友喜歡吃**披薩**。

補充單字 어린이들 小朋友（複數）／
좋아하다 喜歡

스파게티 名 義大利麵
………………………… 外 spaghetti

크림 **스파게티**는 맛있다.

- keu-rim **seu-pa-ge-ti**-neun ma-sit-tta.

譯 奶油**義大利麵**很好吃。

補充單字 크림 奶油／맛있다 好吃的；美味的

카레 名 咖哩 ············· 外 curry

카레는 인도 요리이다.
- **ka-re**-neun in-do yo-ri-i-da.

譯 **咖哩**是印度料理。

補充單字 인도 印度／요리 料理

돈까스 名 豬排 ······· 外 tonkasu

돈까스는 바삭바삭하다.
- **don-kka-seu**-neun ba-sak-ppa-sa-ka-da.

譯 **豬排**很酥脆。

補充單字 바삭바삭하다 酥脆的

스테이크 名 牛排 ······· 外 steak

스테이크는 비싸다.
- **seu-te-i-keu**-neun bi-ssa-da.

譯 **牛排**很貴。

補充單字 비싸다 貴的

◀ 水果 相關的情境單字

과일 名 水果

대만은 **과일**이 맛있다.
- dae-ma-neun **gwa-i**-ri ma-sit-tta.

譯 臺灣的**水果**好吃。

補充單字 대만 臺灣

키위 名 奇異果 ············· 外 kiwi

키위는 시다.
- **ki-wi**-neun si-da.

譯 **奇異果**很酸。

補充單字 시다 酸

사과 名 蘋果

사과는 아침에 먹는 것이 좋다.
- **sa-gwa**-neun a-chi-me meong-neun geo-si jo-ta.

譯 **蘋果**在早上吃比較好。

補充單字 아침 早上／좋다 好的

배 名 水梨

한국 **배**는 크고 달다.
- han-guk **bae**-neun keu-go dal-tta.

譯 韓國的**水梨**又大又甜。

補充單字 크다 大的

포도 名 葡萄 ····················· 漢

포도로 잼을 만들었다.
- **po-do**-ro jae-meul man-deu-reot-tta.

譯 用**葡萄**做成果醬。

補充單字 잼 （果）醬

자몽 名 葡萄柚

자몽은 쓴 맛이 있다.
- **ja-mong**-eun sseun ma-si it-tta.

譯 **葡萄柚**有苦苦的味道。

補充單字 쓰다 苦的／맛 味道

귤 名 橘子

겨울에 **귤**이 많이 난다.
- gyeo-u-re **gyu**-ri ma-ni nan-da.

譯 冬天會有很多**橘子**。

補充單字 겨울 冬天／많이 很多的

파파야 名 木瓜 ········· 外 papaya

파파야는 씨가 매우 작다.
- **pa-pa-ya**-neun ssi-ga mae-u jak-tta.
- 譯 **木瓜**的種子很小。

補充單字 씨 種子／작다 小的

구아바 名 芭樂 ········· 外 guava

구아바는 열대과일이다.
- **gu-a-ba**-neun yeol-dae-gwa-i-ri-da.
- 譯 **芭樂**是熱帶水果。

補充單字 열대 熱帶

파인애플 名 鳳梨
········· 外 pineapple

대만은 **파인애플**케익이 유명하다.
- dae-ma-neun **pa-i-nae-peul**-ke-i-gi yu-myeong-ha-da.
- 譯 臺灣的**鳳梨**酥很有名。

補充單字 케익 蛋糕；（鳳梨）酥／유명하다 有名

석류 名 石榴 ········· 漢

석류는 여자에게 좋다.
- **seong-nyu**-neun yeo-ja-e-ge jo-ta.
- 譯 **石榴**對女生很好。

補充單字 여자 女生

딸기 名 草莓

주말에 **딸기**를 따러 간다.
- ju-ma-re **ttal-kki**-reul tta-reo gan-da.
- 譯 週末會去摘**草莓**。

補充單字 주말 週末／따다 摘；採下

두리안 名 榴蓮 ········· 外 durian

두리안은 냄새가 매우 강하다.
- **du-ri-a**-neun naem-sae-ga mae-u gang-ha-da.
- 譯 **榴蓮**的味道很濃烈。

補充單字 냄새 味道／매우 很

복숭아 名 水蜜桃

복숭아는 향긋하다.
- **bok-ssung-a**-neun hyang-geu-ta-da.
- 譯 **水蜜桃**很香。

補充單字 향긋하다 香的

메론 名 哈密瓜 ········· 外 melon

메론은 매우 크다.
- **me-ro**-neun mae-u keu-da.
- 譯 **哈密瓜**非常大。

補充單字 크다 大的

블루베리 名 藍莓
········· 外 blueberry

블루베리는 눈에 매우 좋다.
- **beul-lu-be-ri**-neun nu-ne mae-u jo-ta.
- 譯 **藍莓**對眼睛好。

補充單字 눈 眼睛

복분자 名 覆盆子 ········· 漢

한국은 **복분자**술이 유명하다.
- han-gu-geun **bok-ppun-ja**-su-ri yu-myeong-ha-da.
- 譯 **韓國的覆盆子**酒很有名。

補充單字 술 酒

체리 名 櫻桃 ………… 外 cherry

체리맛 아이스크림을 좋아한다.
- che-ri-mat a-i-seu-keu-ri-meul jjo-a-han-da.

譯 喜歡**櫻桃**口味的冰淇淋。

補充單字 좋아하다 喜歡

망고 名 芒果 ………… 外 mango

여름에 **망고**빙수를 많이 먹는다.
- yeo-reu-me **mang-go**-bing-su-reul ma-ni meong-neun-da.

譯 夏天吃很多**芒果**冰。

補充單字 여름 夏天／빙수 冰

바나나 名 香蕉 ……… 外 banana

바나나는 하나만 먹어도 배가 부르다.
- **ba-na-na**-neun ha-na-man meo-geo-do bae-ga bu-reu-da.

譯 **香蕉**吃了一個就會很飽了。

補充單字 배부르다 飽的

레몬 名 檸檬 ………… 外 lemon

레몬은 생각만해도 시다.
- **re-mo**-neun saeng-gang-man-hae-do si-da.

譯 想到**檸檬**都會覺得很酸。

補充單字 생각하다 想到／시다 酸

아보카도 名 酪梨
外 avocado

멕시코요리에는 **아보카도**가 많이 들어간다.
- mek-ssi-ko-yo-ri-e-neun **a-bo-ka-do**-ga ma-ni deu-reo-gan-da.

很多墨西哥料理都有放**酪梨**。

補充單字 멕시코 墨西哥

낑깡 名 金桔 …………… 漢

집에 **낑깡**나무가 있다.
- ji-be **kking-kkang**-na-mu-ga it-tta.

譯 家裡有**金桔**樹。

補充單字 나무 樹／있다 有

화룡과 名 火龍果 ………… 漢

화룡과는 특이하게 생겼다.
- **hwa-ryong-gwa**-neun teu-gi-ha-ge saeng-gyeot-tta.

譯 **火龍果**長得很特別。

補充單字 특이하다 特別／생기다 生長

라임 名 萊姆 ……………… 外 lime

라임은 레몬과 비슷하게 생겼다.
- **ra-i**-meun re-mon-gwa bi-seu-ta-ge saeng-gyeot-tta.

譯 **萊姆**跟檸檬長得很像。

補充單字 비슷하다 像

코코넛 名 椰子 ……… 外 coconut

코코넛은 야자나무의 열매이다.
- **ko-ko-neo**-seun ya-ja-na-mu-ui yeol-mae-i-da.

譯 **椰子**是椰子樹的果實。

補充單字 야자나무 椰子樹／열매 果實

감 名 柿子

가을에 **감**이 난다.
- ga-eu-re **ga**-mi nan-da.

譯 秋天出產**柿子**。

補充單字 가을 秋天

漢 漢語延伸單字／外 外來語延伸單字

수박 名 西瓜

수박은 수분이 많다.
- su-**ba**-geun su-bu-ni man-ta.

譯 **西瓜**含很多水分。

補充單字 수분 水分

◀**飲品** 相關的情境單字

물 名 水

인류에게 **물**은 매우 중요하다.
- il-lyu-e-ge **mu**-reun mae-u jung-yo-ha-da.

譯 對人類而言，**水**是很重要的。

補充單字 중요하다 重要

오렌지주스 名 柳橙汁
外 orange juice

과일주스 중에 **오렌지주스**를 가장 좋아한다.
- gwa-il-ju-seu jung-e **o-ren-ji-ju-seu**-reul kka-jang jo-a-han-da.

譯 果汁中最喜歡**柳橙汁**。

補充單字 과일주스 果汁

포도주스 名 葡萄汁
漢+外 juice

포도주스는 신 맛이 있다.
- **po-do-ju-seu**-neun sin ma-si it-tta.

譯 **葡萄汁**會有酸酸的味道。

補充單字 시다 酸

사과주스 名 蘋果汁

내 동생은 매일 **사과주스**를 마신다.
- nae dong-saeng-eun mae-il **sa-gwa-ju-seu**-reul ma-sin-da.

譯 我弟弟每天喝**蘋果汁**。

補充單字 마시다 喝

음료수 名 飲料 漢

여름에는 **음료수**를 많이 마신다.
- yeo-reu-me-neun **eum-nyo-su**-reul ma-ni ma-sin-da.

譯 夏天喝很多**飲料**。

補充單字 여름 夏天

우유 名 牛奶

바나나**우유**를 제일 좋아한다.
- ba-na-na-**u-yu**-reul jje-il jo-a-han-da.

譯 我最喜歡香蕉**牛奶**。

補充單字 제일 最

유산균음료 名 乳酸菌飲料

아침마다 **유산균음료**를 마신다.
- a-chim-ma-da **yu-san-gyu-neum-nyo**-reul ma-sin-da.

譯 每天早上喝**乳酸菌飲料**。

補充單字 마다 每；都／마시다 喝

커피 名 咖啡 外 coffee

하루에 한잔씩 **커피**를 마신다.
- ha-ru-e han-jan-ssik **keo-pi**-reul ma-sin-da.

譯 每天喝一杯**咖啡**。

補充單字 하루 每天

야구르트 名 養樂多 外 yogurt

도시락을 사면 **야쿠르트**를 준다.
- do-si-ra-geul ssa-myeon **ya-ku-reu-teu**-reul jjun-da.

譯 買便當就送**養樂多**。

補充單字 도시락 便當／주다 給

녹차 名 綠茶 ·········· 漢

녹차는 향이 좋다.
- **nok-cha**-neun hyang-i jo-ta.
- 譯 **綠茶**很香。

補充單字 향 香的

홍차 名 紅茶 ·············· 漢

홍차에 우유를 타먹는다.
- **hong-cha**-e u-yu-reul ta-meong-neun-da.
- 譯 在**紅茶**中加入牛奶來喝。

補充單字 우유 牛奶

유자차 名 柚子茶 ········· 漢

유자차는 달콤하다.
- **yu-ja-cha**-neun dal-kom-ha-da.
- 譯 **柚子茶**甜甜的。

補充單字 달콤하다 甜的

스포츠음료 名 運動飲料
·············· 外 sport＋漢

운동을 한 후 **스포츠음료**를 마셨다.
- un-dong-eul han hu **seu-po-cheu-eum-nyo**-reul ma-syeot-tta.
- 譯 運動完之後喝了**運動飲料**。

補充單字 운동 運動

콜라 名 可樂 ·········· 外 cola

햄버거와 **콜라**를 같이 먹는다.
- haem-beo-geo-wa **kol-la**-reul kka-chi meong-neun-da.
- 譯 漢堡和**可樂**一起吃。

補充單字 햄버거 漢堡／같이 一起

사이다 名 雪碧 ·········· 外 cider

콜라보다 **사이다**를 더 좋아한다.
- kol-la-bo-da **sa-i-da**-reul tteo jo-a-han-da.
- 譯 比起可樂還更喜歡**雪碧**。

補充單字 더 還

◀ 酒類 相關的情境單字

맥주 名 啤酒

맥주를 많이 먹으면 배가 부르다.
- **maek-jju**-reul ma-ni meo-geu-myeon bae-ga bu-reu-da.
- 譯 喝很多**啤酒**會很飽。

補充單字 많다 很多

소주 名 燒酒 ·············· 漢

한국 드라마에서 **소주**를 본 적이 있다.
- han-guk deu-ra-ma-e-seo **so-ju**-reul ppon jeo-gi it-tta.
- 譯 在韓劇裡有看到**燒酒**。

補充單字 한국 드라마 韓劇

양주 名 洋酒 ·············· 漢

양주에 얼음을 넣었다.
- **yang-ju**-e eo-reu-meul neo-eot-tta.
- 譯 在**洋酒**裡放冰塊。

補充單字 얼음 冰塊

막걸리 名 米酒（韓式）

한국 **막걸리**는 흰색이다.
- han-guk **mak-kkeol-li**-neun hin-sae-gi-da.
- 譯 韓國**米酒**是白色的。

補充單字 흰색 白色

칵테일 名 雞尾酒 ⋯⋯ 外 cocktail

칵테일은 달다.
· **kak-te-i**-reun dal-tta.
(譯) **雞尾酒**甜甜的。

補充單字 달다 甜的

매실주 名 梅子酒

매실주에는 매실향이 강하다.
· **mae-sil-ju**-e-neun mae-sil-hyang-i gang-ha-da.
(譯) **梅子酒**的梅子香氣很強烈。

補充單字 강하다 強烈的

고량주 名 高粱酒 ⋯⋯⋯⋯⋯ 漢

고량주를 마시면 취한다.
· **go-ryang-ju**-reul ma-si-myeon chwi-han-da.
(譯) 喝**高粱酒**會醉。

補充單字 취하다 醉的

와인 名 葡萄酒 ⋯⋯⋯⋯⋯ 外 wine

매일 **와인** 한 잔은 건강에 좋다.
· mae-il **wa-in** han ja-neun geon-gang-e jo-ta.
(譯) 每天喝一杯**葡萄酒**對健康好。

補充單字 매일 每天／건강 健康

◀**甜食零嘴** 相關的情境單字

빵 名 麵包

호밀**빵**은 달지 않다.
· ho-mil-**ppang**-eun dal-jji an-ta.
(譯) 全麥**麵包**不甜。

補充單字 호밀 全麥

케이크 名 蛋糕 ⋯⋯⋯⋯⋯ 外 cake

엄마 생일을 위해 **케이크**를 샀다.
· eom-ma saeng-i-reul wi-hae **ke-i-keu**-reul ssat-tta.
(譯) 為了慶祝媽媽生日而買了**蛋糕**。

補充單字 위해 為了

디저트 名 甜點 ⋯⋯⋯ 外 dessert

디저트는 맛있지만 열량이 높다.
· **di-jeo-teu**-neun ma-sit-jji-man yeol-lyang-i nop-tta.
(譯) **甜點**很好吃，但是熱量很高。

補充單字 열량 熱量

와플 名 鬆餅 ⋯⋯⋯⋯⋯ 外 waffle

아이스크림 **와플**이 인기가 많다.
· a-i-seu-keu-rim **wa-peu**-ri in-gi-ga man-ta.
(譯) 冰淇淋**鬆餅**很受歡迎。

補充單字 인기 歡迎

아이스크림 名 冰淇淋 ⋯⋯⋯⋯⋯ 外 ice cream

나는 과일맛 **아이스크림**을 가장 좋아한다.
· na-neun gwa-il-mat **a-i-seu-keu-ri**-meul kka-jang jo-a-han-da.
(譯) 我最喜歡水果口味**冰淇淋**。

補充單字 과일맛 水果口味

마가린 名 植物奶油；麥淇淋
外 margarine

마가린은 식물성이다.
• **ma-ga-ri**-neun sing-mul-seong-i-da.
譯 **植物奶油**是植物性的。

補充單字 식물성 植物性

사탕 名 糖果

사탕을 많이 먹으면 이가 썩는다.
• **sa-tang**-eul ma-ni meo-geu-myeon i-ga ssong-neun-da
譯 吃太多**糖果**會蛀牙。

補充單字 썩다 蛀；腐敗

초콜렛 名 巧克力
外 chocolate

다크**초콜렛**은 쓰다.
• da-keu-**cho-kol-le**-seun sseu-da.
譯 黑**巧克力**很苦。

補充單字 다크 黑

젤리 名 果凍 外 jelly

젤리는 쫀득쫀득하다.
• **jel-li**-neun jjon-deuk-jjon-deu-ka-da.
譯 **果凍**的口感 QQ 的。

補充單字 쫀득쫀득하다 QQ 的

껌 名 口香糖 外 gum

편의점에서 **껌**을 사다.
• pyeo-nui-jeo-me-seo **kkeo**-meul ssa-da.
譯 在便利商店買**口香糖**。

補充單字 사다 買

과자 名 餅乾

초콜렛 **과자**는 달콤하다.
• cho-kol-let **gwa-ja**-neun dal-kom-ha-da.
譯 巧克力**餅乾**甜甜的。

補充單字 달콤하다 甜的

103

Chapter 8
衣服 & 配件

◀衣服製作 相關的情境單字

꿰매다 動 縫

단추가 떨어져 단추를 **꿰맸다**.
- dan-chu-ga tteo-reo-jeo dan-chu-reul **kkwe-maet-tta**.

譯 扣子掉了，所以再**縫**起來。

補充單字 단추 扣子／떨어지다 掉落

바늘 名 針

바늘은 뾰족하다.
- **ba-neu**-reun ppyo-jo-ka-da.

譯 **針**很銳利。

補充單字 뾰족하다 銳利的

실 名 線

실처럼 가늘다.
- **sil**-cheo-reom ga-neul-tta.

譯 像**線**一樣細。

補充單字 ～처럼 像……一樣／가늘다 細的

구멍 名 洞（破洞）

스타킹에 **구멍**이 났다.
- seu-ta-king-e **gu-meong**-i nat-tta.

譯 絲襪有**破洞**了。

補充單字 스타킹 絲襪／나다 出現；發生

상표 名 標籤

상표에 원산지가 써있다.
- **sang-pyo**-e won-san-ji-ga sseo-it-tta.

譯 **標籤**上有寫原產地。

補充單字 원산지 原產地／쓰다 寫下；紀錄

단추 名 扣子

단추가 많은 옷은 불편하다.
- **dan-chu**-ga ma-neun o-seun bul-pyeon-ha-da.

譯 很多**扣子**的衣服不方便。

補充單字 옷 衣服／불편하다 不方便的

단추구멍 名 扣眼

단추구멍이 커졌다.
- **dan-chu-gu-meong**-i keo-jeot-tta.

譯 **扣眼**變鬆了。

補充單字 커지다 鬆

지퍼 名 拉鍊 ············· 外 zipper

바지 **지퍼**가 열렸다.
- ba-ji **ji-peo**-ga yeol-lyeot-tta.

譯 褲子的**拉鍊**開了。

補充單字 바지 褲子／열리다 開

리본 名 蝴蝶結 ·········· 外 ribbon

여자 아이들 옷에는 **리본**이 많이 있다.
- yeo-ja a-i-deul o-se-neun **ri-bo**-ni ma-ni it-tta.

譯 小女孩的衣服上有很多**蝴蝶結**。

補充單字 여자 아이 小女孩／옷 衣服

레이스 名 蕾絲 ········· 外 lace

레이스 옷은 여성스러워 보인다.
- **re-i-seu** o-seun yeo-seong-seu-reo-wo bo-in-da.

譯 **蕾絲**衣服看起來很女性化。

補充單字 여성 女性／보이다 看起來

◀料質 相關的情境單字

원단 名 布料

이 옷은 **원단**이 좋다.
- i o-seun **won-da**-ni jo-ta.

譯 這件衣服的**布料**很好。

補充單字 이 這／옷 衣服

체크무늬 名 格子紋

나는 **체크무늬** 남방이 잘 어울린다.
- na-neun **che-keu-mu-ni** nam-bang-i jal eo-ul-lin-da.

譯 我很適合穿**格子紋**襯衫。

補充單字 남방 襯衫／어울리다 相配；協調

스트라이프 名 橫條紋
·········· 外 stripe

나는 **스트라이프** 티셔츠를 좋아한다.
- na-neun **seu-teu-ra-i-peu** ti-syeo-cheu-reul jjo-a-han-da.

譯 我喜歡**橫條紋** T 恤。

補充單字 티셔츠 T 恤／좋아하다 喜歡

무채색 名 黑白顏色（無彩色）

남자들은 **무채색**을 자주 입는다.
- nam-ja-deu-reun **mu-chae-sae**-geul jja-ju im-neun-da.

譯 男生常穿黑色或白色這種**無彩色**的衣服。

補充單字 남자 男生／자주 常

면 名 純棉 ········· 漢

면은 흡수력이 좋다.
- **myeo**-neun heup-ssu-ryeo-gi jo-ta.

譯 **純棉**的吸收力很好。

補充單字 흡수력 吸收力／좋다 好的

울 名 羊毛 ········· 外 wool

겨울에 **울**자켓을 입으면 따뜻하다.
- gyeo-u-re **ul**-ja-ke-seul i-beu-myeon tta-tteu-ta-da.

譯 冬天時穿**羊毛**外套的話很溫暖。

補充單字 따뜻하다 溫暖

나일론 名 尼龍 ········· 外 nylon

나일론은 쉽게 찢어지지 않는다.
- **na-il-lo**-neun swip-kke jji-jeo-ji-ji an-neun-da.

尼龍不容易破掉。

補充單字 쉽다 容易／찢어지다 撕裂；破掉

漢 漢語延伸單字／外 外來語延伸單字

105

합성섬유 名 合成纖維 ········· 漢

기능성 옷에 **합성섬유**를 사용한다.

• gi-neung-seong o-se **hap-sseong-seo-myu-reul** ssa-yong-han-da.

譯 **合成纖維**適用於功能性衣服。

補充單字 기능성 옷 功能性衣服／사용하다 適用

가죽 名 真皮

가죽벨트는 오래 사용할 수 있다.

• **ga-juk**-ppel-teu-neun o-rae sa-yong-hal ssu it-tta.

譯 **真皮**皮帶可以用很久。

補充單字 벨트 皮帶／오래 久的

합성피혁 名 合成皮 ·········· 漢

합성피혁은 가죽같이 보인다.

• **hap-sseong-pi-hyeo**-geun ga-juk-kka-chi bo-in-da.

譯 **合成皮**看起來像真皮。

補充單字 가죽 真皮／보이다 看起來

실크 名 絲綢 ············· 外 silk

실크는 매우 부드럽다.

• **sil-keu**-neun mae-u bu-deu-reop-tta.

譯 **絲綢**很絲滑順柔。

補充單字 매우 很；非常／부드럽다 絲滑的；順柔的

◀衣服 相關的情境單字

팬티 名 內褲 ········· 外 panties

남성용 **팬티**는 삼각과 사각이 있다.

• nam-seong-yong **paen-ti**-neun sam-gak-kkwa sa-ga-gi it-tta.

譯 男性**內褲**有三角的和四角的。

補充單字 삼각 三角／사각 四角

속옷 名 內衣

백화점 세일 때 **속옷**을 여러 벌 샀다.

• bae-kwa-jeom se-il ttae **so-go**-seul yeo-reo beol sat-tta.

譯 在百貨公司周年慶的時候買了幾件**內衣**。

補充單字 백화점 百貨公司／세일 大拍賣

브래지어 名 胸罩
····················· 外 brassiere

브래지어는 사이즈별로 있다.

• **beu-rae-ji-eo**-neun sa-i-jeu-byeol-lo it-tta.

譯 **胸罩**有各種不同的尺寸。

補充單字 사이즈 尺寸／있다 有；具有

옷 名 衣服

쇼핑할 때 **옷**을 가장 많이 산다.

• syo-ping-hal ttae **o**-seul kka-jang ma-ni san-da.

譯 逛街的絕大部分時間都在買**衣服**。

補充單字 할 때 時候／가장 最；頂

모자티 名 帽T

모자티는 입기에 편하다.
- mo-ja-ti-neun ip-kki-e pyeon-ha-da.

譯 帽T穿起來很舒服。

補充單字 편하다 舒服的

티셔츠 名 T恤 ……… 外 T-shirt

여름에는 티셔츠를 많이 입는다.
- yeo-reu-me-neun ti-syeo-cheu-reul ma-ni im-neun-da.

譯 夏天時很常穿T恤。

補充單字 여름 夏天／입다 穿

반팔 名 短袖

요즘 반팔을 입으면 춥다.
- yo-jeum ban-pa-reul i-beu-myeon chup-tta.

譯 最近穿短袖會冷。

補充單字 요즘 最近／춥다 冷的

긴팔 名 長袖

여행갈 때 긴팔을 몇 벌 챙긴다.
- yeo-haeng-gal ttae gin-pa-reul myeot beol chaeng-gin-da.

譯 去旅行時會帶幾件長袖的衣服。

補充單字 여행 旅行／챙기다 準備

치마 名 裙子

우리 엄마는 치마를 즐겨 입는다.
- u-ri eom-ma-neun chi-ma-reul jjeul-kkyeo im-neun-da.

譯 我媽媽喜歡穿裙子。

補充單字 우리 엄마 我媽媽／즐기다 喜歡

미니스커트 名 迷你裙 外 mini-skirt

요즘 미니스커트가 유행이다.
- yo-jeum mi-ni-seu-keo-teu-ga yu-haeng-i-da.

譯 最近很流行迷你裙。

補充單字 요즘 最近／유행하다 流行的

원피스 名 洋裝 …… 外 one piece

기분이 좋아 빨간색 원피스를 샀다.
- gi-bu-ni jo-a ppal-kkan-saek won-pi-seu-reul ssat-tta.

譯 因為心情好而買了一件紅色洋裝。

補充單字 기분 心情／빨간색 紅色

바지 名 褲子

살이 쪄서 바지가 작아졌다.
- sa-ri jjeo-seo ba-ji-ga ja-ga-jeot-tta.

譯 因為變胖，所以褲子變小了。

補充單字 찌다 變胖／작다 小的

반바지 名 短褲

여름에는 반바지를 입는다.
- yeo-reu-me-neun ban-ba-ji-reul im-neun-da.

譯 夏天時穿短褲。

補充單字 여름 夏天／입다 穿

청바지 名 牛仔褲

청바지는 오래 입을 수 있다.
- cheong-ba-ji-neun o-rae i-beul ssu it-tta.

譯 牛仔褲可以穿很久。

補充單字 오래 久／입다 穿

漢 漢語延伸單字／ 外 外來語延伸單字

치마바지 名 褲裙

치마바지는 활동하기에 매우 편하다.

- chi-ma-ba-ji-neun hwal-dong-ha-gi-e mae-u pyeon-ha-da.

譯 穿**褲裙**活動的時候非常舒適又方便。

補充單字 활동하다 活動／편하다 舒適的； 舒服的

블라우스 名 女用襯衫
外 blouse

출근할 때 **블라우스**를 입는다.

- chul-geun-hal ttae beul-la-u-seu-reul im-neun-da.

譯 上班時穿**女用襯衫**。

補充單字 출근하다 上班／입다 穿

남방 名 襯衫（休閒服）

청바지에 **남방**을 입었다.

- cheong-ba-ji-e nam-bang-eul i-beot-tta.

譯 穿牛仔褲和**襯衫**。

補充單字 청바지 牛仔褲／입다 穿

와이셔츠 名 襯衫（西裝）
外 white shirts

남편은 하얀 **와이셔츠**에 넥타이를 맸다.

- nam-pyeo-neun ha-yan wa-i-syeo-cheu-e nek-ta-i-reul maet-tta.

譯 老公穿**白襯衫**配領帶。

補充單字 남편 老公／넥타이 領帶

정장 名 西裝

취업하여 **정장**을 한 벌 샀다.

- chwi-eo-pa-yeo jeong-jang-eul han beol sat-tta.

譯 因為找工作有需要，所以買了一件**西裝**。

補充單字 취업하다 找工作／사다 買

조끼 名 背心

날씨가 쌀쌀해져서 **조끼**를 덧입었다.

- nal-ssi-kka ssal-ssal-hae-jjeo-seo jo-kki-reul tteo-si-beot-tta.

譯 因為天氣變冷而罩了件**背心**。

補充單字 쌀쌀해지다 變冷／덧입다 罩上；加上

스웨터 名 毛衣 外 sweater

스웨터를 입었더니 땀이 났다.

- seu-we-teo-reul i-beot-tteo-ni tta-mi nat-tta.

譯 穿**毛衣**會流汗。

補充單字 땀 汗／나다 出；冒

코트 名 大衣 外 coat

겨울에 **코트**를 입지 않으면 너무 춥다.

- gyeo-u-re ko-teu-reul ip-jji a-neu-myeon neo-mu chup-tta.

譯 冬天沒穿**大衣**的話會太冷。

補充單字 너무 太／춥다 冷的

바람막이 名 風衣

바람이 세게 불어 **바람막이** 점퍼를 입었다.

- ba-ra-mi se-ge bu-reo ba-ram-ma-gi jeom-peo-reul i-beot-tta.

譯 風很大，所以穿了**風衣**外套。

補充單字 바람 風／점퍼（夾克）外套

점퍼 名 外套 ·············· 外 jumper

추울까봐 **점퍼**를 한 벌 챙겨갔다.

• chu-ul-kka-bwa **jeom-peo**-reul han beol chaeng-gyeo-gat-tta.

譯 怕會冷所以帶一件**外套**。

補充單字 춥다 冷的／챙기다 帶

패딩 名 羽絨外套 ······ 外 padding

패딩점퍼를 입으면 따뜻하다.

• **pae-ding**-jeom-peo-reul i-beu-myeon tta-tteu-ta-da.

譯 穿**羽絨外套**很溫暖。

補充單字 입다 穿／따뜻하다 溫暖

◀配件 相關的情境單字

모자 名 帽子 ························· 漢

우리 할아버지는 **모자**를 즐겨 쓴다.

• u-ri ha-ra-beo-ji-neun **mo-ja**-reul jjeul-kkyeo sseun-da.

譯 我爺爺喜歡戴**帽子**。

補充單字 할아버지 爺爺／쓰다 戴

야구모자 名 棒球帽 ············· 漢

학교에 갈 때 **야구모자**를 즐겨 쓴다.

• hak-kkyo-e gal ttae **ya-gu-mo-ja**-reul jjeul-kkyeo sseun-da.

譯 去上課時喜歡戴**棒球帽**。

補充單字 학교 上課／쓰다 戴

마스크 名 口罩 ············ 外 mask

오토바이를 탈 때는 **마스크**를 낀다.

• o-to-ba-i-reul tal ttae-neun **ma-seu-keu**-reul kkin-da.

譯 騎摩托車時戴**口罩**。

補充單字 오토바이 摩托車／끼다 戴

목도리 名 圍巾

겨울에는 **목도리**를 꼭 해야한다.

• gyeo-u-re-neun **mok-tto-ri**-reul kkok hae-ya-han-da.

譯 冬天一定要圍**圍巾**。

補充單字 겨울 冬天／꼭 一定

스카프 名 絲巾；圍巾 （大部分是女生用的）

·············· 外 scarf

선생님은 꽃무늬 **스카프**가 많다.

• seon-saeng-ni-meun kkon-mu-ni **seu-ka-peu**-ga man-ta.

譯 老師有很多花紋**圍巾**。

補充單字 선생님 老師／꽃무늬 花紋

넥타이 名 領帶 ········ 外 necktie

어버이날에 아버지에게 **넥타이**를 선물했다.

• eo-beo-i-na-re a-beo-ji-e-ge **nek-ta-i**-reul sseon-mul-haet-tta.

譯 父母節的時候把**領帶**送給爸爸。

補充單字 어버이날 父母節／선물하다 送禮物；贈禮

장갑 名 手套

손이 시려 **장갑**을 꼈다.
- so-ni si-ryeo **jang-ga**-beul kkyeot-tta.

譯 手太冰了，所以戴上**手套**。

補充單字 시리다 冰冷的／끼다 戴

멜빵 名 背帶；吊帶

어릴 때 **멜빵**을 많이 했다.
- eo-ril ttae **mel-ppang**-eul ma-ni haet-tta.

譯 小時候常用**吊帶**。

補充單字 어릴 때 年紀小的時候／많이 常

벨트 名 皮帶 ·········· 外 belt

바지가 커서 **벨트**를 해야 한다.
- ba-ji-ga keo-seo **bel-teu**-reul hae-ya han-da.

譯 褲子太大了，一定要繫**皮帶**。

補充單字 바지 褲子／해야 한다 一定要

양말 名 襪子

양말을 신고 운동화를 신는다.
- **yang-ma**-reul ssin-go un-dong-hwa-reul ssin-neun-da.

譯 穿了**襪子**再穿運動鞋。

補充單字 신다 穿／운동화 運動鞋

스타킹 名 絲襪 ······ 外 stocking

스타킹은 매우 얇다.
- **seu-ta-king**-eun mae-u yap-tta.

譯 **絲襪**很薄。

補充單字 매우 很；非常／얇다 薄

지갑 名 錢包

지갑 안에 각종 카드가 많다.
- **ji-gap** a-ne gak-jjong ka-deu-ga man-ta.

譯 **錢包**裡有很多各式各樣的卡片。

補充單字 카드 卡片／많다 很多的

화장품가방 名 化妝品包

화장품가방 안에 각종 화장품이 들어 있다.
- **hwa-jang-pum-ga-bang** a-ne gak-jjong hwa-jang-pu-mi deu-reo-it-tta.

譯 **化妝品包**裡有各種化妝品。

補充單字 화장품 化妝品／들어있다 內含有；包含

명함지갑 名 名片夾

남자친구에게 **명함지갑**을 선물했다.
- nam-ja-chin-gu-e-ge **myeong-ham-ji-ga**-beul sseon-mul-haet-tta.

譯 把**名片夾**送給男朋友。

補充單字 남자친구 男朋友／선물하다 送給

가방 名 包包

여자들은 **가방**을 좋아한다.
- yeo-ja-deu-reun **ga-bang**-eul jjo-a-han-da.

譯 女生喜歡**包包**。

補充單字 여자 女生／좋아하다 喜歡

핸드백 名 手提包 ··· 外 handbag

핸드백에 지갑과 휴대폰을 넣었다.
- **haen-deu-bae**-ge ji-gap-kkwa hyu-dae-po-neul neo-eot-tta.

譯 **手提包**裡放錢包跟手機。

補充單字 휴대폰 手機／넣다 放

여행가방 名 旅行包

여행가방은 사이즈가 크다.

- **yeo-haeng-ga-bang**-eun sa-i-jeu-ga keu-da.

譯 **旅行包**的尺寸很大。

補充單字 사이즈 尺寸／크다 大的

캐리어 名 旅行箱 …… 外 carrier

캐리어에는 바퀴가 있어 편리하다.

- **kae-ri-eo**-e-neun ba-kwi-ga i-sseo pyeol-li-ha-da.

譯 **旅行箱**有輪子很方便。

補充單字 바퀴 輪子／편리하다 方便的；便利的

鞋類 相關的情境單字

구두 名 皮鞋

새로 산 **구두**가 더러워졌다.

- sae-ro san **gu-du**-ga deo-reo-wo-jeot-tta.

譯 新買的**皮鞋**變髒了。

補充單字 새로 重新；新的／더러워지다 變髒

운동화 名 運動鞋

헬스장에 갈 때는 **운동화**를 가져 간다.

- hel-seu-jang-e gal ttae-neun **un-dong-hwa**-reul kka-jeo gan-da.

譯 去健身房的時候帶**運動鞋**。

補充單字 헬스장 健身房／가지다 具有；帶

부츠 名 馬靴 …… 外 boots

날씨가 추워져서 **부츠**를 신었다.

- nal-ssi-kka chu-wo-jeo-seo **bu-cheu**-reul ssi-neot-tta.

譯 天氣變冷穿**馬靴**。

補充單字 날씨 天氣／신다 穿（鞋子）；登上

장화 名 雨鞋

비오는 날에는 **장화**를 신는다.

- bi-o-neun na-re-neun **jang-hwa**-reul ssin-neun-da.

譯 下雨天穿**雨鞋**。

補充單字 비오는 날 下雨天／신다 穿（鞋子）；登上

하이힐 名 高跟鞋 … 外 high heel

하이힐을 많이 신었더니 발이 아프다.

- **ha-i-hi**-reul ma-ni si-neot-tteo-ni ba-ri a-peu-da.

譯 常穿**高跟鞋**的話腳會痛。

補充單字 아프다 痛

굽 名 跟

하이힐 **굽**이 매우 높다.

- ha-i-hil **gu**-bi mae-u nop-tta.

譯 高跟鞋的**跟**很高。

補充單字 매우 很／높다 高

슬리퍼 名 拖鞋 …… 外 slipper

여름에는 **슬리퍼**를 자주 신는다.

- yeo-reu-me-neun **seul-li-peo**-reul jja-ju sin-neun-da.

譯 夏天時常穿**拖鞋**。

補充單字 자주 常常；時常／신다 穿

111

샌들 名 涼鞋 ·········· 外 sandal

여행을 가기 위해 **샌들**을 새로 샀다.

• yeo-haeng-eul kka-gi wi-hae **saen-deu**-reul ssae-ro sat-tta.

譯 為了去旅行買了新的**涼鞋**。

補充單字 여행 旅行／새로 新的

◀ 飾品 相關的情境單字

목걸이 名 項鍊

오늘은 금**목걸이**를 했다.

• o-neu-reun geum-**mok-kkeo-ri**-reul haet-tta.

譯 今天帶了條黃金**項鍊**。

補充單字 오늘 今天／금 黃金

귀걸이 名 耳環

귀걸이 수집이 취미이다.

• **gwi-geo-ri** su-ji-bi chwi-mi-i-da.

譯 我的興趣是蒐集**耳環**。

補充單字 수집 蒐集／취미 興趣

팔찌 名 手鍊

팔찌와 시계를 모두 찬다.

• **pal-jji**-wa si-gye-reul mo-du chan-da.

譯 都戴**手鍊**跟手錶。

補充單字 차다 戴／모두 都；全都

반지 名 戒指

남자친구가 **반지**를 선물해줬다.

• nam-ja-chin-gu-ga **ban-ji**-reul sseon-mul-hae-jwot-tta.

譯 男朋友送我**戒指**。

補充單字 남자친구 男朋友／선물하다 送

손목시계 名 手錶

손목시계를 차는 것이 습관이다.

• **son-mok-ssi-gye**-reul cha-neun geo-si seup-kkwa-ni-da.

譯 平常習慣戴**手錶**。

補充單字 습관이다 習慣

머리핀 名 髮夾

딸에게 **머리핀**을 선물했다.

• tta-re-ge **meo-ri-pi**-neul sseon-mul-haet-tta.

譯 把**髮夾**送給女兒。

補充單字 딸 女兒／선물하다 送

머리띠 名 髮箍

머리띠를 하면 여성스러워 보인다.

• **meo-ri-tti**-reul ha-myeon yeo-seong-seu-reo-wo bo-in-da.

譯 戴**髮箍**看起來很女性化。

補充單字 여성스러 女生的；女性化的／보이다 看起來

선글라스 名 太陽眼鏡 ·········· 外 sunglass

햇볕이 강해서 **선글라스**를 꼈다.

• haet-ppyeo-chi gang-hae-seo **seon-geul-la-seu**-reul kkyeot-tta.

譯 太陽太大了，所以戴**太陽眼鏡**。

補充單字 햇볕 太陽／끼다 戴

안경 名 眼鏡 ·········· 漢

눈이 나빠져서 **안경**을 맞췄다.

• nu-ni na-ppa-jeo-seo **an-gyeong**-eul mat-chwot-tta.

譯 視力不好所以去配**眼鏡**。

補充單字 눈 眼睛／맞추다 配戴

렌즈 名 隱形眼鏡 ………… 外 lens

눈이 나빠서 **렌즈**를 낀다.

- nu-ni na-ppa-seo **ren-jeu**-reul kkin-da.

譯 因為近視，有戴**隱形眼鏡**。

補充單字 나쁘다 壞的；不良的／끼다 戴

‧特殊服飾 相關的情境單字

잠옷 名 睡衣

내 **잠옷**은 분홍색이다.

- nae **ja-mo**-seun bun-hong-sae-gi-da.

譯 我的**睡衣**是粉紅色。

補充單字 내 我的／분홍색 粉紅色

안대 名 眼罩 ………………… 漢

비행기 안에서 잠을 자기 위해 **안대**를 꼈다.

- bi-haeng-gi a-ne-seo ja-meul jja-gi wi-hae **an-dae**-reul kkyeot-tta.

譯 在飛機上因為要睡覺而戴上**眼罩**。

補充單字 비행기 飛機／잠 睡覺

수영복 名 泳衣

여름이 곧 다가와 **수영복**을 샀다.

- yeo-reu-mi got da-ga-wa **su-yeong-bo**-geul ssat-tta.

譯 夏天快到了，買了一件**泳衣**。

補充單字 여름 夏天／곧 다가오다 快到

수영모자 名 游泳帽

수영복과 **수영모자**가 세트이다.

- su-yeong-bok-kkwa **su-yeong-mo-ja**-ga se-teu-i-da.

譯 泳衣跟**游泳帽**是一套的。

補充單字 수영복 泳衣／세트이다 一套

수경 名 泳鏡 ………………… 漢

수경을 쓰면 물에서 눈을 뜰 수 있다.

- **su-gyeong**-eul sseu-myeon mu-re-seo nu-neul tteul ssu it-tta.

譯 戴**泳鏡**的話，在水裡可以張開眼睛。

補充單字 물 水／뜨다 張開

비키니 名 比基尼 ……… 外 bikini

비키니를 입고 해변에 갔다.

- **bi-ki-ni**-reul ip-kko hae-byeo-ne gat-tta.

譯 穿**比基尼**去海邊。

補充單字 입다 穿／해변 海邊

전통의상 名 傳統服裝

각국의 **전통의상**들은 매우 독특하다.

- gak-kku-gui **jeon-tong-ui-sang**-deu-reun mae-u dok-teu-ka-da.

譯 各國的**傳統服裝**都很獨特。

補充單字 각국 各國／독특하다 獨特的

치파오 名 旗袍 ………… 外 qipao

치파오는 중국 전통 의상이다.

- **chi-pa-o**-neun jung-guk jeon-tong ui-sang-i-da.

譯 **旗袍**是中國的傳統服裝。

補充單字 전통 의상 傳統服裝

漢 漢語延伸單字／ 外 外來語延伸單字

기모노 名 和服 外 kimono

기모노는 색깔이 화려하다.

• gi-mo-no-neun saek-kka-ri hwa-ryeo-ha-da.

譯 和服的顏色很華麗。

補充單字 색깔 顏色；色彩／화려하다 華麗的

웨딩드레스 名 婚紗 外 wedding dress

웨딩드레스를 고르다.

• we-ding-deu-re-seu-reul kko-reu-da.

譯 挑選了婚紗。

補充單字 고르다 挑選

턱시도 名 晚禮服 外 tuxedo

턱시도를 입고 파티에 갔다.

• teok-ssi-do-reul ip-kko pa-ti-e gat-tta.

譯 穿晚禮服參加派對。

補充單字 파티 派對／가다 去

신상품 名 新商品 漢

이 옷은 가을 **신상품**이다.

• i o-seun ga-eul ssin-sang-pu-mi-da.

譯 這件衣服是秋季新商品。

補充單字 옷 衣服／가을 秋季

구제옷 名 二手衣服

구제옷은 저렴하다.

• gu-je-o-seun jeo-ryeom-ha-da.

譯 二手衣服很便宜。

補充單字 저렴하다 便宜的

임부복 名 孕婦裝 漢

임신을 해서 **임부복**을 입는다.

• im-si-neul hae-seo im-bu-bo-geul im-neun-da.

譯 懷孕了，所以穿孕婦裝。

補充單字 임신 懷孕／입다 穿

등산복 名 登山服 漢

어버이날에 부모님께 **등산복**을 선물해드렸다.

• eo-beo-i-na-re bu-mo-nim-kke deung-san-bo-geul sseon-mul-hae-deu-ryeot-tta.

譯 父母節時把登山服送給父母。

補充單字 부모님 父母／선물하다 送禮物；贈禮

캐주얼 名 休閒服 外 casual

금요일에는 회사에서 **캐주얼**을 입는다.

• geu-myo-i-re-neun hoe-sa-e-seo kae-ju-eo-reul im-neun-da.

星期五在公司穿休閒服。

補充單字 금요일 星期五／회사 公司

아동복 名 童裝

아동복은 너무 귀엽다.

• a-dong-bo-geun neo-mu gwi-yeop-tta.

譯 童裝很可愛。

補充單字 귀엽다 可愛的

유니폼 名 制服 外 uniform

우리 회사는 **유니폼**을 입는다.

• u-ri hoe-sa-neun yu-ni-po-meul im-neun-da.

譯 我們公司穿制服。

補充單字 회사 公司／입다 穿

Chapter

09／10

音檔連結
因各家手機系統不同，若無法直
接掃描，仍可以至
（https://tinyurl.com/3et4xsf7）
電腦連結雲端下載。

Chapter 9
感覺 & 動作

◀ 感官 相關的情境單字

덥다 形 熱的

날씨가 **더워** 아이스크림을 먹었다.
- nal-ssi-kka **deo-wo** a-i-seu-keu-ri-meul meo-geot-tta.

譯 天氣很**熱**吃冰淇淋。

補充單字 날씨 天氣／아이스크림 冰淇淋

따뜻하다 形 溫暖的

집안에 들어오니 **따뜻했다.**
- ji-ba-ne deu-reo-o-ni **tta-tteu-taet-tta.**

譯 進到家裡就很**溫暖**。

補充單字 집안 家裡／들어오다 進到；進入

춥다 形 冷的

겨울에는 날씨가 너무 **춥다.**
- gyeo-u-re-neun nal-ssi-kka neo-mu **chup-tta.**

譯 冬天天氣很**冷**。

補充單字 겨울 冬天／날씨 天氣

시원하다 形 涼快的

바람이 **시원하다.**
- ba-ra-mi **si-won-ha-da.**

譯 風很**涼快**。

補充單字 바람 風

쌀쌀하다 形 涼涼的

가을이 되자 날씨가 **쌀쌀해졌다.**
- ga-eu-ri doe-ja nal-ssi-kka **ssal-ssal-hae-jjeot-tta.**

譯 入秋後，天氣變**涼**了。

補充單字 가을 秋天／날씨 天氣

차갑다 形 冰的

음료수가 **차갑다.**
- eum-nyo-su-ga **cha-gap-tta.**

譯 飲料很**冰**。

補充單字 음료수 飲料

뜨겁다 形 燙的

커피가 **뜨겁다.**
- keo-pi-ga **tteu-geop-tta.**

譯 咖啡很**燙**。

補充單字 커피 咖啡

향기롭다 形 香的

새로 산 향수가 **향기롭다.**
- sae-ro san hyang-su-ga **hyang-gi-rop-tta.**

譯 新買的香水很**香**。

補充單字 새로 新的／향수 香水

냄새나다 形 有味道的；有臭味的

신발에서 지독한 **냄새가 난다.**
- sin-ba-re-seo ji-do-kan naem-sae-ga nan-da.

譯 鞋子裡面有很**臭**的味道。

補充單字 신발 鞋子／지독하다 臭的

부드럽다 形 柔軟的

오늘 산 블라우스는 감촉이 매우 **부드럽다**.

• o-neul ssan beul-la-u-seu-neun gam-cho-gi mae-u **bu-deu-reop-tta**.

譯 今天買的女用襯衫觸感很**柔軟**。

補充單字 블라우스 女用襯衫／감촉 觸感

딱딱하다 形 硬的

과자가 너무 **딱딱하다**.

• gwa-ja-ga neo-mu **ttak-tta-ka-da**.

譯 餅乾太**硬**了。

補充單字 과자 餅乾／너무 太；非常

거칠다 形 粗糙的

피부가 **거칠어졌다**.

• pi-bu-ga **geo-chi-reo-jeot-tta**.

譯 皮膚變得很**粗糙**。

補充單字 피부 皮膚

물렁물렁하다 形 軟軟的

바나나가 오래되서 **물렁물렁해졌다**.

• ba-na-na-ga o-rae-doe-seo **mul-leong-mul-leong-hae-jeot-tta**.

譯 香蕉放太久變得**軟軟的**。

補充單字 바나나 香蕉／오래되다 久

끈적끈적하다 形 黏黏的

꿀이 손에 묻어 **끈적끈적하다**.

• kku-ri so-ne mu-teo **kkeun-jeok-kkeun-jeo-ka-da**.

譯 蜂蜜沾到手**黏黏的**。

補充單字 꿀 蜂蜜／손 手

촉촉하다 形 濕潤的；水潤的

피부가 **촉촉하다**.

• pi-bu-ga **chok-cho-ka-da**.

譯 皮膚很**濕潤**。

補充單字 피부 皮膚

축축하다 形 濕濕的

비를 맞아서 옷이 **축축하다**.

• bi-reul ma-ja-seo o-si **chuk-chu-ka-da**.

譯 淋雨了，所以衣服**濕濕的**。

補充單字 비 雨／맞다 淋

매끄럽다 形 滑的

책상 표면이 **매끄럽다**.

• chaek-ssang pyo-myeo-ni **mae-kkeu-reop-tta**.

譯 書桌的表面很**滑**。

補充單字 책상 書桌／표면 表面

울퉁불퉁하다 副 凹凸不平的

도로가 **울퉁불퉁하다**.

• do-ro-ga **ul-tung-bul-tung-ha-da**.

譯 路面**凹凸不平**。

補充單字 도로 路面

漢 漢語延伸單字／外 外來語延伸單字

117

聲色 相關的情境單字

검정색 名 黑色

많은 남자들은 **검정색** 정장을 입는다.
- ma-neun nam-ja-deu-reun **geom-jeong-saek** jeong-jang-eul im-neun-da.
- 譯 很多男生穿**黑色**西裝。

補充單字 남자 男人；男性／정장 西裝

흰색 名 白色

종이는 **흰색**이다.
- jong-i-neun **hin-sae**-gi-da.
- 譯 紙是**白色**的。

補充單字 종이 紙

무지개색 名 彩虹顏色

무지개색은 칠(일곱)가지이다.
- **mu-ji-gae-sae**-geun chil-ga-ji-i-da.
- 譯 **彩虹**有七種顏色。

補充單字 가지 個；種

빨간색 名 紅色

중국 국기는 **빨간색**이다.
- jung-guk guk-kki-neun **ppal-kkan-sae**-gi-da.
- 譯 **中國**國旗是**紅色**的。

補充單字 중국 中國／국기 國旗

파란색 名 藍色

바닷물이 **파란색**이다.
- ba-dan-mu-ri **pa-ran-sae**-gi-da.
- 譯 海水是**藍色**的。

補充單字 바닷물 海水

노란색 名 黃色

노란색 꽃을 좋아한다.
- **no-ran-saek** kko-cheul jjo-a-han-da.
- 譯 喜歡**黃色**的花。

補充單字 꽃 花／좋아하다 喜歡

하늘색 名 天藍色

하늘색 자켓을 샀다.
- **ha-neul-ssaek** ja-ke-seul ssat-tta.
- 譯 買了**天藍色**的外套。

補充單字 자켓 外套

분홍색 名 粉紅色 ‥‥‥‥‥‥‥ 漢

많은 여성들은 **분홍색**을 좋아한다.
- ma-neun yeo-seong-deu-reun **bun-hong-sae**-geul jjo-a-han-da.
- 譯 很多女生都喜歡**粉紅色**。

補充單字 많다 很多／여성 女性；女生

갈색 名 棕色

우리집 식탁은 **갈색**이다.
- u-ri-jip sik-ta-geun **gal-ssae**-gi-da.
- 譯 我家的餐桌是**棕色**的。

補充單字 식탁 餐桌

금색 名 金色 ‥‥‥‥‥‥‥‥‥‥ 漢

금색 귀걸이를 했다.
- **geum-saek** gwi-geo-ri-reul haet-tta.
- 譯 我戴了**金色**耳環。

補充單字 귀걸이 耳環／하다 戴

은색 名 銀色 ⋯⋯⋯⋯⋯⋯⋯⋯ 漢

은색 종이가 반짝거렸다.
- **eun-sack** jong-I-ga ban-jjak-kkeo-ryeot-tta.
譯 **銀色**的紙亮亮的。

補充單字 종이 紙／반짝거리다 亮亮的

주황색 名 橘色

주황색 매니큐어를 발랐다.
- **ju-hwang-saek** mae-ni-kyu-eo-reul ppal-lat-tta.
譯 擦了**橘色**的指甲油。

補充單字 매니큐어 指甲油／바르다 刷；抹

곧다 形 直挺挺的

등이 **곧다**.
- deung-i **got-tta**.
譯 背挺得**直直的**。

補充單字 등 背

비슷하다 形 類似的

이 색깔과 저 색깔은 **비슷하다**.
- i saek-kkal-kkwa jeo saek-kka-reun **bi-seu-ta-da**.
譯 這個顏色跟那個顏色很**像**。

補充單字 이 這個／색깔 顏色

같다 形 一樣的

친구와 내 이름은 **같다**.
- chin-gu-wa nae i-reu-meun **gat-tta**.
譯 朋友的名字跟我的**一模一樣**。

補充單字 친구 朋友／이름 名字

다르다 形 不一樣的

쌍둥이지만 **다르다**.
- ssang-dung-i-ji-man **da-reu-da**.
譯 雖然是雙胞胎，但很**不一樣**。

補充單字 쌍둥이 雙胞胎

목소리가 크다 形 聲音很大

박물관에서 **목소리가** 너무 **커서** 경고를 받았다.
- bang-mul-gwa-ne-seo **mok-sso-ri-ga** neo-mu **keo-seo** gyeong-go-reul ppa-dat-tta.
譯 因為在博物館出太**大的聲音**而被警告。

補充單字 박물관 博物館／경고 警告

목소리가 작다 形 聲音很小

목소리가 너무 **작아** 잘 들리지 않았다.
- **mok-sso-ri-ga** neo-mu **ja-ga** jal tteul-li-ji a-nat-tta.
譯 **聲音**太小聽不太清楚。

補充單字 들리다 聽／않다 無法；不

볼륨 名 音量 ⋯⋯⋯⋯⋯ 外 volume

라디오 **볼륨**을 조절하다.
- ra-di-o **bol-lyu**-meul jjo-jeol-ha-da.
譯 調整收音機的**音量**。

補充單字 라디오 收音機／조절하다 調整

漢 漢語延伸單字／外 外來語延伸單字

119

●動作 相關的情境單字

행동 名 行動；行為 ……………… 漢

행동이 이상하다.
- **haeng-dong**-i i-sang-ha-da.

譯 行為很奇怪。

補充單字 이상하다 奇怪的

웃다 動 笑

그는 나를 **웃게** 한다.
- geu-neun na-reul **ut-kke** han-da.

譯 他會逗我笑。

補充單字 그 他／하다 會；做

미소짓다 動 微笑

엄마는 나를 향해 **미소지었다**.
- eom-ma-neun na-reul hyang-hae **mi-so-ji-eot-tta**.

譯 媽媽向我微笑。

補充單字 엄마 媽媽

찡그리다 動 皺眉頭

짜증이 나서 얼굴을 **찡그렸다**.
- jja-jeung-i na-seo eol-gu-reul **jjing-geu-ryeot-tta**.

譯 因為很煩所以皺眉頭。

補充單字 얼굴 臉／짜증나다 煩的

보다 動 看

영화를 **본다**.
- yeong-hwa-reul **ppo-da**.

譯 看電影。

補充單字 영화 電影

맡다 動 聞

냄새를 **맡다**.
- naem-sae-reul **mat-tta**.

譯 聞味道。

補充單字 냄새 味道

듣다 動 聽

음악을 **듣다**.
- eu-ma-geul **tteut-tta**.

譯 聽音樂。

補充單字 음악 音樂

말하다 動 說

친구에게 **말하다**.
- chin-gu-e-ge **mal-ha-tta**.

譯 跟朋友說。

補充單字 친구 朋友

소리지르다 動 尖叫

화가나서 **소리지르다**.
- hwa-ga-na-seo **so-ri-ji-reu-da**.

譯 因為很生氣而尖叫。

補充單字 화나다 生氣

만지다 動 摸

얼굴을 계속 **만지다**.
- eol-gu-reul kkye-sok **man-ji-da**.

譯 一直摸臉。

補充單字 얼굴 臉／계속 一直；持續地

쓰다 動 寫

일기를 **쓰다**.
- il-gi-reul **sseu-da**.

譯 寫日記。

補充單字 일기 日記

잡다 動 抓

여자친구의 팔을 **잡다**.
- yeo-ja-chin-gu-ɯi pa-reul **jjap-tta**.

譯 **抓**著女朋友的手。

補充單字 여자친구의 女朋友的／팔 手

놓다 動 放

가방을 내려**놓다**.
- ga-bang-eul nae-ryeo-**no-ta**.

譯 把包包**放**下來。

補充單字 가방 包包

때리다 動 打

선생님은 매로 손바닥을 **때렸다**.
- seon-saeng-ni-meun mae-ro son-ba-da-geul **ttae-ryeot-tta**.

譯 老師用棍子**打**手掌。

補充單字 선생님 老師／손바닥 手掌

당기다 動 拉

문을 **당기다**.
- mu-neul **ttang-gi-da**.

譯 把門**拉**開。

補充單字 문 門

끌다 動 拖；拉

캐리어를 **끌다**.
- kae-ri-eo-reul **kkeul-tta**.
拖著旅行箱。

補充單字 캐리어 旅行箱

밀다 動 推

문을 **밀다**.
- mu-neul **mil-da**.

譯 把門**推**開。

補充單字 문 門

던지다 動 投；丟

야구공을 **던지다**.
- ya-gu-gong-eul **tteon-ji-da**.

譯 **投**棒球。

補充單字 야구공 棒球

주다 動 給；讓

선물을 **주다**.
- seon-mu-reul **jju-da**.

譯 **給**了禮物。

補充單字 선물 禮物

받다 動 收

꽃을 **받다**.
- kko-cheul **ppat-tta**.

譯 **收**到了花。

補充單字 꽃 花

보내다 動 送

공항에서 친구를 **보내다**.
- gong-hang-e-seo chin-gu-reul **ppo-nae-da**.

譯 在機場**送**朋友。

補充單字 공항 機場／친구 朋友

漢 漢語延伸單字／外 外來語延伸單字

121

가다 [動] 去；走

학교에 **가다**.
- hak-kkyo-e **ga-da**.
- 譯 去學校。

補充單字 학교 學校

오다 [動] 來；來到

한국에 **오다**.
- han-gu-ge **o-da**.
- 譯 來韓國。

補充單字 한국 韓國

바꾸다 [動] 更換；改變

컴퓨터 배경화면을 **바꾸다**.
- keom-pyu-teo bae-gyeong-hwa-myeo-neul **ppa-kku-da**.
- 譯 更換電腦的桌面。

補充單字 컴퓨터 電腦／배경화면 桌面

양보하다 [動] 禮讓

동생에게 장난감을 **양보하다**.
- dong-saeng-e-ge jang-nan-ga-meul **yang-bo-ha-da**.
- 譯 把玩具讓給弟弟。

補充單字 동생 弟弟／장난감 玩具

알다 [動] 知道；熟悉

잘 **아는** 지역이다.
- jal **a-neun** ji-yeo-gi-da.
- 譯 很熟悉這個地方。

補充單字 잘 很；極為／지역 地方

모르다 [動] 不知道

잘 **모르는** 것이다.
- jal **mo-reu-neun** geo-si-da.
- 譯 不太知道的。

補充單字 잘 太；很

이해하다 [動] 了解

정확하게 **이해하다**.
- jeong-hwa-ka-ge **i-hae-ha-da**.
- 譯 正確地了解。

補充單字 정확하다 正確的

믿다 [動] 相信

서로 **믿다**.
- seo-ro **mit-tta**.
- 譯 互相相信。

補充單字 서로 互相

좋아하다 [動] 喜歡

게임하는 것을 **좋아하다**.
- ge-im-ha-neun geo-seul **jjo-a-ha-da**.
- 譯 喜歡玩電動。

補充單字 게임 電動

사랑하다 [動] 愛

동물을 **사랑하다**.
- dong-mu-reul **ssa-rang-ha-da**.
- 譯 愛動物。

補充單字 동물 動物

태어나다 動 出生

서울에서 **태어나다**.
- seo-u-re-seo **tae-eo-na-da**.
- 譯 **出生**於首爾。

補充單字 서울 首爾

일하다 動 工作

사무실에서 **일하다**.
- sa-mu-si-re-seo **il-la-da**.
- 譯 在辦公室**工作**。

補充單字 사무실 辦公室

움직이다 動 移動

배가 **움직이다**.
- bae-ga **um-ji-gi-da**.
- 譯 船在**移動**。

補充單字 배 船

줄이다 動 減少

다이어트를 위해 음식량을 **줄여야** 한다.
- da-i-eo-teu-reul wi-hae eum-sing-nyang-eul **jju-ryeo-ya** han-da.
- 譯 為了減肥而**減少**食物量。

補充單字 다이어트 減肥／음식량 飲食量；食物量

높이다 動 拉高

실력을 **높이기** 위해 연습을 해야 한다.
- sil-lyeo-geul **no-pi-gi** wi-hae yeon-seu-beul hae-ya han-da.
- 譯 為了要**提高**實力而練習。

補充單字 실력 實力／연습 練習

漢 漢語延伸單字／外 外來語延伸單字

Chapter 10
形狀＆大小

◀形狀 相關的情境單字

네모나다 形 方形的

티비는 **네모나다**.
- ti-bi-neun **ne-mo-na-da**.
- 譯 電視是**方形的**。

補充單字 티비 電視

모서리 名 角

종이는 **모서리**가 네개다.
- jong-i-neun **mo-seo-ri**-ga ne-gae-da.
- 譯 紙有四個**角**。

補充單字 종이 紙／네개 四個

세모나다 形 三角形的

옷에 **세모난** 그림이 인쇄되어 있다.
- o-se **se-mo-nan** geu-ri-mi in-swae-doe-eo it-tta.
- 譯 衣服上被印有**三角形的**圖案。

補充單字 인쇄되다 被印上／그림 畫；圖

둥그렇다 形 圓形的

안경이 **둥그렇다**.
- an-gyeong-i **dung-geu-reo-ta**.
- 譯 眼鏡是**圓形的**。

補充單字 안경 眼鏡

원 名 圓形 ·········· 漢

이 **원**의 둘레는 1미터이다.
- i **wo**-nui dul-le-neun il-mi-teo-i-da.
- 譯 這**圓形**的周長是一公尺。

補充單字 둘레 周長／미터 公尺

원뿔 名 圓錐

원뿔모양의 모자 산다.
- **won-ppul**-mo-yang-ui mo-ja san-da.
- 譯 買了**圓錐**狀的帽子。

補充單字 모양 樣子／모자 帽子

피라미드형 名 金字塔型
·· 外 pyramid

이 박물관은 **피라미드형**이다.
- i bang-mul-gwa-neun **pi-ra-mi-deu-hyeong**-i-da.
- 譯 這個博物館是**金字塔型**的。

補充單字 이 這個／박물관 博物館

사각형 名 四角形 ··········· 漢

사진은 **사각형**이다.
- sa-ji-neun **sa-ga-kyeong**-i-da.
- 譯 照片是**四角形**的。

補充單字 사진 照片

삼각형 名 三角形 ⋯⋯⋯⋯ 漢

삼각김밥은 **삼각형**이다.
- sam-gak-kkim-ba-beun **sam-ga-kyeong**-i-da.

譯 飯糰是**三角形**的。

補充單字 삼각김밥 飯糰

◀ 單位 相關的情境單字

단위 名 單位 ⋯⋯⋯⋯⋯ 漢

이 숫자의 **단위**가 무엇인가요?
- i sut-jja-ui **da-nwi**-ga mu-eo-sin-ga-yo?

譯 這數字的**單位**是什麼？

補充單字 숫자 數字／무엇 什麼

밀리미터 名 毫米
⋯⋯⋯⋯⋯⋯⋯ 外 millimeter

겨울방학동안 1**밀리미터**도 자라지 않
았다.
- gyeo-ul-bang-hak-ttong-an il-**mil-li-mi-teo**-do
  ja-ra-ji a-nat-tta.

譯 寒假時連一**毫米**都沒有長高。

補充單字 겨울방학 寒假／동안 期間／자라다 長

센티미터 名 公分
⋯⋯⋯⋯⋯⋯⋯ 外 centimeter

5**센티미터**정도 컸다.
- o-**sen-ti-mi-teo**-jeong-do keot-tta.

譯 長了五**公分**左右。

補充單字 크다 長成；長大／정도 左右；上下

미터 名 公尺 ⋯⋯⋯⋯ 外 meter

나의 100**미터** 달리기 기록은 18초이
다.
- na-ui baek-**mi-teo** dal-li-gi gi-ro-geun sip-pal-
  cho-i-da.

譯 我一百**公尺**跑步的記錄是十八秒。

補充單字 달리기 跑步；賽跑／기록 記錄
　　초 秒

인치 名 英寸 ⋯⋯⋯⋯ 外 inch

내 청바지는 25**인치**이다.
- nae cheong-ba-ji-neun i-sip-o-**in-chi**-i-da.

譯 我的牛仔褲尺寸是二十五**英寸**。

補充單字 내 我的／청바지 牛仔褲

킬로미터 名 公里
⋯⋯⋯⋯⋯⋯⋯ 外 kilometer

서울에서 부산은 400**킬로미터**가 넘는
다.
- seo-u-re-seo bu-sa-neun sa-baek-**kil-lo-mi-**
  teo-ga neom-neun-da.

譯 從首爾到釜山有超過四百**公里**。

補充單字 부산 釜山／넘다 越過；超過

그램 名 （公）克 ⋯⋯⋯ 外 gram

하루에 땅콩을 100**그램**씩 먹는다.
- ha-ru-e ttang-kong-eul baek-**geu-raem**-ssik
  meong-neun-da.

譯 每天吃一百**克**的花生。

補充單字 하루 一天／땅콩 花生／먹다 吃

125

킬로그램 名 公斤・外 kilogram

우리 오빠는 75**킬로그램**이다.
- u-ri o-ppa-neun chil-sip-o-**kil-lo-geu-rae**-mi-da.

譯 我哥哥七十五**公斤**。

補充單字 오빠 哥哥

칼로리 名 卡路里；熱量
.... 外 calorie

초콜렛은 **칼로리**가 높다.
- cho-kol-le-seun **kal-lo-ri**-ga nop-tta.

譯 巧克力的**熱量**很高。

補充單字 초콜렛 巧克力／높다 高的

밀리리터 名 毫升
.... 外 milimeter

이 로션은 100**밀리리터**이다.
- i ro-syeo-neun baek-**mil-li-ri-teo**-i-da.

譯 這乳液是一百**毫升**。

補充單字 로션 乳液

리터 名 （公）升......... 外 liter

1.5**리터** 물을 한 병 샀다.
- i-jeom-o-**ri-teo** mu-reul han byeong sat-tta.

譯 買了一瓶 1.5 升的水。

補充單字 물 水／병 瓶

量測

재다 形 量

키를 **재다**.
- ki-reul **jjae-da**.

譯 **量**身高。

補充單字 키 身高

모양 名 樣子......... 漢

모양이 여러가지이다.
- **mo-yang**-i yeo-reo-ga-ji-i-da.

譯 有很多各式各樣的**樣子**。

補充單字 여러가지 各式各樣；形形色色

형태 名 形態......... 漢

다양한 **형태**의 디자인이 있다.
- da-yang-han **hyeong-tae**-ui di-ja-i-ni it-tta.

譯 有很多種**形態**的設計。

補充單字 다양하다 多樣的／디자인 設計

무게 名 重量

무게가 무겁다.
- **mu-ge**-ga mu-geop-tta.

譯 **重量**很重。

補充單字 무겁다 重的

키 名 身高

남동생은 여름방학 동안 **키**가 많이 컸다.
- nam-dong-saeng-eun yeo-reum-bang-hak dong-an **ki**-ga ma-ni keot-tta.

譯 暑假時弟弟的個子（**身高**）長高很多。

補充單字 남동생 弟弟／여름방학 동안 暑假放假期間

몸무게 名 體重

몸무게가 늘었다.
- **mom-mu-ge**-ga neu-reot-tta.

譯 **體重**增加了。

補充單字 늘다 增加

거리 名 距離 ┄┄┄┄┄┄ 漢

거리가 멀지 않다.
- **geo-ri**-ga meol-ji an-ta.

譯 距離不遠。

補充單字 멀다 遠的

가로 名 橫

가로폭이 5센츠이다.
- **ga-ro**-po-gi o-sen-tseu-i-da.

譯 橫寬是五公分。

補充單字 폭 寬

세로 名 豎

세로 길이가 1미터이다.
- **se-ro** gi-ri-ga il-mi-teo-da.

譯 豎的長度是一公尺。

補充單字 길이 長度

길이 名 長度

길이가 짧다.
- **gi-ri**-ga jjap-tta.

譯 這個長度很短。

補充單字 짧다 短的

둘레 名 周長

둘레가 30센츠이다.
- **dul-le**-ga sam-sip-sen-tseu-i-da.

譯 周長是三十公分。

補充單字 이다 是／센츠 公分之簡稱（cm）

폭 名 寬度

폭이 50센츠이다.
- **po**-gi o-sip-sen-tseu-i-da.

譯 寬度是五十公分。

補充單字 이다 是

두께 名 厚度

두께가 얇다.
- **du-kke**-ga yap-tta.

譯 厚度很薄。

補充單字 얇다 薄的

量測結果 相關的情境單字

짧다 形 短的

키가 커서 바지가 **짧**아졌다.
- ki-ga keo-seo ba-ji-ga **jjal-ba-jeot-tta**.

譯 長高了，褲子變短了。

補充單字 키 身高／바지 褲子

길다 形 長的

옷이 커서 소매가 **길다**.
- o-si keo-seo so-mae-ga **gil-da**.

譯 衣服很大，袖子也很長。

補充單字 옷 衣服／소매 袖子

얇다 形 薄的

이탈리아 피자는 매우 **얇다**.
- i-tal-li-a pi-ja-neun mae-u **yap-tta**.

譯 義大利披薩很薄。

補充單字 이탈리아 義大利／피자 披薩

두껍다 形 厚的

겨울옷은 매우 **두껍다**.
- gyeo-u-ro-seun mae-u **du-kkeop-tta**.
冬天的衣服很厚。

補充單字 겨울옷 冬天的衣服
매우 很；太

좁다 形 窄的

우리집 골목은 매우 **좁다**.
- u-ri-jip gol-mo-geun mae-u **jop-tta**.

譯 我家巷子很**窄**。

補充單字 골목 巷子

넓다 形 廣闊的；廣大的

학교 운동장은 매우 **넓다**.
- hak-kkyo un-dong-jang-eun mae-u **neop-da**.

譯 學校運動場非常**寬廣**。

補充單字 학교 學校／운동장 運動場

가깝다 形 近的

집에서 학교까지 매우 **가깝다**.
- ji-be-seo hak-kkyo-kka-ji mae-u **ga-kkap-tta**.

譯 從我家到學校很**近**。

補充單字 ～에서～까지 從……到……／집 家

멀다 形 遠的

우리 회사는 서울에서 **멀다**.
- u-ri hoe-sa-neun seo-u-re-seo **meol-da**.

譯 我們公司離首爾很**遠**。

補充單字 우리 我們／회사 公司

Chapter◗

11
/ 12

音檔連結
因各家手機系統不同，若無法直
接掃描，仍可以至
（https://tinyurl.com/5je6vjb8）
電腦連結雲端下載。

Chapter 11
住所＆家用品

◀住所空間 相關的情境單字

아파트 名 公寓⋯⋯ 外 apartment

아파트에는 엘리베이터가 있다.
- **a-pa-teu**-e-neun el-li-be-i-teo-ga it-tta.
- 譯 **公寓**設有電梯。

補充單字 엘리베이터 電梯

단독주택 名 獨棟住宅（透天厝）⋯⋯⋯⋯⋯ 漢

단독주택은 관리 비용이 많이 든다.
- **dan-dok-jju-tae**-geun gwal-li bi-yong-i ma-ni deun-da.
- 譯 **獨棟住宅**的管理費用很高。

補充單字 관리 비용 管理費用／많이 多多地

엘리베이터 名 電梯
⋯⋯⋯⋯⋯⋯⋯⋯⋯⋯⋯⋯ 外 elevator

우리 회사 건물에는 **엘리베이터**가 다섯대다.
- u-ri hoe-sa geon-mu-re-neun **el-li-be-i-teo**-ga da-seot-ttae-da.
- 譯 我們公司大樓有五臺**電梯**。

補充單字 회사 公司／건물 大樓

계단 名 樓梯

2층은 **계단**을 이용한다.
- i-cheung-eun **gye-da**-neul i-yong-han-da.
- 譯 走**樓梯**上二樓。

補充單字 이용하다 使用

정원 名 庭園⋯⋯⋯⋯⋯⋯ 漢

우리집 **정원**에는 꽃이 많다.
- u-ri-jip **jeong-wo**-ne-neun kko-chi man-ta.
- 譯 我家**庭園**有很多花。

補充單字 우리집 我家／꽃 花

개집 名 狗窩

개집을 새로 샀다.
- **gae-ji**-beul ssae-ro sat-tta.
- 譯 買了新的**狗窩**。

補充單字 새로 新的／사다 買

차고 名 車庫⋯⋯⋯⋯⋯⋯ 漢

우리집 **차고**에는 차가 두 대 있다.
- u-ri-jip **cha-go**-e-neun cha-ga du dae it-tta.
- 譯 我家**車庫**裡有兩臺汽車。

補充單字 차 汽車／대 臺

현관 名 玄關⋯⋯⋯⋯⋯⋯ 漢

현관에서 신발을 벗는다.
- **hyeon-gwa**-ne-seo sin-ba-reul ppeon-neun-da.
- 譯 在**玄關**脫鞋子。

補充單字 신발 鞋子／벗다 脫

거실 名 客廳 ⋯⋯⋯⋯⋯ 漢

거실에 가족들이 모두 모였다.
• **geo-si**-re ga-jok-tteu-ri mo-du mo-yeot-tta.
譯 全家人聚在**客廳**裡。

補充單字 가족 家族；家人／모이다 在一起

손님방 名 客房

우리집에는 **손님방**이 따로 있다.
• u-ri-ji-be-neun **son-nim-bang**-i tta-ro it-tta.
譯 我家另外有**客房**。

補充單字 우리집 我們家／따로 另外

화장실 名 洗手間 ⋯⋯⋯⋯⋯ 漢

화장실 청소를 했다.
• **hwa-jang-sil** cheong-so-reul haet-tta.
譯 打掃了**洗手間**。

補充單字 청소 打掃；清掃

욕실 名 浴室 ⋯⋯⋯⋯⋯⋯ 漢

욕실 바닥이 미끄럽다.
• **yok-ssil** ba-da-gi mi-kkeu-reop-tta.
譯 **浴室**的地板很滑。

補充單字 바닥 地板／미끄럽다 滑溜的

베란다 名 陽臺 ⋯⋯⋯ 外 veranda

베란다에 많은 화분을 놓았다.
• **be-ran-da**-e ma-neun hwa-bu-neul no-at-tta.
譯 在**陽臺**放很多花盆。

補充單字 화분 花盆／놓다 放置

복도 名 走道 ⋯⋯⋯⋯⋯ 漢

복도가 캄캄하다.
• **bok-tto**-ga kam-kam-ma-da.
譯 **走道**暗暗的。

補充單字 캄캄하다 暗暗的

◀裝潢 相關的情境單字

인테리어 名 裝潢 ⋯ 外 interior

우리집은 **인테리어**를 새로 했다.
• u-ri-ji-beun **in-te-ri-eo**-reul ssae-ro haet-tta.
譯 我們家重新**裝潢**。

補充單字 새로 重新

공구 名 工具 ⋯⋯⋯⋯⋯ 漢

공구상자가 없어졌다.
• **gong-gu**-sang-ja-ga eop-sseo-jeot-tta.
譯 **工具**盒不見了。

補充單字 상자 箱；盒／없어지다 不見

못 名 釘子

못은 날카롭다.
• **mo**-seun nal-ka-rop-tta.
譯 **釘子**很尖銳。

補充單字 날카롭다 鋒利的；尖銳的

망치 名 釘錘（錘子）

망치는 무겁다.
• **mang-chi**-neun mu-geop-tta.
譯 **釘錘**很重。

補充單字 무겁다 重的

도끼 名 斧頭

도끼는 무섭게 생겼다.
- **do-kki**-neun mu-seop-kke saeng-gyeot-tta.

譯 **斧頭**看起來很恐怖。

補充單字 무섭다 恐怖的

드라이버 名 螺絲起子
外 driver

드라이버는 꼭 필요한 생활공구이다.
- **deu-ra-i-beo**-neun kkok pi-ryo-han saeng-hwal-gong-gu-i-da.

譯 **螺絲起子**是生活上非常必要的工具。

補充單字 필요 必要／생활공구 生活工具

줄자 名 捲尺 漢

줄자로 허리둘레를 재었다.
- **jul-ja**-ro heo-ri-dul-le-reul jjae-eot-tta.

譯 用**捲尺**量腰圍。

補充單字 허리둘레 腰圍／재다 用

대문 名 大門 漢

우리집 **대문**은 흰색이다.
- u-ri-jip **dae-mu**-neun hin-sae-gi-da.

譯 我家**大門**是白色。

補充單字 우리집 我們家／흰색 白色

철문 名 鐵門 漢

철문은 무겁다.
- **cheol-mu**-neun mu-geop-tta.
鐵門很重。

補充單字 무겁다 重的

나무문 名 木門

나무문은 소리가크다.
- **na-mu-mu**-neun so-ri-ga keu-da.

譯 **木門**的聲音很大。

補充單字 소리 聲音／크다 大的

벽 名 牆壁 漢

벽에 그림이 많이 걸려있다.
- **byeo**-ge geu-ri-mi ma-ni geol-lyeo-it-tta.

譯 **牆壁**上掛了很多畫。

補充單字 그림 畫／걸려있다 掛；吊

천장 名 天花板

천장이 너무 낮다.
- **cheon-jang**-i neo-mu nat-tta.

譯 **天花板**太低了。

補充單字 너무 太；非常／낮다 低的

유리창 名 玻璃窗

유리창을 깨끗이 닦았다.
- **yu-ri-chang**-eul kkae-kkeu-chi da-kkat-tta.

譯 把**玻璃窗**擦乾淨。

補充單字 깨끗이 乾淨／닦다 擦

창문 名 窗戶 漢

창문이 안열린다.
- **chang-mu**-ni a-nyeol-lin-da.

譯 **窗戶**打不開。

補充單字 열리다 打開

통유리로 된 창문 名 落地窗

통유리로 된 창문은 보기 좋다.
- **tong-yu-ri-ro doen chang-mu**-neun bo-gi jo-ta.
- 譯 落地窗看起來很好看。

補充單字 보기 좋다 看起來好看

담장 名 籬笆

할아버지댁 **담장**은 돌로 만들었다.
- ha-ra-beo-ji-daek **dam-jang**-eun dol-lo man-deu-reot-tta.
- 譯 爺爺家的籬笆是用石頭做的。

補充單字 할아버지 爺爺／돌 石頭

◀ 家具 相關的情境單字

가구 名 家具 ⋯⋯⋯⋯⋯⋯⋯ 漢

우리집에는 **가구**가 별로 없다.
- u-ri-ji-be-neun **ga-gu**-ga byeol-lo eop-tta.
- 譯 我家的家具不多。

補充單字 별로 없다 不多

테이블 名 桌子 ⋯⋯⋯⋯ 外 table

거실 **테이블** 위에 잡지가 있다.
- geo-sil **te-i-beul** wi-e jap-jji-ga it-tta.
- 譯 客廳桌子上有雜誌。

補充單字 거실 客廳／잡지 雜誌

책상 名 書桌

내 **책상**은 흰색이다.
- nae **chaek-ssang**-eun hin-sae-gi-da.
- 譯 我的書桌是白色的。

補充單字 흰색 白色

의자 名 椅子 ⋯⋯⋯⋯⋯⋯⋯⋯ 漢

의자가 너무 높다.
- **ui-ja**-ga neo-mu nop-tta.
- 譯 椅子太高。

補充單字 너무 太／높다 高的

안마의자 名 按摩椅 ⋯⋯⋯⋯ 漢

안마의자는 피로를 풀어준다.
- **an-ma-ui-ja**-neun pi-ro-reul pu-reo-jun-da.
- 譯 按摩椅能夠放輕鬆。

補充單字 피로 疲勞／풀어주다 放鬆；舒活

옷장 名 衣櫃

옷장에 옷을 정리해야 한다.
- **ot-jjang**-e o-seul jjeong-ni-hae-ya han-da.
- 譯 要整理衣櫃裡面的衣服。

補充單字 옷 衣服／정리하다 整理

책장 名 書櫃

책장에 책이 다섯권 있다.
- **chaek-jjang**-e chae-gi da-seot-kkwon it-tta.
- 譯 書櫃裡有五本書。

補充單字 책 書／권 本

신발장 名 鞋櫃

신발장에 신발을 넣었다.
- **sin-bal-jjang**-e sin-ba-reul neo-eot-tta.
- 譯 在鞋櫃裡放鞋子。

補充單字 신발 鞋子／넣다 放

漢 漢語延伸單字／外 外來語延伸單字

서랍 名 抽屜

서랍에 옷을 넣었다.
- **seo-ra**-be o-seul neo-eot-tta.

譯 把衣服放在**抽屜**裡。

補充單字 옷 衣服／넣다 放

소파 名 沙發 ⋯⋯⋯⋯ 外 sofa

소파에 앉아 TV를 보았다.
- **so-pa**-e an-ja TV reul ppo-at-tta.

譯 坐在**沙發**上看電視。

補充單字 앉다 坐；坐下／보다 看

◀布置擺設 相關的情境單字

조명 名 照明 ⋯⋯⋯⋯⋯⋯⋯ 漢

거실 **조명**이 따뜻하다.
- geo-sil **jo-myeong**-i tta-tteu-ta-da.

譯 客廳的**照明**很溫馨。

補充單字 거실 客廳／따뜻하다 溫暖的；柔和的

전등 名 電燈泡

전등이 네개가 있다.
- **jeon-deung**-i ne-gae-ga it-tta.

譯 有四個**電燈泡**。

補充單字 네개 四個

벽지 名 壁紙 ⋯⋯⋯⋯⋯⋯⋯⋯⋯ 漢

우리집 **벽지**는 하늘색이다.
- u-ri-jip **byeok-jji**-neun ha-neul-ssae-gi-da.

譯 我家的**壁紙**是天藍色的。

補充單字 하늘색 天藍色

커튼 名 窗簾 ⋯⋯⋯⋯ 外 curtain

햇볕이 쎄서 **커튼**을 쳤다.
- haet-ppyeo-chi sse-seo **keo-teu**-neul cheot-tta.

譯 太陽很大，拉**窗簾**！

補充單字 햇볕 太陽／쎄다 大的

쿠션 名 沙發靠墊 ⋯⋯ 外 cushion

쿠션이 소파 위에 있다.
- **ku-syeo**-ni so-pa wi-e it-tta.

譯 **沙發靠墊**放在沙發上。

補充單字 소파 沙發／위 上

테이블보 名 桌巾

테이블보에 꽃무늬가 있다.
- **te-i-beul-ppo**-e kkon-mu-ni-ga it-tta.

譯 **桌巾**有花紋。

補充單字 꽃무늬 花紋

카페트 名 地毯 ⋯⋯⋯ 外 carpet

카페트를 깔면 따뜻한 분위기가 된다.
- **ka-pe-teu**-reul kkal-myeon tta-tteu-tan bu-nwi-gi-ga doen-da.

譯 鋪**地毯**很溫馨的感覺。

補充單字 깔다 鋪；墊／분위기 感覺

액자 名 相框

벽에 **액자**를 두개 걸었다.
- byeo-ge **aek-jja**-reul ttu-gae geo-reot-tta.

譯 牆壁上掛了兩個**相框**。

補充單字 벽 牆壁／걸다 掛；吊

그림 名畫

거실에 내가 그린 **그림**을 걸었다.
- geo-si-re nae-ga geu-rin **geu-ri**-meul kkeo-reot-tta.

譯 在客廳掛了我畫的畫。

補充單字 거실 客廳／걸다 掛

꽃병 名花瓶

꽃병에 장미꽃을 꽂았다.
- kkot-ppyeong-e jang-mi-kko-cheul kko-jat-tta.

譯 花瓶裡放玫瑰。

補充單字 장미꽃 玫瑰花／꽂았다 放

촛불 名蠟燭

촛불에 불을 붙였다.
- chot-ppu-re bu-reul ppu-tyeot-tta.

譯 在蠟燭上點火。

補充單字 불 火／붙이다 點（火）

조각 名雕塑品

우리집에는 **조각**이 있다.
- u-ri-ji-be-neun **jo-ga**-gi it-tta.

譯 我家裡有雕塑品。

補充單字 우리집 我家

시계 名時鐘

시계가 십분 빠르다.
- si-gye-ga sip-ppun ppa-reu-da.

譯 時鐘快了十分鐘。

補充單字 분 分鐘／빠르다 快

◀寢室空間 相關的情境單字

침대 名床

이인용 **침대**를 샀다.
- i-i-nyong **chim-dae**-reul ssat-tta.

譯 買了雙人床。

補充單字 이인용 兩人用

싱글침대 名單人床

어렸을 때 **싱글침대**를 썼다.
- eo-ryeo-sseul ttae **sing-geul-chim-ttae**-reul sseot-tta.

譯 小時候睡單人床。

補充單字 어렸을 때 小時候／쓰다 用

더블침대 名雙人床

더블침대는 충분히 크다.
- deo-beul-chim-ttae-neun chung-bun-hi keu-da.

譯 雙人床真夠大。

補充單字 충분하다 夠；十足地

베게 名枕頭

나는 **베게**를 안고 잔다.
- na-neun **be-ge**-reul an-go jan-da.

譯 我抱著枕頭睡。

補充單字 안다 抱／자다 睡覺

이불 名棉被

두꺼운 **이불**을 좋아한다.
- du-kkeo-un **i-bu**-reul jjo-a-han-da.

譯 我喜歡很厚的棉被。

補充單字 두껍다 厚的／좋아하다 喜歡

漢 漢語延伸單字／外 外來語延伸單字

135

침대보 名 被套

밝은 색깔의 **침대보**를 샀다.
- bal-geun saek-kka-rui **chim-dae-bo**-reul ssat-tta.

(譯) 買了顏色很亮的**被套**。

補充單字 밝다 亮的／색깔 顏色

담요 名 毯子

승무원에게 **담요**를 달라고 부탁했다.
- seung-mu-wo-ne-ge **dam-nyo**-reul ttal-la-go bu-ta-kaet-tta.

(譯) 請空姐給我**毯子**。

補充單字 승무원 空姐／부탁하다 請求；拜託

거울 名 鏡子

거울에 얼굴을 비춰보았다.
- **geo-u**-re eol-gu-reul ppi-chwo-bo-at-tta.

(譯) 用**鏡子**照臉。

補充單字 얼굴 臉／비치다 照

화장대 名 化妝臺 ⋯⋯⋯⋯⋯ 漢

화장대 위에 화장품이 많다.
- **hwa-jang-dae** wi-e hwa-jang-pu-mi man-ta.

(譯) 在**化妝臺**上有很多化妝品。

補充單字 많다 很多／화장품 化妝品

행거 名 吊衣架 ⋯⋯⋯ 外 hanger

행거에 옷을 걸 자리가 부족하다.
- **haeng-geo**-e o-seul kkeol ja-ri-ga bu-jo-ka-da.

(譯) **衣架**上的空間不夠掛衣服。

補充單字 자리 位置；空間／부족하다 不足夠的

옷걸이 名 衣架子

옷걸이에 옷을 걸었다.
- **ot-kkeo-ri**-e o-seul kkeo-reot-tta.

(譯) 把衣服掛在**衣架**上。

補充單字 걸다 掛

다리미 名 熨斗

다리미로 와이셔츠를 다린다.
- **da-ri-mi**-ro wa-i-syeo-cheu-reul tta-rin-da.

(譯) 用**熨斗**燙襯衫。

補充單字 와이셔츠 白襯衫／다리다 燙

다리미판 名 燙衣板

다리미판 위에 다리미가 있다.
- **da-ri-mi-pan** wi-e da-ri-mi-ga it-tta.

(譯) **燙衣板**上有熨斗。

補充單字 있다 有

◀衛浴空間 相關的情境單字

세면대 名 洗手臺 ⋯⋯⋯⋯⋯ 漢

세면대에서 세수를 한다.
- **se-myeon-dae**-e-seo se-su-reul han-da.

(譯) 在**洗手臺**洗臉。

補充單字 세수 洗臉

수도꼭지 名 水龍頭

수도꼭지에서 물이 나온다.
- **su-do-kkok-jji**-e-seo mu-ri na-on-da.

(譯) 水從**水龍頭**出來。

補充單字 나오다 出來

욕조 名 浴缸

욕조에 뜨거운 물을 채웠다.
- **yok-jjo**-e tteu-geo-un mu-reul chae-wot-tta.
- 譯 在**浴缸**裡裝滿熱水。

補充單字 뜨겁다 熱的；燙的／채우다 裝滿

변기 名 馬桶 .... 漢

변기가 고장났다.
- **byeon-gi**-ga go-jang-nat-tta.
- 譯 **馬桶**壞掉了。

補充單字 고장나다 壞掉

샤워기 名 淋浴器（蓮蓬頭）
外 shower＋漢

샤워기의 수압이 세다.
- **sya-wo-gi**-ui su-a-bi se-da.
- 譯 **淋浴器**的水壓很強。

補充單字 수압 水壓／세다 強的；大的

타일 名 瓷磚 .... 外 tile

화장실 바닥은 **타일**이다.
- hwa-jang-sil ba-da-geun **ta-i**-ri-da.
- 譯 洗手間是**瓷磚**地板。

補充單字 화장실 洗手間／바닥 地板

염색약 名 染髮劑 .... 漢

염색약으로 직접 염색을 했다.
- **yeom-sae-gya**-geu-ro jik-jjeop yeom-sae-geul haet-tta.
- 譯 用**染髮劑**直接染髮了。

補充單字 직접 直接／염색 染色；染髮

방향제 名 芳香劑 .... 漢

화장실에 **방향제**를 놓았다.
- hwa-jang-si-re **bang-hyang-je**-reul no-at-tta.
- 譯 在洗手間放了**芳香劑**。

補充單字 화장실 洗手間／놓다 放

비누 名 肥皂

비누거품이 많다.
- **bi-nu** geo-pum ma-tta.
- 譯 有很多**肥皂**泡沫冒出。

補充單字 거품 泡沫

비누받침 名 肥皂架

비누받침에 비누를 놓는다.
- **bi-nu-bat-chi**-me bi-nu-reul non-neun-da.
- 譯 把肥皂放在**肥皂架**上。

補充單字 비누 肥皂／놓다 放

샴푸 名 洗髮精 .... 外 shampoo

샴푸로 머리를 감는다.
- **syam-pu**-ro meo-ri-reul kkam-neun-da.
- 譯 用**洗髮精**洗髮。

補充單字 머리 頭／감다 洗

린스 名 護髮乳；潤絲精
.... 外 rinse

남자들은 **린스**를 잘 쓰지 않는다.
- nam-ja-deu-reun **rin-seu**-reul jjal sseu-ji an-neun-da.
- 譯 男生不太會用**護髮乳**。

補充單字 남자들 男生們／않다 不；無法

漢 漢語延伸單字／外 外來語延伸單字

바디샴푸 名 沐浴乳
···················· 外 body shampoo

바디샴푸로 몸을 씻는다.
• **ba-di-syam-pu**-ro mo-meul ssin-neun-da.
譯 用**沐浴乳**洗身體。

補充單字 몸 身體／씻다 洗

칫솔 名 牙刷 ···························· 漢

칫솔로 양치질을 한다.
• **chit-ssol**-lo yang-chi-ji-reul han-da.
譯 用**牙刷**刷牙。

補充單字 양치질 刷牙

치약 名 牙膏 ························· 漢

미백**치약**이 효과가 있나요?
• mi-baek-**chi-ya**-gi hyo-gwa-ga in-na-yo?
譯 美白**牙膏**有用嗎？

補充單字 미백 美白／효과 效果

수건 名 毛巾

수건으로 몸을 감싼다.
• **su-geo**-neu-ro mo-meul kkam-ssan-da.
譯 用**毛巾**包身體。

補充單字 몸 身體／감싸다 包

헤어드라이기 名 吹風機
···················· 外 hair dryer＋漢

헤어드라이기로 머리를 말린다.
• **he-eo-deu-ra-i-gi**-ro meo-ri-reul mal-lin-da.
譯 用**吹風機**吹頭髮。

補充單字 머리 頭／말리다 吹

면도기 名 刮鬍刀

면도기로 수염을 깎는다.
• **myeon-do-gi**-ro su-yeo-meul kkang-neun-da.
譯 用**刮鬍刀**刮鬍子。

補充單字 수염 鬍子／깎다 刮

◀廚房空間 相關的情境單字

싱크대 名 流理臺

싱크대가 엉망이다.
• **sing-keu-dae**-ga eong-mang-i-da.
譯 **流理臺**很亂。

補充單字 엉망이다 亂的

식탁 名 餐桌

식탁에서 가족들과 저녁을 먹는다.
• **sik-ta**-ge-seo ga-jok-tteul-kkwa jeo-nyeo-geul meong-neun-da.
譯 在**餐桌**跟家人一起吃晚餐。

補充單字 가족들 家人／저녁 晚餐

원탁테이블 名 圓桌

원탁테이블에서 가족 모두 함께 식사를 한다.
• **won-tak-te-i-beu**-re-seo ga-jok mo-du ham-kke sik-ssa-reul han-da.
譯 全家人圍著**圓桌**一起吃飯。

補充單字 함께 一起／식사 吃飯

냉장고 名 冰箱

냉장고에 김치가 있다.
• **naeng-jang-go**-e gim-chi-ga it-tta.
譯 **冰箱**裡有泡菜。

補充單字 김치 泡菜

김치냉장고 名 泡菜冰箱

한국에는 **김치냉장고**가 있다.

- han-gu-ge-neun **gim-chi-naeng-jang-go**-ga it-tta.

譯 韓國有**泡菜冰箱**。

補充單字 한국 韓國

냉동실 名 冷凍室 ············· 漢

냉동실에 아이스크림이 있다.

- **naeng-dong-si**-re a-i-seu-keu-ri-mi it-tta.

譯 **冷凍室**裡有冰淇淋。

補充單字 아이스크림 冰淇淋

토스터기 名 烤麵包機
············· 外 toast＋漢

아침마다 **토스터기**로 빵을 구워먹는다.

- a-chim-ma-da **to-seu-teo-gi**-ro ppang-eul kku-wo-meong-neun-da.

譯 每天早上用**烤麵包機**烤麵包。

補充單字 아침 早上／굽다 烤

전자레인지 名 微波爐

전자레인지에 우유를 데웠다.

- **jeon-ja-re-in-ji**-e u-yu-reul tte-wot-tta.

譯 用**微波爐**把牛奶加熱。

補充單字 우유 牛奶

오븐 名 烤箱 ············· 外 oven

오븐에 쿠키를 구웠다.

- **o-beu**-ne ku-ki-reul kku-wot-tta.

譯 用**烤箱**烤餅乾。

補充單字 쿠키 餅乾

밥솥 名 電鍋

밥솥에 밥을 했다.

- **bap-sso**-te ba-beul haet-tta.

譯 用**電鍋**煮飯。

補充單字 밥 飯

믹서기 名 果汁機

믹서기로 주스를 간다.

- **mik-sseo-gi**-ro ju-seu-reul kkan-da.

譯 用**果汁機**打果汁。

補充單字 주스 果汁

바구니 名 籃子

바구니에 사과를 담았다.

- **ba-gu-ni**-e sa-gwa-reul tta-mat-tta.

譯 在**籃子**裡放了蘋果。

補充單字 사과 蘋果／담다 盛；裝

락앤락 名 樂扣樂扣（保鮮盒）
············· 外 Lock & Lock

남은 음식을 **락앤락**에 넣었다.

- na-meun eum-si-geul **ra-gael-la**-ge neo-eot-tta.

譯 把剩下的食物放在**樂扣樂扣**裡。

補充單字 음식 食物／넣다 放

집게 名 夾子

집게로 고기를 구웠다.

- **jip-kke**-ro go-gi-reul kku-wot-tta.

譯 用**夾子**烤肉。

補充單字 고기 肉／굽다 烤

漢 漢語延伸單字／外 外來語延伸單字

수세미 名 菜瓜布

수세미가 더러워졌다.
- su-se-mi-ga deo-reo-wo-jeot-tta.
- 譯 **菜瓜布**變髒了。

補充單字 더러워지다 變髒

설거지 名 洗碗

손님이 와서 **설거지**가 많다.
- son-ni-mi wa-seo seol-geo-ji-ga man-ta.
- 譯 因為有客人來,多了些**碗**要**洗**。

補充單字 손님 客人／오다 來

음식물쓰레기 名 廚餘

음식물쓰레기를 버렸다.
- eum-sing-mul-sseu-re-gi-reul ppeo-ryeot-tta.
- 譯 把**廚餘**丟掉了。

補充單字 버리다 丟掉

분리수거 名 回收

빈병은 **분리수거** 해야한다.
- bin-byeong-eun bul-li-su-geo hae-ya-han-da.
- 譯 空瓶要**回收**。

補充單字 빈병 空瓶

쓰레기통 名 垃圾桶

쓰레기통에 쓰레기가 없다.
- sseu-re-gi-tong-e sseu-re-gi-ga eop-tta.
- 譯 在**垃圾桶**裡沒有垃圾。

補充單字 쓰레기 垃圾／없다 沒有

분리수거함 名 資源回收桶

분리수거함은 문 바깥에 있다.
- bul-li-su-geo-ha-meun mun ba-kka-te it-tta.
- 譯 **資源回收桶**在門外面。

補充單字 문 門／바깥 外面

음식물쓰레기함 名 廚餘桶

음식물쓰레기함은 깨끗이 씻어야 한다.
- eum-sing-mul-sseu-re-gi-ha-meun kkae-kkeu-ti ssi-seo-ya han-da.
- 譯 **廚餘桶**要洗乾淨。

補充單字 깨끗이 乾淨的／씻다 洗清

헌옷함 名 舊衣桶

골목에 **헌옷함**이 있다.
- gol-mo-ge heo-no-ha-mi it-tta.
- 譯 巷子裡有**舊衣桶**。

補充單字 골목 巷子

봉지 名 塑膠袋

봉지에 물건을 담았다.
- bong-ji-e mul-geo-neul tta-mat-tta.
- 譯 **袋子**裡裝了東西。

補充單字 물건 東西／담다 裝

랩 名 保鮮膜 ⋯⋯⋯⋯⋯ 外 wrap

먹고난 음식을 **랩**으로 덮었다.
- meok-kko-nan eum-si-geul rae-beu-ro deo-peot-tta.
- 譯 吃完剩下來的東西用**保鮮膜**蓋起來。

補充單字 음식 飲食；食物／먹다 吃

냅킨 名 餐巾紙 ········· 外 napkin

식탁에 **냅킨**이 있다.
- sik-ta ge **naep-ki**-ni it-tta.

(譯) 餐桌上有**餐巾紙**。

補充單字 식탁 餐桌

물티슈 名 濕紙巾

물티슈로 손을 닦았다.
- **mul-ti-syu**-ro so-neul tta-kkat-tta.

(譯) 用**濕紙巾**擦手。

補充單字 닦다 擦

물잔 名 水杯

물잔에 물을 채웠다.
- **mul-ja**-ne mu-reul chae-wot-tta.

(譯) 在**水杯**裡倒水。

補充單字 채우다 倒

◀電器用品 相關的情境單字

콘센트 名 插頭
············· 外 concentric plug

콘센트가 부족하다.
- **kon-sen-teu**-ga bu-jo-ka-da.

(譯) **插頭**不夠。

補充單字 부족하다 不足夠的

티비(TV) 名 電視
············· 外 television

삼성 스마트 **티비**를 샀다.
- sam-seong seu-ma-teu **ti-bi**-reul ssat-tta.

(譯) 買了一臺三星智慧**電視**。

補充單字 삼성 三星／스마트 智慧

리모콘 名 遙控器 ······ 外 remote

TV **리모콘**이 없어졌다.
- TV **ri-mo-ko**-ni eop-sseo-jeot-tta.

(譯) 電視**遙控器**不見了。

補充單字 없어지다 不見

전화기 名 電話 ············· 漢

전화기가 울리다.
- **jeon-hwa-gi**-ga ul-li-da.

(譯) **電話**響了。

補充單字 울리다 響

라디오 名 收音機 ········ 外 radio

요즘 **라디오**를 듣는 사람들이 점점 적어진다.
- yo-jeum **ra-di-o**-reul tteun-neun sa-ram-deu-ri jeom-jeom jeo-geo-jin-da.

(譯) 最近聽**收音機**的人越來越少了。

補充單字 점점 越來越……／사람 人

컴퓨터 名 電腦 ······ 外 computer

현대 생활에서 **컴퓨터**는 꼭 필요하다.
- hyeon-dae saeng-hwa-re-seo **keom-pyu-teo**-neun kkok pi-ryo-ha-da.

(譯) 現代生活必須要有**電腦**。

補充單字 현대 現代／필요하다 需要的；必要的

노트북 名 筆電 ······ 外 notebook

노트북은 무척 가볍다.
- **no-teu-bu**-geun mu-cheok ga-byeop-tta.

(譯) **筆電**極輕。

補充單字 무척 極為；相當／가볍다 輕的

漢 漢語延伸單字／外 外來語延伸單字

141

태블릿 PC 名 平板電腦
外 tablet PC

태블릿PC는 들고다니기 편하다.
• **tae-beul-lit PC** neun deul-kko-da-ni-gi pyeon-ha-da.

譯 **平板電腦**很好帶。

補充單字 다니기 走動；來回／편하다 方便的；便利的

모니터 名 螢幕 外 monitor

모니터가 너무 커서 눈이 아프다.
• **mo-ni-teo**-ga neo-mu keo-seo nu-ni a-peu-da.

譯 **螢幕**太大，所以眼睛很痛。

補充單字 눈 眼睛／아프다 痛

파일 名 檔案 外 file

USB에 음악**파일**이 많다.
• USB e eu-mak-**pa-i**-ri man-ta.

譯 隨身碟裡有很多音樂**檔案**。

補充單字 음악 音樂／많다 多的

스피커 名 喇叭 外 speaker

TV에 **스피커**를 연결하였다.
• TV e **seu-pi-keo**-reul yeon-gyeol-ha-yeot-tta.

譯 電視跟**喇叭**連接。

補充單字 연결하다 連接

이어폰 名 耳機 外 earphone

음악을 들을 때 **이어폰**을 낀다.
• eu-ma-geul tteu-reul ttae **i-eo-po**-neul kkin-da.

譯 聽音樂時戴**耳機**。

補充單字 때 ……的時候／끼다 戴

마이크 名 麥克風
外 microphone

노래방에서 **마이크**로 노래를 부른다.
• no-rae-bang-e-seo **ma-i-keu**-ro no-rae-reul ppu-reun-da.

譯 在 KTV 用**麥克風**唱歌。

補充單字 노래방 KTV（唱歌房）／부르다 唱

휴대폰 名 手機·· 漢 + 外 phone

대부분의 사람들은 **휴대폰**을 가지고 있다.
• dae-bu-bu-nui sa-ram-deu-reun **hyu-dae-po**-neul kka-ji-go it-tta.

譯 大部分人都有**手機**。

補充單字 대부분 大部分／사람들 人（複數）

스마트폰 名 智慧手機
外 smartphone

스마트폰은 매우 편리하다.
• **seu-ma-teu-po**-neun mae-u pyeol-li-ha-da.

譯 **智慧手機**很方便。

補充單字 매우 很；非常／편리하다 方便的

휴대폰 케이스 名 手機套
漢 + 外 phone case

새 **휴대폰 케이스**를 샀다.
• sae **hyu-dae-pon ke-i-seu**-reul ssat-tta.

譯 買了新的**手機套**。

補充單字 새 新／사다 買

핸드폰 보호 스티커
名 保護膜
… 外 headphone ＋ 漢 ＋ 外 sticker

핸드폰에 보호 스티커를 붙였다.
- **haen-deu-po-ne bo-ho seu-ti-keo**-reul ppu-tyeot-tta.

譯 手機上貼了**保護膜**。

補充單字 붙이다 貼

청소기 名 吸塵器 …………………… 漢

하루에 한번 **청소기**를 민다.
- ha-ru-e han-beon **cheong-so-gi**-reul min-da.

譯 每天用一次**吸塵器**。

補充單字 하루 一天／한번 一次

가습기 名 加濕機 ………………… 漢

겨울에는 날씨가 건조하여 **가습기**가 필요하다.
- gyeo-u-re-neun nal-ssi-kka geon-jo-ha-yeo **ga-seup-kki**-ga pi-ryo-ha-da.

譯 冬天時天氣乾燥，需要使用**加濕機**。

補充單字 겨울 冬天／건조하다 乾燥

제습기 名 除濕機 ………………… 漢

여름에는 습도가 높아 **제습기**가 필요하다.
- yeo-reu-me-neun seup-tto-ga no-pa **je-seup-kki**-ga pi-ryo-ha-da.

譯 夏天時濕度很高，需要使用**除濕機**。

補充單字 습도 濕度／필요하다 需要的；必要的

난로 名 暖爐 …………………………… 漢

날씨가 추워져 **난로**를 켰다.
- nal-ssi-kka chu-wo-jeo **nal-lo**-reul kyeot-tta.

譯 天氣變冷了，所以打開**暖爐**。

補充單字 날씨 天氣／키다 打開

전기장판 名 電毯

잠잘 때 **전기장판**을 켜고 잔다.
- jam-jal ttae **jeon-gi-jang-pa**-neul kyeo-go jan-da.

譯 睡覺時打開**電毯**睡。

補充單字 때 ……的時候／자다 睡

◀ 清潔用品 相關的情境單字

청소용품 名 清掃用品 ………… 漢

이사를 해서 **청소용품**이 많이 필요하다.
- i-sa-reul hae-seo **cheong-so-yong-pu**-mi ma-ni pi-ryo-ha-da.

譯 搬家了，所以需要很多**清掃用品**。

補充單字 이사하다 搬家／많이 多地

빗자루 名 掃把

빗자루로 바닥을 쓸었다.
- **bit-jja-ru**-ro ba-da-geul sseu-reot-tta.

譯 用**掃把**掃地。

補充單字 바닥 地板／쓸다 掃地

물통 名 水桶

물통에 물이 반이 있다.
- **mul-tong**-e mu-ri ba-ni it-tta.

譯 **水桶**裡有一半的水。

補充單字 반 一半／물 水

빨래 名 洗衣

해가 있을 때 **빨래**를 널어야 한다.
- hae-ga i-sseul ttae **ppal-lae**-reul neo-reo-ya han-da.

譯 趁有太陽的時候，要晾洗的衣服。

補充單字 해 太陽／널다 搭；晾；曬

세제 名 洗衣粉

세제를 너무 많이 넣으면 안된다.
- **se-je**-reul neo-mu ma-ni neo-eu-myeon an-doen-da.

譯 不能放太多洗衣粉。

補充單字 너무 太／안된다 不能

세탁기 名 洗衣機

세탁기가 고장났다.
- **se-tak-kki**-ga go-jang-nat-tta.

譯 洗衣機壞掉了。

補充單字 고장나다 壞掉的

건조기 名 烘乾機

옷을 **건조기**에 넣었더니 작아졌다.
- o-seul **kkeon-jo-gi**-e neo-eot-tteo-ni ja-ga-jeot-tta.

譯 把衣服放在烘乾機烘乾後，衣服就變小了。

補充單字 작아지다 變小

◀生活用品 相關的情境單字

살충제 名 殺蟲劑 ·················· 漢

벌레가 많아 **살충제**를 뿌렸다.
- beol-le-ga ma-na **sal-chung-jje**-reul ppu-ryeot-tta.

譯 有很多蟲，所以噴了殺蟲劑。

補充單字 벌레 昆蟲／뿌리다 噴；灑

소화기 名 滅火器 ·················· 漢

모든 건물에는 **소화기**가 있다.
- mo-deun geon-mu-re-neun **so-hwa-gi**-ga it-tta.

譯 每棟建築都有滅火器。

補充單字 모든 每個／건물 大樓

체온계 名 體溫計 ·················· 漢

집에 **체온계**는 하나 있어야 한다.
- ji-be **che-on-gye**-neun ha-na i-sseo-ya han-da.

譯 家裡應該要有體溫計。

補充單字 한다 應該要

혈압계 名 血壓計 ·················· 漢

할머니는 매일 **혈압계**로 혈압을 잰다.
- hal-meo-ni-neun mae-il **hyeo-rap-kkye**-ro hyeo-ra-beul jjaen-da.

譯 奶奶那天用血壓計量血壓。

補充單字 할머니 奶奶／혈압 血壓

체중계 名 體重計 ·················· 漢

다이어트를 하려고 **체중계**를 샀다.
- da-i-eo-teu-reul ha-ryeo-go **che-jung-gye**-reul ssat-tta.

譯 為了減肥買了體重計。

補充單字 다이어트 減肥／사다 買

계산기 名 計算機 ⋯⋯⋯⋯⋯ 漢

산수를 잘 못해 **계산기**를 이용한다.

• san-su-reul jjal mo-tae **gye-san-gi**-reul i-yong-han-da.

譯 不太會算數，所以用**計算機**。

補充單字 산수 算數／이용하다 使用

건전지 名 電池

시계에 **건전지**를 껐다.

• si-gye-e **geon-jeon-ji**-reul kkyeot-tta.

譯 把**電池**插在時鐘裡。

補充單字 시계 時鐘／끼다 插；塞

영수증 名 收據

영수증을 모은다.

• **yeong-su-jeung**-eul mo-eun-da.

譯 蒐集了**收據**。

補充單字 모으다 蒐集

가계부 名 記帳本

엄마는 매일 **가계부**를 쓴다.

• eom-ma-neun mae-il **ga-gye-bu**-reul sseun-da.

譯 媽媽每天寫**記帳本**。

補充單字 매일 每天／쓰다 寫；紀錄

손톱깎이 名 指甲刀

손톱깎이로 손톱을 깎는다.

• **son-top-kka-kki**-ro son-to-beul kkang-neun-da.

譯 用**指甲刀**剪指甲。

補充單字 손톱 指甲／깎다 剪

치실 名 牙線 ⋯⋯⋯⋯⋯ 漢

밥먹은 후 **치실**을 사용한다.

• bam-meo-geun hu **chi-si**-reul ssa-yong-han-da.

譯 吃完飯後用**牙線**。

補充單字 후 在⋯⋯後／사용하다 使用

면봉 名 棉花棒 ⋯⋯⋯⋯⋯ 漢

면봉으로 귀를 판다.

• **myeon-bong**-eu-ro gwi-reul pan-da.

譯 用**棉花棒**挖耳朵。

補充單字 귀 耳朵／파다 挖；摳

밴드 名 OK 蹦 ⋯⋯⋯ 外 band-aid

상처에 **밴드**를 붙인다.

• sang-cheo-e **baen-deu**-reul ppu-chin-da.

譯 在傷口上貼 **OK 蹦**。

補充單字 상처 傷口／붙다 貼；附著

붕대 名 蹦帶 ⋯⋯⋯⋯⋯ 漢

팔을 다쳐 **붕대**를 감았다.

• pa-reul tta-cheo **bung-dae**-reul kka-mat-tta.

譯 手受傷了，所以用**繃帶**包紮。

補充單字 팔 手／다치다 受傷

휴지 名 衛生紙

휴지가 다 떨어졌다.

• **hyu-ji**-ga da tteo-reo-jeot-tta.

譯 **衛生紙**用完了。

補充單字 다 全部都／떨어지다 用完的

145

Chapter 12
學校 & 活動

◀ 學校環境 相關的情境單字

국립 名 國立 ··············· 漢

국립대학교는 학비가 저렴하다.
- **gung-nip**-ttae-hak-kkyo-neun hak-ppi-ga jeo-ryeom-ha-da.

譯 **國立**大學的學費很便宜。

補充單字 학비 學費／저렴하다 便宜的

사립 名 私立 ··············· 漢

나는 **사립**고등학교에 다닌다.
- na-neun **sa-rip**-kko-deung-hak-kkyo-e da-nin-da.

譯 我上了**私立**高中。

補充單字 고등학교 高等中學／다니다 上（學）

유치원 名 幼稚園 ··············· 漢

딸은 **유치원**에 가는 것을 좋아한다.
- tta-reun **yu-chi-wo**-ne ga-neun geo-seul jjo-a-han-da.

譯 女兒喜歡去**幼稚園**。

補充單字 딸 女兒／좋아하다 喜歡

초등학교 名 國小 ··············· 漢

조카는 **초등학교** 1학년이다.
- jo-ka-neun **cho-deung-hak-kkyo** il-hang-nyeo-ni-da.

譯 侄子是**國小**一年級。

補充單字 조카 侄子／학년 年級

중학교 名 國中 ··············· 漢

중학교 때 영어를 제일 잘했다.
- **jung-hak-kkyo** ttae yeong-eo-reul jje-il jal-haet-tta.

譯 **國中**的時候英文最好。

補充單字 영어 英文／제일 最

고등학교 名 高中 ··············· 漢

여자**고등학교**를 졸업했다.
- yeo-ja-**go-deung-hak-kkyo**-reul jjo-reo-paet-tta.

譯 畢業於女子**高中**。

補充單字 여자 女子／졸업 畢業

예술고등학교 (예고)
名 藝術高中（簡稱：藝高）··············· 漢

내 여동생은 **예술고등학교**에서 음악을 공부한다.
- nae yeo-dong-saeng-eun **ye-sul-go-deung-hak-kkyo**-e-seo eu-ma-geul kkong-bu-han-da.

譯 我妹妹在**藝校**讀音樂。

補充單字 여동생 妹妹／공부하다 讀

대학교 名 大學 ⋯⋯⋯⋯⋯⋯ 漢

대학교에 합격했다.
- dae-hak-kkyo-e hap-kkyeo-kaet-tta.

譯 考上**大學**了。

補充單字 합격하다 考上

대학원 名 研究所（大學院）
漢

대학원에서 박사 공부를 한다.
- dae-ha-gwo-ne-seo bak-ssa gong-bu-reul han-da.

譯 在**研究所**攻讀博士。

補充單字 박사 博士／공부하다 讀

학교 名 學校 ⋯⋯⋯⋯⋯⋯⋯ 漢

월요일부터 금요일까지 **학교**에 간다.
- wo-ryo-il-bu-teo geu-myo-il-kka-ji hak-kkyo-e gan-da.

譯 從星期一到星期五都要上**學**。

補充單字 월요일 星期一／금요일 星期五

교문 名 校門 ⋯⋯⋯⋯⋯⋯⋯ 漢

교문은 철문이다.
- gyo-mu-neun cheol-mu-ni-da.

譯 我們學校**校門**是鐵門。

補充單字 철문 鐵門

반 名 班 ⋯⋯⋯⋯⋯⋯⋯⋯⋯ 漢

우리 학년은 총 열**반**이다.
- u-ri hang-nyeo-neun chong yeol-ba-ni-da.

譯 我們年級總共有十個**班**。

補充單字 학년 年級／총 總共

교실 名 教室 ⋯⋯⋯⋯⋯⋯⋯ 漢

우리 **교실**은 3층에 있다.
- u-ri gyo-si-reun sam-cheung-e it-tta.

譯 我們教室在**三樓**。

補充單字 층 樓

교무실 名 教務室（老師辦公室）
漢

교무실에 선생님이 모두 계신다.
- gyo-mu-si-re seon-saeng-ni-mi mo-du gye-sin-da.

譯 老師都在**教務室**裡。

補充單字 선생님 老師／계시다 在

과사무실 名 系辦公室

과사무실은 12층에 있다.
- gwa-sa-mu-si-reun sip-i-cheung-e it-tta.

譯 **系辦公室**在十二樓。

補充單字 층 樓

대형강의실 名 大型教室

대형강의실에 학생이 많다.
- dae-hyeong-gang-ui-si-re hak-ssaeng-i man-ta.

譯 **大型教室**裡有很多學生。

補充單字 학생 學生／많다 多的

동아리 名 社團

1학년때 **동아리**에 가입하였다.
- il-hang-nyeon-ttae dong-a-ri-e ga-i-pa-yeot-tta.

譯 一年級時加入了**社團**。

補充單字 때 ……的時候／가입하다 加入

동아리실
名 社團活動室（社辦）

동아리실에서 연습을 한다.
- **dong-a-ri-si**-re-seo yeon-seu-beul han-da.

譯 在**社團活動室**練習。

補充單字 연습하다 練習

체육관 名 體育館 ⋯⋯⋯⋯⋯ 漢

체육관에서 배구연습을 한다.
- **che-yuk-kkwa**-ne-seo bae-gu-yeon-seu-beul han-da.

譯 在**體育館**練習排球。

補充單字 배구 排球／연습 練習

학생회관 名 學生會館 ⋯⋯⋯ 漢

학생회관에는 동아리실이 있다.
- **hak-ssaeng-hoe-gwa**-ne-neun dong-a-ri-si-ri it-tta.

譯 社團活動室在**學生會館**裡。

補充單字 동아리실 社團活動室／있다 有

기숙사 名 宿舍 ⋯⋯⋯⋯⋯⋯ 漢

기숙사는 12시 이후에 들어가지 못한다.
- **gi-suk-ssa**-neun yeol-dul-si i-hu-e deu-reo-ga-ji mo-tan-da.

譯 **宿舍**十二點以後有門禁。

補充單字 이후 以後／들어가다 進入

148

◀教師 & 同學 相關的情境單字

일학년 名 一年級 ⋯⋯⋯⋯ 漢

일학년때는 기숙사에 살았다.
- **il-lang-nyeon**-ttae-neun gi-suk-ssa-e sa-rat-tta.

譯 **一年級**時住在宿舍。

補充單字 기숙사 宿舍

이학년 名 二年級 ⋯⋯⋯⋯ 漢

이학년때는 학생회장을 했다.
- **i-hang-nyeon**-ttae-neun hak-ssaeng-hoe-jang-eul haet-tta.

譯 **二年級**時當了學生會長。

補充單字 학생회장 學生會長

삼학년 名 三年級 ⋯⋯⋯⋯ 漢

삼학년때는 졸업시험을 준비했다.
- **sam-hang-nyeon**-ttae-neun jo-reop-ssi-heo-meul jjun-bi-haet-tta.

譯 **三年級**時準備考試。

補充單字 준비하다 準備

학사 名 學士 ⋯⋯⋯⋯⋯⋯ 漢

학사 졸업생은 매우 많다.
- **hak-ssa** jo-reop-ssaeng-eun mae-u man-ta.

譯 **學士**畢業的人很多。

補充單字 졸업생 畢業生／많다 多的

석사 名 碩士 ⋯⋯⋯⋯⋯⋯ 漢

석사는 대부분 2년간 수업을 듣는다.
- **seok-ssa**-neun dae-bu-bun i-nyeon-gan su-eo-beul tteun-neun-da.

譯 **碩士**大部分都是修兩年的課。

補充單字 수업 修課；授業／듣다 修

박사 名 博士 ⋯⋯⋯⋯ 漢

박사는 매우 오래 해야 한다.
- **bak-ssa**-neun mae-u o-rae hae-ya han-da.

譯 **博士**要讀很久。

補充單字 매우 很；非常／오래 久

박사후과정 名 博士後課程 ⋯⋯⋯⋯⋯⋯ 漢

나는 해외에서 **박사후과정**을 할 것이다.
- na-neun hae-oe-e-seo **bak-ssa-hu-gwa-jeong**-eul hal kkeo-si-da.

譯 我應該在國外讀**博士後課程**。

補充單字 해외 國外

총장 名 校長

총장은 경험이 풍부하다.
- **chong-jang**-eun gyeong-heo-mi pung-bu-ha-da.

譯 **校長**的經驗很豐富。

補充單字 경험 經驗；經歷／풍부하다 豐富的

학과장 名 系主任

학과장님은 올해 은퇴한다.
- **hak-kkwa-jang**-ni-meun ol-hae eun-toe-han-da.

譯 **系主任**今年要退休。

補充單字 올해 今年／은퇴하다 退休

지도교수 名 指導教授 ⋯⋯⋯⋯ 漢

지도교수님은 많이 가르쳐주신다.
- **ji-do-gyo-su**-ni-meun ma-ni ga-reu-cheo-ju-sin-da.

譯 我的**指導教授**教我很多。

補充單字 많이 很多地／가르치다 教導

부교수 名 副教授 ⋯⋯⋯⋯ 漢

우리 과의 **부교수**님은 매우 젊다.
- u-ri gwa-ui **bu-gyo-su**-ni-meun mae-u jeom-da.

譯 我們系的**副教授**年紀很輕。

補充單字 젊다 年輕的

교수님 名 教授 ⋯⋯⋯⋯ 漢

우리 **교수님**은 학생들을 잘 챙겨준다.
- u-ri **gyo-su-ni**-meun hak-ssaeng-deu-reul jjal chaeng-gyeo-jun-da.

譯 我們教授很照顧**學生**。

補充單字 챙겨주다 照顧／학생 學生

선생님 名 老師

우리 **선생님**은 멋있다.
- u-ri **seon-saeng-ni**-meun meo-sit-tta.

譯 我的**老師**很帥。

補充單字 멋있다 帥氣的

학생 名 學生 ⋯⋯⋯⋯ 漢

학생시절이 그립다.
- **hak-ssaeng**-si-jeo-ri geu-rip-tta.

譯 很懷念**學生**時候。

補充單字 시절 時間；時光／그립다 懷念

조교 名 助教 ⋯⋯⋯⋯ 漢

우리 과 **조교**는 참 좋다.
- u-ri gwa **jo-gyo**-neun cham jo-ta.

譯 我們系的**助教**人很好。

補充單字 과 科系／좋다 好的

漢 漢語延伸單字／外 外來語延伸單字

149

과대표 名 系代表 ⋯⋯⋯⋯⋯ 漢

과대표는 많은 책임을 진다.
- **gwa-dae-pyo**-neun ma-neun chae-gi-meul jjin-da.

譯 **系代表**要負責的事很多。

補充單字 책임 負責

선배 名 學長;學姐（前輩）

선배들은 후배를 잘 챙겨준다.
- **seon-bae**-deu-reun hu-bae-reul jjal chaeng-gyeo-jun-da.

譯 **學長姐**很照顧學弟妹。

補充單字 잘 很／후배 學弟妹（後輩）

친구 名 朋友

학교에서 많은 **친구**들을 만났다.
- hak-kkyo-e-seo ma-neun **chin-gu**-deu-reul man-nat-tta.

譯 在學校認識了很多**朋友**。

補充單字 학교 學校／만나다 認識

동기 名 同期;同輩 ⋯⋯⋯⋯⋯ 漢

이 사람은 나의 회사 **동기**이다.
- i sa-ra-meun na-ui hoe-sa **dong-gi**-i-da.

譯 他是我的公司**同期**。

補充單字 이 사람 這個人／회사 公司

후배 名 學弟;學妹（後輩）

후배는 선배에게 존댓말을 한다.
- **hu-bae**-neun seon-bae-e-ge jon-daen-ma-reul han-da.

譯 **學弟妹**跟學長姐說敬語。

補充單字 선배 學長姐（前輩）／존댓말 敬語

반장 名 班長 ⋯⋯⋯⋯⋯⋯ 漢

우리반 **반장**은 공부를 잘 한다.
- u-ri-ban **ban-jang**-eun gong-bu-reul jjal han-da.

譯 我們班**班長**很會讀書。

補充單字 우리반 我們班／공부 念書

부반장 名 副班長 ⋯⋯⋯⋯⋯ 漢

우리반 **부반장**은 체육을 잘 한다.
- u-ri-ban **bu-ban-jang**-eun che-yu-geul jjal han-da.

譯 我們班**副班長**體育很厲害。

補充單字 체육 體育／잘 做得好地

총무 名 總務股長 ⋯⋯⋯⋯⋯ 漢

총무는 돈에 대한 개념이 있다.
- **chong-mu**-neun do-ne dae-han gae-nyeo-mi it-tta.

譯 **總務股長**很有金錢的概念。

補充單字 돈 錢／개념 概念

미화부장 名 學藝股長 ⋯⋯⋯ 漢

미화부장은 디자인에 대한 개념이 있다.
- **mi-hwa-bu-jang**-eun di-ja-i-ne dae-han gae-nyeo-mi it-tta.

譯 **學藝股長**有設計概念。

補充單字 디자인 設計

선도부 名 風紀股長

선도부는 무섭다.
- **seon-do-bu**-neun mu-seop-tta.

譯 **風紀股長**很兇。

補充單字 무섭다 兇的

◆上課 相關的情境單字

배우다 動 學習

한국어를 **배우다**.

- han-gu-geo-reul **ppae-u-da**.

譯 **學習**韓文。

補充單字 한국어 韓文

가르치다 動 教導

중국어를 **가르친다**.

- jung-gu-geo-reul **kka-reu-chin-da**.

譯 **教導**中文。

補充單字 중국어 中文

숙제 名 功課

오늘 **숙제**를 하지 않았다.

- o-neul **ssuk-jje**-reul ha-ji a-nat-tta.

譯 今天沒有做**功課**。

補充單字 오늘 今天／않다 沒有

과제 名 功課

일주일에 **과제**가 하나다.

- il-ju-i-re **gwa-je**-ga ha-na-da.

譯 每星期都有個**功課**。

補充單字 일주일 每星期

일기 名 日記 ⋯⋯⋯⋯⋯ 漢

영어숙제로 매일 영어**일기**를 쓴다.

- yeong-eo-suk-jje-ro mae-il yeong-eo-**il-gi**-reul sseun-da.

譯 英文課的功課是每天寫英文**日記**。

補充單字 숙제 功課／매일 每天

논문 名 論文 ⋯⋯⋯⋯⋯ 漢

솔업을 하기 위해서는 **논문**을 써야 한다.

- jo-reo-beul ha-gi wi-hae-seo-neun **non-mu**-neul sseo-ya han-da.

譯 為了畢業得寫出**論文**。

補充單字 졸업 畢業／～하기 위해서 為了⋯⋯

소설 名 小説 ⋯⋯⋯⋯⋯ 漢

소설은 흥미진진하다.

- **so-seo**-reun heung-mi-jin-jin-ha-da.

譯 **小説**很有趣。

補充單字 흥미진진하다 有趣的

산문 名 散文 ⋯⋯⋯⋯⋯ 漢

산문은 생활 속 이야기가 많다.

- **san-mu**-neun saeng-hwal sok i-ya-gi-ga man-ta.

譯 **散文**裡有很多生活上的故事。

補充單字 생활 生活／이야기 故事

시 名 詩 ⋯⋯⋯⋯⋯⋯⋯ 漢

시는 이해하기 어렵다.

- **si**-neun i-hae-ha-gi eo-ryeop-tta.

譯 **詩**很難懂。

補充單字 어렵다 難的

발표하다 動 報告

교실 앞에 나가 **발표를 하였다**.

- gyo-sil a-pe na-ga **bal-pyo-reul ha-yeot-tta**.

譯 上臺**報告**了。

補充單字 교실 앞 上臺

수업 名課

오늘은 **수업**이 다섯개 있다.
- neu-reun **su-eo**-bi da-seot-kkae it-tta.

譯 今天有五堂**課**。

補充單字 오늘 今天／개 堂；個

마치다 名結束；下（課）

세시에 수업이 **마친다**.
- se-si-e su-eo-bi **ma-chin-da**.

譯 三點**下課**。

補充單字 세시 三點

시간표 名時間表 ⋯⋯⋯⋯⋯⋯⋯漢

우리반 **시간표**가 벽에 붙어있다.
- u-ri-ban **si-gan-pyo**-ga byeo-ge bu-teo-it-tta.

譯 我們班牆壁上貼著**時間表**。

補充單字 벽 牆壁／붙어있다 貼著

칠판 名黑板

칠판을 깨끗이 지웠다.
- chil-pa-neul kkae-kkeu-si ji-wot-tta.

譯 把**黑板**擦乾淨。

補充單字 지우다 擦

화이트보드 名白板
⋯⋯⋯⋯⋯⋯⋯⋯⋯⋯外 whiteboard

화이트보드에 내 이름을 썼다.
- hwa-i-teu-bo-deu-e nae i-reu-meul sseot-tta.

譯 **白板**上寫了我的名字。

補充單字 이름 名字／쓰다 寫

분필 名粉筆 ⋯⋯⋯⋯⋯⋯⋯⋯⋯漢

선생님께 **분필**을 드렸다.
- seon-saeng-nim-kke **bun-pi**-reul tteu-ryeot-tta.

譯 把**粉筆**給老師。

補充單字 선생님 老師／드리다 給

출석부 名點名簿

출석부를 선생님께 갖다 드렸다.
- **chul-seok-ppu**-reul sseon-saeng-nim-kke gat-tta deu-ryeot-tta.

譯 我把**點名簿**拿給老師。

補充單字 선생님 老師

출석을 부르다 動點名

이미 **출석을 불렀다**.
- i-mi **chul-seo-geul ppul-leot-tta**.

譯 已經**點名**了。

補充單字 이미 已經

강의평가 名授課意見單 ⋯⋯⋯漢

학기가 끝나면 학생들은 **강의평가**를 한다.
- hak-kki-ga kkeun-na-myeon hak-ssaeng-deu-reun **gang-ui-pyeong-ga**-reul han-da.

譯 學期一結束，學生就要填**授課意見單**評估老師的教學。

補充單字 학기 學期

강의자료 名講義資料 ⋯⋯⋯⋯漢

강의자료를 복사했다.
- **gang-ui-ja-ryo**-reul ppok-ssa-haet-tta.

譯 把**講義資料**影印。

補充單字 복사하다 影印

◀ **課程** 相關的情境單字

이과 名 理科 ································ 漢

이과학생은 수학에 강하다.
- **i-gwa**-hak-ssaeng-eun su-ha-ge gang-ha-da.
- 譯 理工科學生的數學很強。

補充單字 수학 數學

문과 名 文科 ································ 漢

문과학생은 언어에 비교적 강하다.
- **mun-gwa**-hak-ssaeng-eun eo-neo-e bi-gyo-jeok gang-ha-da.
- 譯 文科學生對語言比較在行。

補充單字 언어 語言／비교 比較

국어 名 國語（韓國語）·········· 漢

나는 **국어**를 제일 잘 한다.
- na-neun **gu-geo**-reul jje-il jal han-da.
- 譯 我的韓國語最好。

補充單字 잘하다 好

영어 名 英語 ································ 漢

영어 점수가 가장 높다.
- **yeong-eo** jeom-su-ga ga-jang nop-tta.
- 譯 英文分數拿最高。

補充單字 점수 分數／높다 高的

외국어 名 外語 ························· 漢

학교에서 **외국어** 시간에 프랑스어를 배운다.
- hak-kkyo-e-seo **oe-gu-geo** si-ga-ne peu-rang-seu-eo-reul ppae-un-da.
- 譯 在學校外語課學了法文。

補充單字 프랑스어 法文

지리 名 地理 ································ 漢

지리선생님은 나이가 많다.
- **ji-ri**-seon-saeng-ni-meun na-i-ga man-ta.
- 譯 地理老師年紀很大。

補充單字 나이 年紀／많다 大的

역사 名 歷史 ································ 漢

중국 **역사**는 매우 길다.
- jung-guk **yeok-ssa**-neun mae-u gil-da.
- 譯 中國歷史非常悠久。

補充單字 길다 久的

생물 名 生物 ································ 漢

생물이 제일 재미있다.
- **saeng-mu**-ri je-il jae-mi-it-tta.
- 譯 生物最有趣了。

補充單字 제일 最／재미있다 有趣的

화학 名 化學 ································ 漢

화학은 외울 것이 많다.
- **hwa-ha**-geun oe-ul geo-si man-ta.
- 譯 化學要背很多東西。

補充單字 외우다 背起來／많다 多的

수학 名 數學 ································ 漢

과목 중에 **수학**이 가장 어렵다.
- gwa-mok jung-e **su-ha**-gi ga-jang eo-ryeop-tta.
- 譯 在所有科目中，數學最難。

補充單字 과목 科目／어렵다 困難的

과학 名 科學 漢

과학 점수가 가장 낮다.
· **gwa-hak** jeom-su-ga ga-jang nat-tta.
譯 **科學**分數最低。

補充單字 가장 最為／낮다 低的

사회 名 社會 漢

사회선생님은 젊다.
· **sa-hoe**-seon-saeng-ni-meun jeom-da.
譯 **社會**老師很年輕。

補充單字 젊다 年輕的

윤리 名 倫理 漢

윤리시간에 공자를 배웠다.
· **yul-li**-si-ga-ne gong-ja-reul ppae-wot-tta.
譯 在**倫理**課學孔子。

補充單字 공자 孔子

음악 名 音樂 漢

음악시간에 노래를 한다.
· **eu-mak**-ssi-ga-ne no-rae-reul han-da.
譯 在**音樂**課唱歌。

補充單字 노래 歌曲

미술 名 美術 漢

미술시간에 그림을 그린다.
· **mi-sul**-si-ga-ne geu-ri-meul kkeu-rin-da.
譯 **美術**課學畫畫。

補充單字 그림 畫

체육 名 體育 漢

체육시간에 축구를 했다.
· **che-yuk**-ssi-ga-ne chuk-kku-reul haet-tta.
譯 **體育**課踢足球。

補充單字 축구 足球

필수과목 名 必修科目；必修課程 漢

영어는 **필수과목**이다.
· yeong-eo-neun **pil-su-gwa-mo**-gi-da.
譯 英文是**必修課程**。

補充單字 영어 英文

교양과목 名 選修科目；選修課程

교양과목은 여러가지이다.
· **gyo-yang-gwa-mo**-geun yeo-reo-ga-ji-i-da.
譯 **選修科目**有各式各樣的很多種。

補充單字 여러가지 各式各樣；形形色色

전공과목 名 專攻科目 漢

전공과목은 40학점을 초과해야 한다.
· **jeon-gong-gwa-mo**-geun sa-sip-hak-jjeo-meul cho-gwa-hae-ya han-da.
譯 **專攻科目**要超過四十學分。

補充單字 학점 學分／초과하다 超過

수강신청 名 選課

이번주는 **수강신청** 기간이다.
· beon-ju-neun **su-gang-sin-cheong** gi-ga-ni-da.
譯 這個星期是**選課**期間。

補充單字 이번주 這一個星期／기간 期間

휴강 名 停課 漢

연말에 두번 **휴강**한다.
· yeon-ma-re du-beon **hyu-gang**-han-da.
譯 年底**停**兩次**課**。

補充單字 연말 年底

보강 名 補課 ⋯⋯⋯⋯⋯⋯ 漢

토요일에 **보강**한다.
- to-yo-i-re **bo-gang**-han-da.

譯 星期六有**補課**。

補充單字 토요일 星期六

보충수업 名 補習 ⋯⋯⋯⋯⋯ 漢

매번 여름방학때마다 **보충수업**이 있다.
- mae-beon yeo-reum-bang-hak-ttae-ma-da **bo-chung-su-eo**-bi it-tta.

譯 每個暑假期間都有去**補習**。

補充單字 매번 每個／여름방학때 暑假放假的時候

학점 名 學分

이번 학기에 18**학점**을 수강했다.
- i-beon hak-kki-e sip-pal-**hak-jjeo**-meul ssu-gang-haet-tta.

譯 這個學期修了十八**學分**。

補充單字 수강하다 修（課）

◀考試相關 相關的情境單字

시험 名 考試

시험은 매번 긴장된다.
- **si-heo**-meun mae-beon gin-jang-doen-da.

譯 每次**考試**都很緊張。

補充單字 매번 每次

중간고사 名 期中考

중간고사 기간에 잠을 많이 못 잤다.
- **jung-gan-go-sa** gi-ga-ne ja-meul ma-ni mot jat-tta.

譯 因為**期中考**而睡不飽。

補充單字 잠 睡／못 沒；無法

기말고사 名 期末考

기말고사가 끝나면 방학이다.
- **gi-mal-kko-sa**-ga kkeun-na-myeon bang-ha-gi-da.

譯 **期末考**結束後就放假了。

補充單字 끝나다 結束／방학 放假

수능시험 名 大學聯考

고3 학생들은 **수능시험**날 매우 긴장한다.
- go-sam hak-ssaeng-deu-reun **su-neung-si-heom**-nal mae-u gin-jang-han-da.

譯 **大學聯考**那天，高三學生都非常緊張。

補充單字 학생 學生／매우 非常地

시험지 名 考卷

시험지를 받자마자 쓰기 시작했다.
- **si-heom-ji**-reul ppat-jja-ma-ja sseu-gi si-ja-\kaet-tta.

譯 一拿到**考卷**就開始寫。

補充單字 시작하다 開始

바르다 形 正確的

바른 길로 가다.
- **ba-reun** gil-lo ga-da.

譯 走**正確的**路。

補充單字 길 路

맞다 動 對

이 답은 **맞다**.
- i da-beun **mat-tta**.

譯 這個答案是**對的**。

補充單字 답 答案

틀리다 動 錯

이 문제는 **틀렸다**.
- i mun-je-neun **teul-lyeot-tta**.

譯 這一題**錯**了。

補充單字 문제 問題

수정하다 動 修正

틀린 곳을 **수정하다**.
- teul-lin go-seul **ssu-jeong-ha-da**.

譯 把錯的地方**修正**。

補充單字 틀리다 錯誤的

바로잡다 動 訂正

잘못된 곳을 **바로잡다**.
- jal-mot-ttoen go-seul **ppa-ro-jap-tta**.

譯 把錯的地方**訂正**。

補充單字 잘못되다 錯的

컨닝 名 作弊

컨닝은 나쁜 짓이다.
- **keon-ning**-eun na-ppeun ji-si-da.

譯 **作弊**不好。

補充單字 나쁘다 不好的

성적 名 成績 ·········· 漢

성적이 우수하다.
- **seong-jeo**-gi u-su-ha-da.

譯 **成績**優秀。

補充單字 우수하다 優秀

성적표 名 成績單 ·········· 漢

성적표를 받고 좌절했다.
- **seong-jeok-pyo**-reul ppat-kko jwa-jeol-haet-tta.

譯 收到**成績單**就感到挫折。

補充單字 좌절하다 挫折的

일등 名 第一名 ·········· 漢

올해는 꼭 **일등**을 할 것이다.
- ol-hae-neun kkok **il-deung**-eul hal kkeo-si-da.

譯 今年一定要拿**第一名**。

補充單字 올해 今年

꼴등 名 最後一名

작년에 나는 우리반 **꼴등**이었다.
- jang-nyeo-ne na-neun u-ri-ban **kkol-deung**-i-eot-tta.

去年我是我們班的**最後一名**。

補充單字 작년 去年／우리반 我們班

◀校園生活 相關的情境單字

검사맡다 動 檢查

선생님께 숙제를 **검사맡다**.
- seon-saeng-nim-kke suk-jje-reul **kkeom-sa-mat-tta**.

譯 給老師**檢查**功課。

補充單字 선생님 老師／숙제 功課

벌서다 動 罰站

수업시간에 떠들어서 **벌섰다**.
- su-eop-ssi-ga-ne tteo-deu-reo-seo **beol-seot-tta**.

譯 因為上課的時候聊天所以被**罰站**了。

補充單字 수업시간 上課時間／떠들다 聊天

교훈 名 校訓 ·········· 漢

우리 학교 **교훈**은 '정직하자'이다.
- u-ri hak-kkyo **gyo-hu**-neun jeong-ji-ka-ja i-da.

譯 我們學校的**校訓**是 ― 誠實。

補充單字 정직하다 誠實的

체벌 名 體罰 ⋯⋯⋯⋯⋯⋯⋯⋯⋯ 漢

체벌은 금지이다.
- **che-beo**-reun geum-ji-i-da.
- 譯 嚴禁**體罰**。

補充單字 금지 嚴禁；禁止

지각 名 遲到

요즘 매일 **지각**한다.
- yo-jeum mae-il **ji-ga**-kan-da.
- 譯 最近每天都**遲到**。

補充單字 요즘 最近

학교폭력 名 校園暴力 ⋯⋯⋯⋯ 漢

학교폭력은 단절되어야 한다.
- **hak-kkyo-pong-nyeo**-geun dan-jeol-doe-eo-ya han-da.
- 譯 應該要完全阻絕**校園暴力**。

補充單字 단절 斷絕；阻止

통학 名 通校生（通勤生，非寄宿在學校之學生）⋯⋯⋯⋯⋯ 漢

나는 집에서 **통학**한다.
- na-neun ji-be-seo **tong-ha**-kan-da.
- 譯 我並未寄宿在學校而是每日**通勤到學校**上課。

補充單字 나 我／집 家

도시락 名 便當

학교에서 **도시락**을 먹는다.
- hak-kkyo-e-seo **do-si-ra**-geul meong-neun-da.
- 譯 在學校吃**便當**。

補充單字 학교 學校／먹다 吃

급식 名 伙食

우리학교는 **급식**을 한다.
- u-ri-hak-kkyo-neun **geup-ssi**-geul han-da.
- 譯 我們學校有提供**伙食**。

補充單字 우리학교 我們學校

게시판 名 公佈欄

게시판에 행사에 대한 안내가 붙어있다.
- **ge-si-pa**-ne haeng-sa-e dae-han an-nae-ga bu-teo-it-tta.
- 譯 在**公佈欄**上貼活動內容。

補充單字 행사 活動

프린터 名 列印機（印表機）⋯⋯⋯⋯⋯⋯⋯⋯⋯⋯⋯⋯⋯ 外 printer

우리집에는 **프린터**가 없다.
- u-ri-ji-be-neun **peu-rin-teo**-ga eop-tta.
- 譯 我家沒有**列印機**。

補充單字 없다 沒有

복사기 名 影印機 ⋯⋯⋯⋯⋯⋯⋯⋯ 漢

복사기는 사용방법이 간단하다.
- **bok-ssa-gi**-neun sa-yong-bang-beo-bi gan-dan-ha-da.
- 譯 **影印機**的使用方法很簡單。

補充單字 사용방법 使用方法／간단하다 簡單的

사물함 名 置物箱 ⋯⋯⋯⋯⋯⋯⋯⋯ 漢

사물함에 책을 넣었다.
- **sa-mul-la**-me chae-geul neo-eot-tta.
- 譯 在**置物箱**放了書。

補充單字 책 書／넣다 放置

교복 名 校服 ······ 漢

우리학교 **교복**은 남색이다.
- u-ri-hak-kkyo **gyo-bo**-geun nam-sae-gi-da.

譯 我們學校的**校服**是藍色的。

補充單字 남색 藍色

체육복 名 運動服

체육시간에 **체육복**으로 갈아입었다.
- che-yuk-ssi-ga-ne **che-yuk-ppo**-geu-ro ga-ra-i-beot-tta.

譯 體育課時換**運動服**。

補充單字 체육시간 體育課／갈아입다 更換

이름표
名 名牌（顯示姓名的牌子）

이름표를 교복에 달았다.
- **i-reum-pyo**-reul kkyo-bo-ge da-rat-tta.

譯 把**名牌**掛在校服上。

補充單字 교복 校服／달다 佩帶；掛

책가방 名 書包

새학기가 시작되어 **책가방**을 샀다.
- sae-hak-kki-ga si-jak-ttoe-eo **chaek-kka-bang**-eul ssat-tta.

譯 因為新學期開始，所以買了**書包**。

補充單字 새학기 新學期／시작 開始

학생회비 名 學生會費 ······ 漢

학생회비는 오만원이다.
- **hak-ssaeng-hoe-bi**-neun o-ma-nwo-ni-da.

譯 **學生會費**是五萬元。

補充單字 오만원 五萬元

졸업사진 名 畢業照片

졸업사진은 평생 남는다.
- **jo-reop-ssa-ji**-neun pyeong-saeng nam-neun-da.

譯 **畢業照片**會留一輩子。

補充單字 평생 平生；一輩子／남다 留下

자격증 名 證照

컴퓨터 **자격증**을 따고 싶다.
- keom-pyu-teo **ja-gyeok-jjeung**-eul tta-go sip-tta.

譯 想考電腦**證照**。

補充單字 컴퓨터 電腦／～싶다 想

◀文書用品 相關的情境單字

물감 名 顏料

12색 **물감**을 샀다.
- sip-i-saek **mul-ga**-meul ssat-tta.

譯 買了十二個顏色的**顏料**。

補充單字 색 顏色

붓 名 毛筆

붓은 두께가 여러종류이다.
- **bu**-seun du-kke-ga yeo-reo-jong-nyu-i-da.

譯 **毛筆**依厚度分成很多種。

補充單字 두께 厚度／여러종류 各種種類

연필 名 鉛筆 ······ 漢

연필은 잘 부러진다.
- **yeon-pi**-reun jal ppu-reo-jin-da.

譯 **鉛筆**很容易斷掉。

補充單字 부러지다 斷掉

지우개 名 橡皮擦

지우개로 깨끗이 지웠다.
- **ji-u-gae**-ro kkae-kkeu-si ji-wot-tta.

譯 用**橡皮擦**擦乾淨。

補充單字 지우다 擦

볼펜 名 原子筆
.......................外 ballpoint pen

볼펜이 손에 묻었다.
- **bol-pe**-ni so-ne mu-teot-tta.

譯 **原子筆**畫到手了。

補充單字 묻다 沾到；畫到

색연필 名 彩色鉛筆 .... 漢

12색 **색연필**을 갖고 있다.
- yeol-dul-saek **saeng-nyeon-pi**-reul kkat-kko it-tta.

譯 有十二種顏色的**彩色鉛筆**。

補充單字 색 顏色／있다 有

필통 名 鉛筆盒

귀여운 **필통**을 갖고 싶다.
- gwi-yeo-un **pil-tong**-eul kkat-kko sip-tta.

譯 我想要可愛的**鉛筆盒**。

補充單字 귀엽다 可愛的／〜싶다 想

연필꽂이 名 筆筒

연필꽂이에 펜을 많이 꽂았다.
- **yeon-pil-kko-ji**-e pe-neul ma-ni kko-jat-tta.

譯 在**筆筒**裡放很多筆。

補充單字 펜 筆／많이 多的

샤프 名 自動鉛筆 .... 外 sharp

샤프는 편리하다.
- **sya-peu**-neun pyeol-li-ha-da.

譯 **自動鉛筆**很方便。

補充單字 편리하다 方便的

자 名 尺 .... 漢

자로 길이를 재다.
- **ja**-ro gi-ri-reul jjae-da.

譯 用**尺**量長度。

補充單字 길 長度／재다 量

연필깎이 名 削鉛筆機（器）

연필깎이로 연필을 깎다.
- **yeon-pil-kka-kki**-ro yeon-pi-reul kkak-tta.

譯 用**削鉛筆機**削鉛筆。

補充單字 연필 鉛筆／깎다 削

형광펜 名 螢光筆
.... 漢＋外 pen

형광펜으로 줄을 긋다.
- **hyeong-gwang-pe**-neu-ro ju-reul kkeut-tta.

譯 用**螢光筆**畫線。

補充單字 긋다 線

스테이플러 名 釘書機
.... 外 staple

스테이플러로 찍다.
- **seu-te-i-peul-leo**-ro jjik-tta.

譯 用**釘書機**訂起來。

補充單字 찍다 訂

漢 漢語延伸單字／外 外來語延伸單字

스테이플러심 名 釘書針
外 staple + 漢

스테이플러심을 다 썼다.
- **seu-te-i-peul-leo-si**-meul tta sseot-tta.

譯 **釘書針**用完了。

補充單字 다 쓰다 全都用掉

샤프심 名 自動鉛筆芯
外 sharp + 漢

샤프심이 부족하다.
- **sya-peu-si**-mi bu-jo-ka-da.

譯 **自動鉛筆芯**不夠。

補充單字 부족하다 不夠的

포스트잇 名 便利貼… 外 postit

포스트잇은 여러가지 색깔이 있다.
- **po-seu-teu-i**-seun yeo-reo-ga-ji saek-kka-ri it tta.

便利貼有很多顏色。

補充單字 색깔 顏色／있다 有

풀 名 膠水

풀로 우표를 붙른다.
- **pul**-lo u-pyo-reul ppu-chin-da.

譯 用**膠水**貼郵票。

補充單字 우표 郵票

가위 名 剪刀

가위로 종이를 자른다
- **ga-wi**-ro jong-i-reul jja-reun-da.

譯 用**剪刀**剪紙。

補充單字 종이 紙／자르다 剪

고무줄 名 橡皮筋

고무줄로 머리를 묶는다.
- **go-mu-jul**-lo meo-ri-reul mung-neun-da.

譯 用**橡皮筋**綁頭髮。

補充單字 묶다 綁

파일 名 文件夾 外 file

파일에 자료를 넣었다.
- **pa-i**-re ja-ryo-reul neo-eot-tta.

譯 把資料放到**文件夾**。

補充單字 자료 資料／넣다 放

스티커 名 貼紙 外 sticker

공책에 **스티커**를 붙이다.
- gong-chae-ge **seu-ti-keo**-reul ppu-chi-da.

譯 在本子上貼**貼紙**。

補充單字 공책 本子

●學校活動 相關的情境單字

입학 名 入學 ⋯⋯⋯⋯⋯⋯⋯⋯⋯ 漢

3월에 **입학**한다.
• sam-wo-re i-**pa-kan**-da.
譯 三月**入學**。

補充單字 월 月

입학식 名 開學典禮 ⋯⋯⋯⋯⋯⋯ 漢

입학식날 가족들이 모두 학교에 왔다.
• **i-pak-ssing**-nal kka-jok-tteu-ri mo-du hak-kkyo-e wat-tta.
譯 **開學典禮**的時候，家人都會來學校。

補充單字 가족 家人／오다 來

운동회 名 運動會 ⋯⋯⋯⋯⋯⋯⋯ 漢

일년에 한번 **운동회**를 연다.
• il-lyeo-ne han-beon **un-dong-hoe**-reul yeon-da.
譯 一年舉辦一次**運動會**。

補充單字 한번 一次／열다 舉辦

졸업 名 畢業 ⋯⋯⋯⋯⋯⋯⋯⋯⋯ 漢

내년 2월에 **졸업**한다.
• nae-nyeon i-wo-re **jo-reo**-pan-da.
譯 明年二月**畢業**。

補充單字 내년 明年

졸업식 名 畢業典禮 ⋯⋯⋯⋯⋯⋯ 漢

졸업식때 사진을 많이 찍었다.
• **jo-reop-ssik**-ttae sa-ji-neul ma-ni jji-geot-tta.
譯 **畢業典禮**的時候拍很多照。

補充單字 사진 照相／많이 多的

漢 漢語延伸單字／外 外來語延伸單字

Chapter ❯

13/14

音檔連結
因各家手機系統不同，若無法直接掃描，仍可以至
（https://tinyurl.com/27hnda8z）
電腦連結雲端下載。

Chapter 13
位置 & 方向

◀ 定位 相關的情境單字

방향 名 方向 ·················· 漢

가끔 **방향**을 헷갈린다.
- ga-kkeum **bang-hyang**-eul het-kkal-lin-da.

譯 有時候會搞混**方向**。

補充單字 가끔 有時；偶爾／헷갈리다 搞混

위치 名 位置 ·················· 漢

이 곳의 **위치**가 정확히 어딘지 모르겠다.
- i go-sui **wi-chi**-ga jeong-hwa-ki eo-din-ji mo-reu-get-tta.

譯 我不太確定這裡的**位置**在哪裡。

補充單字 정확히 確定／모르다 不知道

길치 名 路痴

나는 심각한 **길치**이다.
- na-neun sim-ga-kan **gil-chi**-i-da.

譯 我是個很嚴重的**路痴**。

補充單字 심각하다 嚴重的

지도 名 地圖 ·················· 漢

세계**지도**를 본다.
- se-gye-**ji-do**-reul ppon-da.

譯 看世界**地圖**。

補充單字 세계 世界／보다 看

나침반 名 羅盤 ·················· 漢

나는 **나침반**을 사용할 줄 안다.
- na-neun **na-chim-ba**-neul ssa-yong-hal jjul an-da.

譯 我會用**羅盤**。

補充單字 사용 使用／알다 會

네비게이션 名 GPS
·················· 外 navigation

자동차에 **네비게이션**을 설치했다.
- ja-dong-cha-e **ne-bi-ge-i-syeo**-neul sseol-chi-haet-tta.

譯 車上安裝了**GPS**。

補充單字 자동차 車子／설치하다 安裝

◀ 方向 相關的情境單字

아래 名 下

책상 **아래** 서랍에 열쇠가 있다.
- chaek-ssang **a-rae** seo-ra-be yeol-soe-ga it-tta.

譯 桌子**下面**的抽屜裡有鑰匙。

補充單字 서랍 抽屜／열쇠 鑰匙

위 名 上

침대 **위**에서 책을 본다.
• chim-dae **wi**-e-seo chae-geul ppon-da.
譯 在床**上**看書。

補充單字 침대 床／보다 看

오른쪽 名 右

오른쪽 눈이 더 나쁘다.
• **o-reun-jjok** nu-ni deo na-ppeu-da.
譯 **右**眼的視力還更不好。

補充單字 더 再；更；還／나쁘다 不好

왼쪽 名 左

왼쪽으로 가면 우체국이다.
• **oen-jjo**-geu-ro ga-myeon u-che-gu-gi-da.
譯 往**左**邊去就有郵局了。

補充單字 ～면 ……的話／우체국 郵局

동쪽 名 東 漢

한국은 중국의 **동쪽**에 있다.
• han-gu-geun jung-gu-gui **dong-jjo**-ge it-tta.
譯 韓國位於中國的**東**方。

補充單字 ～의 於／중국 中國

서쪽 名 西 漢

서쪽하늘로 해가 진다.
• **seo-jjo**-ka-neul-lo hae-ga jin-da.
譯 夕陽**西**下。

補充單字 지다 掉落；落下／해 太陽

남쪽 名 南 漢

남쪽에서 새들이 날아온다.
• **nam-jjo**-ge-seo sae-deu-ri na-ra-on-da.
譯 鳥從**南**方飛過來。

補充單字 새들 鳥群／날다 飛

북쪽 名 北 漢

북쪽지방은 매우 춥다.
• **buk-jjok**-jji-bang-eun mae-u chup-tta.
譯 **北**部很冷。

補充單字 매우 很；非常／춥다 冷的

◀相對位置 相關的情境單字

중심 名 中心 漢

시내 **중심**은 매우 번화하다.
• si-nae **jung-si**-meun mae-u beon-hwa-ha-da.
譯 市區**中心**非常熱鬧。

補充單字 시내 室內；市區／번화하다 熱鬧的

漢 漢語延伸單字／外 外來語延伸單字

165

주변 名 周邊 ·········· 漢

대학교 **주변**에는 서점이 많다.

- dae-hak-kkyo **ju-byeo**-ne-neun seo-jeo-mi man-ta.

譯 大學**周邊**有很多書店。

補充單字 서점 書店

주위 名 周圍 ·········· 漢

내 **주위**에는 좋은 사람들이 많다.

- nae **ju-wi**-e-neun jo-eun sa-ram-deu-ri man-ta.

譯 我**周圍**有許多好人。

補充單字 좋다 好的／많다 多的

옆쪽 名 旁邊

가방 **옆쪽**이 더러워졌다.

- ga-bang **yeop-jjo**-gi deo-reo-wo-jeot-tta.

譯 包包的**旁邊**弄髒了。

補充單字 가방 包包／더러워지다 弄髒

옆사람 名 旁邊的人

자료를 **옆사람**에게 건네주었다.

- ja-ryo-reul **yeop-ssa-ra**-me-ge geon-ne-ju-eot-tta.

譯 把資料傳給**旁邊的人**。

補充單字 자료 資料／건네주다 轉給；傳給

옆집 名 隔壁

우리 **옆집** 아줌마는 매우 친절하다.

- u-ri **yeop-jjip** a-jum-ma-neun mae-u chin-jeol-ha-da.

譯 我家**隔壁**的阿姨很親切。

補充單字 아줌마 阿姨／친절하다 親切的

반대편 名 對面

회의에 참석하여 **반대편** 사람과 인사를 나누었다.

- hoe-ui-e cham-seo-ka-yeo **ban-dae-pyeon** sa-ram-gwa in-sa-reul na-nu-eot-tta.

譯 參加了會議，跟**對面**的人打招呼。

補充單字 참석하다 參加／인사를 나누다 打招呼

맞은편 名 對面

맞은편에 약국이 있다.

- **ma-jeun-pyeo**-ne yak-kku-gi it-tta.

譯 **對面**有藥局。

補充單字 약국 藥局

실내 名 室內 ·········· 漢

실내에 들어오니 덥다.

- **sil-lae**-e deu-reo-o-ni deop-tta.

譯 進到**室內**就很熱。

補充單字 들어오다 進來；進入／덥다 熱的

실외 名 室外 ·········· 漢

실외 수영장에서 수영을 한다.

- **si-roe** su-yeong-jang-e-seo su-yeong-eul han-da.

譯 在**室外**游泳池游泳。

補充單字 수영장 泳池／수영 游泳

Chapter 14
場所&地點

◀飲食 相關的情境單字

노천커피숍 名 露天咖啡廳
··············· 漢+外 coffee shop

노천커피숍에서 아이스커피를 마셨다.

• **no-cheon-keo-pi-syo**-be-seo a-i-seu-keo-pi-reul ma-syeot-tta.

譯 在**露天咖啡廳**喝了冰咖啡。

補充單字 아이스커피 冰咖啡／마시다 喝

테이크아웃커피점
名 外帶飲料店
··············· 外 takeout coffee +漢

테이크아웃커피점에서 커피 5잔을 샀다.

• **te-i-keu-a-ut-keo-pi-jeo**-me-seo keo-pi da-seot-ja-neul ssat-tta.

譯 在**外帶飲料店**買了五杯咖啡。

補充單字 커피 咖啡／사다 買

커피숍 名 咖啡廳
··············· 外 coffee shop

커피숍에서 친구와 이야기를 했다.

• **keo-pi-syo**-be-seo chin-gu-wa i-ya-gi-reul haet-tta.

譯 在**咖啡廳**跟朋友聊天。

補充單字 친구 朋友／이야기 聊天

식당 名 餐廳（一般的）········· 漢

학생**식당**에서 점심을 먹는다.

• hak-ssaeng-**sik-ttang**-e-seo jeom-si-meul meong-neun-da.

譯 在學生**餐廳**吃午餐。

補充單字 학생 學生／점심 午餐

레스토랑 名 餐廳（高級的）
··············· 外 restaurant

남자친구와 프랑스 **레스토랑**에 갔다.

• nam-ja-chin-gu-wa peu-rang-seu **re-seu-to-rang**-e gat-tta.

譯 跟男朋友一起去法國**餐廳**。

補充單字 남자친구 男朋友／프랑스 法國

술집 名 酒吧

친구와 **술집**에서 술을 마신다.

• chin-gu-wa **sul-ji**-be-seo su-reul ma-sin-da.

譯 在**酒吧**跟朋友一起喝酒。

補充單字 친구 朋友／마시다 喝

◀生活消費 相關的情境單字

우체국 名 郵局

우체국은 5시에 닫는다.

• **u-che-gu**-geun da-seot-si-e dan-neun-da.

譯 **郵局**五點打烊。

補充單字 닫다 打烊

철물점 名 五金行

철물점에서 전등을 샀다.
- cheol-mul-jeo-me-seo jeon-deung-eul ssat-tta.

譯 在**五金行**買了電燈泡。

補充單字 전등 電燈泡／사다 買

주차장 名 停車場

주차장에 차를 세웠다.
- ju-cha-jang-e cha-reul sse-wot-tta.

譯 在**停車場**停車。

補充單字 차 車／세우다 停

세탁소 名 洗衣店

세탁소에서 자켓 드라이를 했다.
- se-tak-sso-e-seo ja-ket deu-ra-i-reul haet-tta.

譯 把外套送到**洗衣店**乾洗。

補充單字 자켓 外套／드라이 乾洗

대중목욕탕 名 公共澡堂 漢

대중목욕탕은 매우 넓다.
- dae-jung-mo-gyok-tang-eun mae-u neop-da.

譯 **公共澡堂**很大。

補充單字 넓다 大的

찜질방 名 三溫暖（桑拿浴）

찜질방에서 먹는 계란은 정말 맛있다.
- jjim-jil-bang-e-seo meong-neun gye-ra-neun jeong-mal ma-sit-tta.

譯 在**三溫暖**吃的雞蛋很好吃。

補充單字 계란 雞蛋／맛있다 好吃的

미용실 名 髮廊 漢

미용실에서 파마를 했다.
- mi-yong-si-re-seo pa-ma-reul haet-tta.

譯 在**髮廊**燙頭髮。

補充單字 파마 燙頭髮

이발소 名 理髮店

아빠는 **이발소**에 가서 머리를 자른다.
- a-ppa-neun i-bal-sso-e ga-seo meo-ri-reul jja-reun-da.

譯 爸爸去**理髮店**剪頭髮。

補充單字 아빠 爸爸／자르다 剪

안경점 名 眼鏡行 漢

안경점에서 안경을 맞췄다.
- an-gyeong-jeo-me-seo an-gyeong-eul mat-chwot-tta.

譯 在**眼鏡行**配眼鏡。

補充單字 안경 眼鏡／맞추다 配

가구점 名 家具行 漢

가구점에서 책상을 샀다.
- ga-gu-jeo-me-seo chaek-ssang-eul ssat-tta.

譯 在**家具行**買了桌子。

補充單字 책상 桌子

시장 名 市場 漢

시장에서 야채를 산다.
- si-jang-e-seo ya-chae-reul ssan-da.

譯 在**市場**買蔬菜。

補充單字 야채 蔬菜

슈퍼마켓 名 （小型）超市
外 supermarket

집 근처에 **슈퍼마켓**이 두개 있다.
- jip geun-cheo-e **syu-peo-ma-ke**-si du-gae it-tta.

譯 我們家附近有兩個**超市**。

補充單字 근처 附近／있다 有

대형마트 名 大賣場
漢+外 market

대형마트는 값이 싸다.
- dae-hyeong-ma-teu-neun gap-ssi ssa-da.

譯 **大賣場**的商品價格很便宜。

補充單字 값 價格；價值／싸다 便宜

편의점 名 便利商店 漢

일층에 **편의점**이 있다.
- il-cheung-e **pyeo-nui-jeo**-mi it-tta.

譯 在一樓有**便利商店**。

補充單字 일층 一樓

전자상가 名 3C 商場

전자상가에서 노트북을 샀다.
- jeon-ja-sang-ga-e-seo no-teu-bu-geul ssat-tta.

譯 在 **3C 商場**買了筆電。

補充單字 노트북 筆電

백화점 名 百貨公司 漢

백화점에서 옷을 산다.
- bae-kwa-jeo-me-seo o-seul ssan-da.

譯 在**百貨公司**買衣服。

補充單字 옷 衣服

쇼핑센터 名 購物中心
外 shopping center

쇼핑센터에서 쇼핑을 하고 밥을 먹었\
다.
- syo-ping-sen-teo-e-seo syo-ping-eul ha-go ba-beul meo-geot-tta.

譯 在**購物中心**逛街吃飯。

補充單字 쇼핑 逛街／먹다 吃

마사지숍 名 按摩店
外 massage shop

마사지숍에서 발안마를 받았다.
- ma-sa-ji-syo-be-seo ba-ran-ma-reul ppa-dat-tta.

譯 在**按摩店**做腳底按摩。

補充單字 발안마 腳底按摩／받다 接受

네일샵 名 美甲店 外 nail shop

나는 **네일샵**에 매우 자주 간다.
- na-neun **ne-il-sya**-be mae-u ja-ju gan-da.

譯 我很常去**美甲店**。

補充單字 자주 時常

꽃집 名 花店

집 앞 **꽃집**에서 꽃을 산다.
- jip ap **kkot-jji**-be-seo kko-cheul ssan-da.

譯 在家門前的**花店**買花。

補充單字 집 앞 家的前面／꽃 花

호텔 名 飯店 外 hotel

호텔에서 이박을 했다.
- ho-te-re-seo i-ba-geul haet-tta.

譯 在**飯店**住了兩個晚上。

補充單字 이박 兩個晚上

漢 漢語延伸單字／外 外來語延伸單字

◀娛樂休閒 相關的情境單字

공원 名 公園 ⋯⋯⋯⋯⋯⋯⋯⋯ 漢

공원에서 산책을 한다.

- **gong-wo**-ne-seo san-chae-geul han-da.

譯 到**公園**散散步。

補充單字 산책 散步

운동장 名 運動場 ⋯⋯⋯⋯⋯⋯⋯ 漢

학교 **운동장**에서 농구를 한다.

- hak-kkyo **un-dong-jang**-e-seo nong-gu-reul han-da.

譯 在學校**運動場**打籃球。

補充單字 학교 學校／농구 籃球

수영장 名 游泳池

집 앞 **수영장**에서 수영을 배웠다.

- jip ap **su-yeong-jang**-e-seo su-yeong-eul ppae-wot-tta.

譯 在我家前面的**游泳池**學游泳。

補充單字 수영 游泳／배우다 學

스키장 名 滑雪場 ⋯⋯ 外 ski + 漢

스키장에서 스노우보드를 탄다.

- **seu-ki-jang**-e-seo seu-no-u-bo-deu-reul tan-da.

譯 在**滑雪場**單板滑雪。

補充單字 스노우보드 滑雪板

축구경기장 名 足球（競技）場
⋯⋯⋯⋯⋯⋯⋯⋯⋯⋯⋯⋯ 漢

축구경기장에서 한국팀을 응원했다.

- **chuk-kku-gyeong-gi-jang**-e-seo han-guk-ti-meul eung-won-haet-tta.

譯 在**足球場**幫韓國隊加油。

補充單字 한국팀 韓國隊／응원하다 加油

야구장 名 棒球場 ⋯⋯⋯⋯⋯⋯ 漢

야구장에서 대만팀을 응원했다.

- **ya-gu-jang**-e-seo dae-man-ti-meul eung-won-haet-tta.

譯 在**棒球場**幫臺灣隊加油。

補充單字 대만팀 臺灣隊

테니스장 名 網球場
⋯⋯⋯⋯⋯⋯⋯⋯⋯⋯ 外 tennis + 漢

학교에 **테니스장**이 있다.

- hak-kkyo-e **te-ni-seu-jang**-i it-tta.

譯 學校有**網球場**。

補充單字 학교 學校

화랑 名 畫廊 ⋯⋯⋯⋯⋯⋯⋯⋯⋯ 漢

내 꿈은 **화랑**에서 일하는 것이다.

- nae kku-meun **hwa-rang**-e-seo il-ha-neun geo-si-da.

譯 我的夢想是在**畫廊**工作。

補充單字 내 꿈 我的夢想／일하다 工作；做事

만화방 名 漫畫店 ⋯⋯⋯⋯⋯⋯ 漢

만화방에서 만화를 본다.

- **man-hwa-bang**-e-seo man-hwa-reul ppon-da.

譯 在**漫畫店**看漫畫書。

補充單字 만화 漫畫

노래방 名 KTV

노래방에서 3시간동안 노래를 불렀다.

- **no-rae-bang**-e-seo sam-si-gan-dong-an no-rae-reul ppul-leot-tta.

譯 在 **KTV** 唱歌三個小時。

補充單字 ～동안 持續……期間／노래 唱歌

서점 名 書店 ·········· 漢

서점에서 친구를 기다린다.
- seo-jeo-me-seo chin-gu-reul kki-da-rin-da.

譯 在**書店**等朋友。

補充單字 친구 朋友／기다리다 等待；期待

영화관 名 電影院 ··········· 漢

어제 **영화관**에서 영화를 봤다.
- eo-je **yeong-hwa-gwa**-ne-seo yeong-hwa-reul ppwat-tta.

譯 昨天在**電影院**看了電影。

補充單字 어제 昨天／영화 電影

애견샵 名 寵物店

애견샵에서 개집을 판다.
- **ae-gyeon-sya**-be-seo gae-ji-beul pan-da.

譯 **寵物店**有賣狗窩。

補充單字 개집 狗窩；狗屋／팔다 賣

동물원 名 動物園 ··········· 漢

동물원에서 데이트를 한다.
- **dong-mu-rwo**-ne-seo de-i-teu-reul han-da.

譯 在**動物園**約會。

補充單字 데이트 約會

박물관 名 博物館 ··········· 漢

박물관에서는 조용히해야 한다.
- **bang-mul-gwa**-ne-seo-neun jo-yong-hi-hae-ya han-da.

譯 在**博物館**要放低音量。

補充單字 조용히하다 小聲的

미술관 名 美術館 ·········· 漢

미술관에서 그림을 감상했다.
- **mi-sul-gwa**-ne-seo geu-ri-meul kkam-sang-haet-tta.

譯 在**美術館**欣賞畫作。

補充單字 그림 畫作／감상하다 欣賞

바닷가 名 海邊

바닷가에서 사진을 찍는다.
- **ba-dat-kka**-e-seo sa-ji-neul jjing-neun-da.

譯 在**海邊**拍照。

補充單字 사진을 찍다 拍照

해수욕장 名 海水浴場 ·········· 漢

여름에는 **해수욕장**에 사람이 매우 많다.
- **yeo-reu-me-neun** **hae-su-yok-jjang**-e sa-ra-mi mae-u man-ta.

譯 夏天時在**海水浴場**有很多人。

補充單字 여름 夏天／매우 很多

놀이공원 名 遊樂園

놀이공원에서 재밌게 놀았다.
- **no-ri-gong-wo**-ne-seo jae-mit-kke no-rat-tta.

譯 在**遊樂園**玩得很開心。

補充單字 놀다 玩

클럽 名 夜店 ·········· 外 club

금요일 밤에 **클럽**에 갔다.
- geu-myo-il ba-me **keul-leo**-be gat-tta.

譯 星期五晚上要去**夜店**。

補充單字 금요일 星期五／밤 晚上

공연장 名 表演廳（公演場）·· 漢

공연장에서 공연을 보았다.
- **gong-yeon-jang**-e-seo gong-yeo-neul ppo-at-tta.

譯 在**表演廳**看表演。

補充單字 공연 表演／보다 看

전망대 名 觀望臺

101**전망대**에 올라갔다.
- baek-il **jeon-mang-dae**-e ol-la-gat-tta.

譯 搭電梯上到 101 **觀望臺**。

補充單字 올라가다 上去

무대 名 舞臺············ 漢

무대가 매우 밝다.
- **mu-dae**-ga mae-u bak-tta.

譯 **舞臺**很亮。

補充單字 밝다 亮的

전시장 名 展場············ 漢

전시장에서 전시회를 구경했다.
- **jeon-si-jang**-e-seo jeon-si-hoe-reul kku-gyeong-haet-tta.

譯 到**展場**參觀展覽。

補充單字 전시회 展覽／구경하다 觀賞；參觀

救助 相關的情境單字

한의원 名 韓醫院（類似中醫）
　　　　　　　　　　　　　　　　　　 漢

한의원에 가서 약을 받았다.
- **ha-nui-wo**-ne ga-seo ya-geul ppa-dat-tta.

譯 去**韓醫院**拿藥。

補充單字 약 藥／받다 接受；拿

병원 名 醫院············ 漢

농촌에는 **병원**이 많지 않다.
- nong-cho-ne-neun **byeong-wo**-ni man-chi an-ta.

譯 鄉下的**醫院**不多。

補充單字 농촌 鄉下

종합병원 名 綜合醫院········· 漢

종합병원에는 모든 과가 다 있다.
- **jong-hap-ppyeong-wo**-ne-neun mo-deun gwa-ga da it-tta.

譯 在**綜合醫院**裡什麼科別都有。

補充單字 모든 所有的／과 科別

정신병원 名 精神病院········· 漢

정신병원에는 꼭 미친사람들만 있는 것은 아니다.
- **jeong-sin-byeong-wo**-ne-neun kkok mi-chin-sa-ram-deul-man in-neun geo-seun a-ni-da.

譯 在**精神病院**裡的不一定是瘋子。

補充單字 미친사람들 瘋子

응급실 名 急診室············ 漢

사고가 나서 **응급실**에 실려갔다.
- sa-go-ga na-seo **eung-geup-ssi**-re sil-lyeo-gat-tta.

譯 因為發生車禍而被送去**急診室**。

補充單字 사고 車禍／실리다 載著

병실 名 病房············ 漢

병실 안에는 6명의 환자가 있다.
- **byeong-sil** a-ne-neun yu-myeong-ui hwan-ja-ga it-tta.

譯 **病房**裡有六個患者。

補充單字 환자 患者

동물병원 名 動物醫院 ········· 漢

강아지가 아파서 **동물병원**에 갔다.

• gang-a-ji-ga a-pa-seo **dong-mul-byeong-wo-ne** gat-tta.

譯 因為我的小狗生病了，所以帶去**動物醫院**看病。

補充單字 강아지 小狗／아프다 生病的；不舒服的

약국 名 藥局 ······················ 漢

약국은 일요일에 엽니까?

• **yak-kku**-geun i-ryo-i-re yeom-ni-kka?

譯 星期天**藥局**會開嗎？

補充單字 일요일 星期天／열다 開；敞開

경찰서 名 警察局 ·················· 漢

경찰서는 어디입니까?

• **gyeong-chal-sseo**-neun eo-di-im-ni-kka?

譯 **警察局**在哪裡？

補充單字 어디 哪裡

교회 名 教會 ······················· 漢

일요일에는 **교회**에 간다.

• i-ryo-i-re-neun **gyo-hoe**-e gan-da.

譯 星期天去**教會**。

補充單字 가다 去

절 名 (寺) 廟

불교신자들은 **절**에 간다.

• bul-gyo-sin-ja-deu-reun **jeo**-re gan-da.

譯 佛教信徒會去**寺廟**。

補充單字 불교 佛教／신자 信者；信徒

◀ 其他場所 相關的情境單字

로펌 名 法律事務所 ·· 外 law firm

오빠는 **로펌**에서 일한다.

• o-ppa-neun **ro-peo**-me-seo il-han-da.

譯 哥哥在**法律事務所**工作。

補充單字 오빠 哥哥／일하다 工作

법원 名 法院 ······················· 漢

법원에 출석하다.

• **beo-bwo**-ne chul-seo-ka-da.

譯 出席**法院**。

補充單字 출석하다 出席

대사관 名 大使館 ················· 漢

미국**대사관**이 옆에 있다.

• mi-guk-**ttae-sa-gwa**-ni yeo-pe it-tta.

譯 美國**大使館**在旁邊。

補充單字 옆 旁邊

회사 名 公司 (會社) ············· 漢

우리 **회사**는 서울에 있다.

• u-ri **hoe-sa**-neun seo-u-re it-tta.

譯 我們**公司**在首爾。

補充單字 서울 首爾

건물 名 建築；大樓

우리 회사 **건물**은 15층 건물이다.

• u-ri hoe-sa **geon-mu**-reun sip-o-cheung geon-mu-ri-da.

譯 我們公司**大樓**有十五層樓。

補充單字 우리 회사 我們公司／건물 大樓

173

로비 名 大廳 ········· 外 lobby

12시 **로비**에서 봅시다.
- sip-i-si **ro-bi**-e-seo bop-ssi-da.
譯 十二點在**大廳**見。

補充單字 보다 見

사무실 名 辦公室

우리 **사무실**은 23층에 있다.
- u-ri **sa-mu-si**-reun i-sip-sam-cheung-e it-tta.
譯 我們**辦公室**在二十三樓。

補充單字 있다 在

탕비실 名 茶水間

탕비실에 뜨거운 물이 있다.
- **tang-bi-si**-re tteu-geo-un mu-ri it-tta.
譯 **茶水間**那邊有熱水。

補充單字 뜨겁다 熱的／물 水

회의실 名 會議室 ··········· 漢

회의실에서 회의를 진행하였다.
- **hoe-ui-si**-re-seo hoe-ui-reul jjin-haeng-ha-yeot-tta.
譯 在**會議室**開會。

補充單字 회의 會議／진행하다 進行

양조장 名 造酒廠 。

양조장에서 직접 술을 산다.
- **yang-jo-jang**-e-seo jik-jjeop su-reul ssan-da.
譯 從**造酒廠**直接買酒。

補充單字 직접 直接／술 酒

공장 名 工廠 ··········· 漢

공장에 기계가 많다.
- **gong-jang**-e gi-gye-ga man-ta.
譯 **工廠**裡有很多機械。

補充單字 기계 機械／많다 多的

창고 名 倉庫 ··········· 漢

물건들을 **창고**에 보관한다.
- mul-geon-deu-reul **chang-go**-e bo-gwan-han-da.
譯 把東西保管在**倉庫**。

補充單字 물건 東西／보관하다 保管

방송국 名 電視臺

방송국 구경을 했다.
- **bang-song-guk** gu-gyeong-eul haet-tta.
譯 去參觀**電視臺**。

補充單字 구경하다 參觀

스튜디오 名 攝影棚·· 外 studio

스튜디오에서 촬영을 한다.
- **seu-tyu-di-o**-e-seo chwa-ryeong-eul han-da.
譯 在**攝影棚**拍戲。

補充單字 촬영을 하다 拍戲

◀韓國地點 相關的情境單字

동해안 名 東海岸（韓國）······ 漢

동해안은 바다가 깊다.
- **dong-hae-a**-neun ba-da-ga gip-tta.
譯 韓國**東海岸**的海很深。

補充單字 바다 大海／깊다 深的

서해안 名 西海岸（韓國）⋯⋯ 漢

서해안은 바다가 얕다.
- **seo-hae-a**-neun ba-da-ga yat-tta.

譯 韓國**西海岸**的海很淺。

補充單字 얕다 淺的

남해안 名 南海岸（韓國）⋯⋯ 漢

남해안은 아름답다.
- **nam-hae-a**-neun a-reum-dap-tta.

譯 韓國**南海岸**很美麗。

補充單字 아름답다 美麗

전라도 名 全羅道⋯⋯⋯⋯⋯⋯ 漢

전라도는 한국의 남서쪽에 있다.
- **jeol-la-do**-neun han-gu-gui nam-seo-jjo-ge it-tta.

譯 **全羅道**位於韓國的西南部。

補充單字 한국 韓國／남서쪽 西南部

경상도 名 慶尙道⋯⋯⋯⋯⋯⋯ 漢

경상도는 한국의 남동쪽에 있다.
- **gyeong-sang-do**-neun han-gu-gui nam-dong-jjo-ge it-tta.

譯 **慶尙道**位於韓國的東南部。

補充單字 남동쪽 東南部

충청도 名 忠淸道⋯⋯⋯⋯⋯⋯ 漢

충청도는 한국의 중간에 있다.
- **chung-cheong-do**-neun han-gu-gui jung-ga-ne it-tta.

譯 **忠淸道**位於韓國的中間。

補充單字 중간 中間

경기도 名 京畿道⋯⋯⋯⋯⋯⋯ 漢

서울 주변은 **경기도**이다.
- seo-ul ju-byeo-neun **gyeong-gi-do**-i-da.

譯 首爾附近是**京畿道**。

補充單字 주변 附近

강원도 名 江原道⋯⋯⋯⋯⋯⋯ 漢

강원도는 타이동과 비슷하다.
- **gang-won-do**-neun ta-i-dong-gwa bi-seu-ta-da.

譯 **江原道**跟臺東很像。

補充單字 타이동 臺東／비슷하다 差不多的；
相似的

제주도 名 濟州島⋯⋯⋯⋯⋯⋯ 漢

제주도는 매우 아름답다.
- **je-ju-do**-neun mae-u a-reum-dap-tta.

譯 **濟州島**非常美麗。

補充單字 매우 非常；很／아름답다 美麗的

거제도 名 巨濟島⋯⋯⋯⋯⋯⋯ 漢

거제도는 부산과 다리로 연결되어 있다.
- **geo-je-do**-neun bu-san-gwa da-ri-ro yeon-gyeol-doe-eo it-tta.

譯 **巨濟島**與釜山之間有橋連接。

補充單字 다리 橋／연결되다 連接

남이섬 名 南怡島

남이섬에서 드라마를 찍었다.
- **na-mi-seo**-me-seo deu-ra-ma-reul jji-geot-tta.

譯 在**南怡島**拍戲。

補充單字 드라마 戲／찍다 攝影；拍照

漢 漢語延伸單字／外 外來語延伸單字

175

여의도 名 汝矣島 — 漢

여의도에는 방송국이 많다.
- **yeo-ui-do**-e-neun bang-song-gu-gi man-ta.

譯 汝矣島有很多電視臺。

補充單字 방송국 電視臺／많다 多的

서울 名 首爾 — 漢

서울은 한국의 수도이다.
- **seo-u**-reun han-gu-gui su-do-i-da.

譯 首爾是韓國的首都。

補充單字 수도 首都

부산 名 釜山 — 漢

부산은 남부에 있다.
- **bu-sa**-neun nam-bu-e it-tta.

譯 釜山在韓國南部。

補充單字 남부 南部

대구 名 大邱 — 漢

대구는 분지 지형이다.
- **dae-gu**-neun bun-ji ji-hyeong-i-da.

譯 大邱是盆地地形。

補充單字 분지 盆地／지형 地形

인천 名 仁川 — 漢

인천에는 공항이 있다.
- **in-cheo**-ne-neun gong-hang-i it-tta.

譯 仁川有機場。

補充單字 공항 機場／있다 有

광주 名 光州 — 漢

광주는 전라도에 있다.
- **gwang-ju**-neun jeol-la-do-e it-tta.

譯 光州位於全羅道。

補充單字 전라도 全羅道

대전 名 大田 — 漢

대전은 서울에서 두시간 거리이다.
- **dae-jeo**-neun seo-u-re-seo du-si-gan geo-ri-i-da.

譯 大田距離首爾約有兩個小時的車程。

補充單字 거리 距離

춘천 名 春川 — 漢

춘천에는 닭갈비가 유명하다.
- **chun-cheo**-ne-neun dak-kkal-ppi-ga yu-myeong-ha-da.

譯 在春川，辣炒雞這道菜很有名。

補充單字 닭갈비 辣炒雞／유영하다 有名的

경주 名 慶州 — 漢

경주는 한때 수도였다.
- **gyeong-ju**-neun han-ttae su-do-yeot-tta.

譯 慶州曾經是首都。

補充單字 한 때 一時／수도 首都

해남 名 海南 — 漢

해남은 한국의 가장 남쪽에 있다.
- **hae-na**-meun han-gu-gui ga-jang nam-jjo-ge it-tta.

譯 海南位於韓國的最南端。

補充單字 가장 最／남쪽 南邊

신촌 名 新村 ⋯⋯⋯⋯⋯ 漢

신촌에는 대학이 많다.
- **sin-cho**-ne-neun dae-ha-gi man-ta.
- 譯 **新村**有很多大學。

補充單字 대학 大學／많다 多的

북촌 名 北村 ⋯⋯⋯⋯⋯ 漢

북촌에는 한옥이 많다.
- **buk-cho**-ne-neun ha-no-gi man-ta.
- 譯 **北村**那裡有很多韓屋。

補充單字 한옥 韓屋（傳統建築）

인사동 名 仁寺洞 ⋯⋯⋯⋯⋯ 漢

인사동에는 관광객이 많다.
- **in-sa-dong**-e-neun gwan-gwang-gae-gi man-ta.
- 譯 在**仁寺洞**那裡有很多觀光客。

補充單字 관광객 觀光客

명동 名 明洞 ⋯⋯⋯⋯⋯ 漢

명동은 쇼핑하기에 좋다.
- **myeong-dong**-eun syo-ping-ha-gi-e jo-ta.
- 譯 **明洞**很好逛街。

補充單字 쇼핑 逛街／좋다 好的

동대문 名 東大門 ⋯⋯⋯⋯⋯ 漢

동대문에서는 예쁜 옷이 많다.
- **dong-dae-mu**-ne-seo-neun ye-ppeun o-si man-ta.
- 譯 **東大門**有很多好看的衣服。

補充單字 예쁘다 好看的／옷 衣服

시청 名 市政廳 ⋯⋯⋯⋯⋯ 漢

시청은 교통이 편리하다.
- **si-cheong**-eun gyo-tong-i pyeol-li-ha-da.
- 譯 **市政廳**那邊的交通很方便。

補充單字 교통 交通／편리하다 便利的；方便的

청와대 名 青瓦臺 ⋯⋯⋯⋯⋯ 漢

대통령은 **청와대**에 산다.
- dae-tong-nyeong-eun **cheong-wa-dae**-e san-da.
- 譯 總統住在**青瓦臺**。

補充單字 대통령 總統／사다 住；購置

남대문 名 南大門 ⋯⋯⋯⋯⋯ 漢

남대문 시장에는 없는 것이 없다.
- **nam-dae-mun** si-jang-e-neun eom-neun geo-si eop-tta.
- 譯 **南大門**市場裡應有盡有。

補充單字 시장 市場／없다 沒有的

남산 名 南山 ⋯⋯⋯⋯⋯ 漢

남산은 서울 중심에 있다.
- **nam-sa**-neun seo-ul jung-si-me it-tta.
- 譯 **南山**位於首爾的中心。

補充單字 중심 中心

남산타워 名 南山塔
⋯⋯⋯⋯⋯ 漢＋外 tower

남산타워에 가고 싶다.
- **nam-san-ta-wo**-e ga-go sip-tta.
- 譯 想去**南山塔**。

補充單字 가고 싶다 想要去

漢 漢語延伸單字／外 外來語延伸單字

177

한국민속촌 名 韓國民俗村 · · · · · 漢

한국민속촌에서 많은 드라마를 촬영하였다.

- **han-gung-min-sok-cho**-ne-seo ma-neun deu-ra-ma-reul chwa-ryeong-ha-yeot-tta.

譯 很多戲劇在**韓國民俗村**拍攝。

補充單字 드라마 戲劇／촬영하다 照；拍攝

롯데월드 名 樂天世界（主題樂園） · · · · · 外 Lotte world

롯데월드는 서울에 있다.

- **rot-tte-wol-deu**-neun seo-u-re it-tta.

譯 **樂天世界**在首爾。

補充單字 서울 首爾／있다 在

63빌딩 名 63大樓 · · · · · 漢＋外 building

63빌딩은 전체 금색으로 되어 있다.

- **yu-sip-sam-bil-ding**-eun jeon-che geum-sae-geu-ro doe-eo it-tta.

譯 **63大樓**整棟都是金色的。

補充單字 전체 全體；整個／금색 金色

에버랜드 名 愛寶樂園（韓國最大遊樂園） · · · · · 外 Everland

에버랜드는 매우 크다.

- **e-beo-raen-deu**-neun mae-u keu-da.

譯 **愛寶樂園**非常大。

補充單字 매우 非常／크다 大的

홍대입구 名 弘大入口 · · · · · 漢

젊은사람들은 **홍대입구**에 모인다.

- jeol-meun-sa-ram-deu-reun **hong-dae-ip-kku**-emo-in-da.

譯 年輕人聚集在**弘大入口**那邊。

補充單字 젊은사람들 年輕人／모이다 聚集；聚會

판문점 名 板門店 · · · · · 漢

외국인은 **판문점**에 갈 수 있다.

- **oe-gu-gi**-neun **pan-mun-jeo**-me gal ssu it-tta.

譯 **外國人**可以去**板門店**。

補充單字 외국인 外國人

한강 名 漢江 · · · · · 漢

서울의 중심에는 **한강**이 흐른다.

- seo-u-rui jung-si-me-neun **han-gang**-i heu-reun-da.

譯 **漢江**從首爾中央流過。

補充單字 흐르다 流動；流過

한강시민공원 名 漢江市民公園 · · · · · 漢

한강을 따라 **한강시민공원**이 있다.

- han-gang-eul tta-ra **han-gang-si-min-gong-wo**-ni it-tta.

譯 沿著漢江的是**漢江市民公園**。

補充單字 한강 漢江

정동진 名 正東津 · · · · · 漢

정동진에 일출을 보러 간다.

- **jeong-dong-ji**-ne il-chu-reul ppo-reo gan-da.

譯 去**正東津**看日出。

補充單字 일출 日出

Chapter)

15
/ 16

音檔連結
因各家手機系統不同，若無法直
接掃描，仍可以至
（https://tinyurl.com/4cpd6wv8）
電腦連結雲端下載。

Chapter 15
交通

交通工具 相關的情境單字

오토바이 名 摩托車

타이베이에서 **오토바이**는 매우 편리하다.

- ta-i-be-i-e-seo **o-to-ba-i**-neun mae-u pyeol-li-ha-da.

譯 在臺北騎**摩托車**很方便。

補充單字 타이베이 臺北／편리하다 方便的

자동차 名 汽車 ·················· 漢

우리집은 **자동차**가 두 대 있다.

- u-ri-ji-beun **ja-dong-cha**-ga du dae it-tta.

譯 我家有兩輛**汽車**。

補充單字 우리집 我們家／대 輛

택시 名 計程車 ·············· 外 taxi

택시는 편리하지만 비싸다.

- **taek-ssi**-neun pyeol-li-ha-ji-man bi-ssa-da.

譯 搭**計程車**雖然很方便，但是花費卻很高。

補充單字 하지만 卻；但是；可是／비싸다 昂貴的

트럭 名 卡車 ·················· 外 truck

트럭은 대부분 파란색이다.

- **teu-reo**-geun dae-bu-bun pa-ran-sae-gi-da.

譯 **卡車**大部分都是藍色。

補充單字 대부분 大部分／파란색 藍色

화물차 名 貨車 ·················· 漢

화물차는 너무 빨리 달리면 안된다.

- **hwa-mul-cha**-neun neo-mu ppal-li dal-li-myeon an-doen-da.

譯 **貨車**不能開太快。

補充單字 빠르다 快／안되다 不可以；不行

대중교통 名 大眾運輸工具 ···· 漢

대중교통은 교통비가 저렴하다.

- **dae-jung-gyo-tong**-eun gyo-tong-bi-ga jeo-ryeom-ha-da.

譯 **大眾運輸工具**收費低廉。

補充單字 교통비 交通費／저렴하다 便宜的

버스 名 公車 ·················· 外 bus

버스정류장에서 **버스**를 기다린다.

- beo-seu-jeong-nyu-jang-e-seo **beo-seu**-reul kki-da-rin-da.

譯 在公車站等**公車**。

補充單字 기다리다 等待；期待／버스정류 公車車站

공항버스 名 機場巴士

공항버스는 30분에 한 대씩 있다.

- **gong-hang-beo-seu**-neun sam-sip-bu-ne han dae-ssik it-tta.

譯 **機場巴士**三十分鐘有一輛。

補充單字 한 대 一輛／있다 有

마을버스 名 小型巴士

마을버스는 노선이 짧다.
- **ma-eul-ppeo-seu**-neun no-seo-ni jjap-tta.
- 譯 **小型巴士**的行經路線很短。

補充單字 노선 路線／짧다 短的

고속버스 名 客運

고속버스를 타고 대전까지 갔다.
- **go-sok-ppeo-seu**-reul ta-go dae-jeon-kka-ji gat-tta.
- 譯 搭乘**客運**前往大田。

補充單字 타다 搭乘／～까지 至；到

지하철 名 地（下）鐵 ⋯⋯⋯ 漢

서울은 **지하철** 노선이 매우 많다.
- seo-u-reun **ji-ha-cheol** no-seo-ni mae-u man-ta.
- 譯 首爾有很多**地鐵**路線。

補充單字 서울 首爾／매우 非常；很

기차 名 火車

기차여행은 낭만적이다.
- **gi-cha**-yeo-haeng-eun nang-man-jeo-gi-da.
- 譯 **火車**旅行很浪漫。

補充單字 낭만적이다 浪漫的

KTX 名 韓國高鐵
⋯⋯⋯ 外 Korea trail expresses

서울에서 부산까지 **KTX**로 세시간 걸린다.
- seo-u-re-seo bu-san-kka-ji **KTX** ro se-si-gan geol-lin-da.
- 譯 從首爾到釜山，搭乘**韓國高鐵**要三個小時。

補充單字 ～에서 ～까지 從～ 到／걸리다 花費；需要（時間）

비행기 名 飛機

비행기는 매우 높이 난다.
- **bi-haeng-gi**-neun mae-u no-pi nan-da.
- 譯 **飛機**飛得很高。

補充單字 매우 很；非常／높이 高的

헬리콥터 名 直升機
⋯⋯⋯ 外 helicopter

헬리콥터 소리는 매우 크다.
- **hel-li-kop-teo** so-ri-neun mae-u keu-da.
- 譯 **直升機**的聲音很大。

補充單字 소리 聲音／크다 大的

배 名 船

배를 타다.
- **bae**-reul ta-da.
- 譯 搭**船**了。

補充單字 타다 搭乘

요트 名 遊艇 ⋯⋯⋯ 外 yacht

한강에서 **요트**를 탄다.
- han-gang-e-seo **yo-teu**-reul tan-da.
- 譯 在漢江乘坐**遊艇**。

補充單字 한강 漢江

여객선 名 客船 ⋯⋯⋯ 漢

여객선을 타고 제주도로 갔다.
- **yeo-gaek-sseo**-neul ta-go je-ju-do-ro gat-tta.
- 譯 搭乘**郵輪**去濟州島。

補充單字 제주도 濟州島／가다 去

크루즈 名 郵輪 ·········· 外 cruise

크루즈는 비용이 매우 높다.
- **keu-ru-jeu**-neun bi-yong-i mae-u nop-tta.

譯 搭乘**郵輪**的費用很高。

補充單字 비용 費用／높다 高的

유람선 名 觀光郵輪 ·········· 漢

유람선을 타고 한강을 돌았다.
- **yu-ram-seo**-neul ta-go han-gang-eul tto-rat-tta.

譯 坐**觀光郵輪**遊覽漢江。

補充單字 돌다 繞；周旋

잠수함 名 潛艇

제주도에서 **잠수함**을 탈 수 있다.
- je-ju-do-e-seo **jam-su-ha**-meul tal ssu it-tta.

譯 在濟州島可以乘坐**潛艇**。

補充單字 제주도 濟州島／타다 乘坐

화물선 名 貨輪 ·········· 漢

항구에는 **화물선**이 많다.
- hang-gu-e-neun **hwa-mul-seo**-ni man-ta.

譯 港口有很多**貨輪**。

補充單字 항구 港口／많다 多的

◀交通設施 相關的情境單字

고속도로 名 高速公路

고속도로는 빠르다.
- **go-sok-tto-ro**-neun ppa-reu-da.

譯 開**高速公路**的話就會很快。

補充單字 빠르다 快的；迅速的

톨게이트 名 收費站
·········· 外 tollgate

톨게이트를 지나자 차가 막히지 않았다.
- **tol-ge-i-teu**-reul jji-na-ja cha-ga ma-ki-ji a-nat-tta.

譯 過**收費站**之後就沒塞車了。

補充單字 지나다 過去；通過

터미널 名 轉運站；終點站
·········· 外 terminal

터미널에서 고속버스를 탔다.
- **teo-mi-neo**-re-seo go-sok-ppeo-seu-reul tat-tta.

譯 在**轉運站**乘坐客運。

補充單字 고속버스 客運

버스정류장 名 公車站

버스정류장에서 친구를 기다린다.
- **beo-seu-jeong-nyu-jang**-e-seo chin-gu-reul kki-da-rin-da.

譯 在**公車站**等朋友。

補充單字 친구 朋友／기다리다 等待；期待

버스전용차로 名 公車專用道

한국에는 **버스전용차로**가 있다.
- han-gu-ge-neun **beo-seu-jeo-nyong-cha-ro**-ga it-tta.

譯 在韓國，公車有**公車專用道**。

補充單字 한국 韓國

철도 名 鐵路；鐵軌

철도에서 놀면 위험하다.
- **cheol-do**-e-seo nol-myeon wi-heom-ha-da.

譯 在**鐵軌**上玩很危險。

補充單字 놀다 玩耍；遊戲／위험하다 危險的

공항철도 名 機場鐵路

공항철도를 타면 인천공항까지 빠르게 갈 수 있다.
- **gong-hang-cheol-do**-reul ta-myeon in-cheon-gong-hang-kka-ji ppa-reu-ge gal ssu it-tta.

🔊 乘坐**機場鐵路**的話，很快就可以到仁川機場。

補充單字 ～면 ……的話／～까지 至；到

지하철역 名 地鐵站

지하철역에서 표를 살 수 있다.
- **ji-ha-cheo-ryeo**-ge-seo pyo-reul ssal ssu it-tta.

🔊 在**地鐵站**可以買票。

補充單字 표 票卡／～할 수 있다 可以……

기차역 名 火車站

기차역에서 기차표를 예매했다.
- **gi-cha-yeo**-ge-seo gi-cha-pyo-reul ye-mae-haet-tta.

🔊 **火車站**有預售火車票。

補充單字 기차표 火車票／예매하다 預售

공항 名 機場

인천**공항**은 무선인터넷이 무료이다.
- in-cheon-**gong-hang**-eun mu-seo-nin-teo-ne-si mu-ryo-i-da.

🔊 仁川**機場**的無線網路可免費使用。

補充單字 무선인터넷 無線網路

대교 名 大橋 ⋯⋯⋯⋯⋯ 漢

한강**대교**를 건넜다.
- han-gang-**dae-gyo**-reul kkeon-neot-tta.

🔊 過漢江**大橋**了。

補充單字 건너다 過；經過

항구 名 港口 ⋯⋯⋯⋯⋯ 漢

항구 근처에 컨테이너들이 많다.
- **hang-gu** geun-cheo-e keon-te-i-neo-deu-ri man-ta.

🔊 **港口**附近有很多貨櫃。

補充單字 근처 近處；附近／컨테이너 貨櫃

◀道路設施 相關的情境單字

거리 名 街

거리에 사람들이 많다.
- **geo-ri**-e sa-ram-deu-ri man-ta.

🔊 滿**街**都是人。

補充單字 사람 人／많다 多的

도로 名 道路 ⋯⋯⋯⋯⋯ 漢

도로에 차가 별로 없다.
- **do-ro**-e cha-ga byeol-lo eop-tta.

🔊 **路**上車子很少。

補充單字 별로 不怎麼……／없다 少的；沒有的

지름길 名 捷徑

택시는 **지름길**로 갔다.
- taek-ssi-neun **ji-reum-gil**-lo gat-tta.

🔊 計程車繞小路走**捷徑**。

補充單字 택시 計程車

육교 名 天橋

육교는 계단이 너무 많다.
- **yuk-kkyo**-neun gye-da-ni neo-mu man-ta.

🔊 **天橋**有太多階樓梯。

補充單字 계단 樓梯／많다 多的

漢 漢語延伸單字／外 外來語延伸單字

사거리 名 十字路口

사거리에서 계속 길이 막혔다.
- **sa-geo-ri**-e-seo gye-sok gi-ri ma-kyeot-tta.
- 譯 在**十字路口**會一直塞車。

補充單字 계속 一直／막히다 阻塞的；不通的

횡단보도 名 斑馬線

횡단보도에서 파란불을 기다린다.
- **hoeng-dan-bo-do**-e-seo pa-ran-bu-reul kki-da-rin-da.
- 譯 在**斑馬線**等綠燈。

補充單字 파란불 綠燈／기다리다 等待

신호등 名 紅綠燈 ⋯⋯⋯⋯⋯ 漢

저 **신호등**은 고장났다.
- jeo **sin-ho-deung**-eun go-jang-nat-tta.
- 譯 那個**紅綠燈**壞掉了。

補充單字 고장나다 壞掉的

빨간불 名 紅燈

빨간불일 때는 멈춰야 한다.
- **ppal-kkan-bu**-ril ttae-neun meom-chwo-ya han-da.
- 譯 遇到**紅燈**時要停下來。

補充單字 멈추다 停止；停歇

파란불 名 綠燈

파란불일 때 길을 건넌다.
- **pa-ran-bu**-ril ttae gi-reul kkeon-neon-da.
- 譯 **綠燈**時通過馬路。

補充單字 길 馬路／건너다 通過

교통표지판 名 交通標誌⋯⋯ 漢

교통표지판에 영어도 써있다.
- **gyo-tong-pyo-ji-pa**-ne yeong-eo-do sseo-it-tta.
- 譯 **交通標誌**上也有標注英文。

補充單字 쓰다 寫／있다 有

CCTV 名 閉路電視監視器
⋯⋯⋯⋯ 外 closed circuit television

고속도로 곳곳에 **CCTV**가 설치되어 있다.
- go-sok-tto-ro got-kko-se **CCTV** ga seol-chi-doe-eo it-tta.
- 譯 高速公路上到處都有安裝**閉路電視監視器**。

補充單字 고속도로 高速公路／곳곳 到處

주유소 名 加油站 ⋯⋯⋯⋯ 漢

주유소에서 주유를 했다.
- **ju-yu-so**-e-seo ju-yu-reul haet-tta.
- 譯 在**加油站**加油。

補充單字 주유 加油

셀프주유 名 自助式加油
⋯⋯⋯⋯⋯⋯⋯⋯⋯⋯ 外 self ＋ 漢

셀프주유를 하면 조금 저렴하다.
- **sel-peu-ju-yu**-reul ha-myeon jo-geum jeo-ryeom-ha-da.
- 譯 用**自助式加油**價格會便宜一點。

補充單字 조금 一些／저렴하다 低廉的；便宜的

등유 名 煤油 ·················· 漢

등유는 경유보다 싸다.
- deung-yu-neun gyeong-yu-bo-da ssa-da.

譯 **煤油**比柴油便宜。

補充單字 싸다 便宜的／～보다 比起

경유 名 柴油

경유값이 많이 올랐다.
- gyeong-yu-gap-ssi ma-ni ol-lat-tta.

譯 **柴油**價格漲了很多。

補充單字 값 價格／오르다 上升；漲

LPG가스 名
液化天然氣（桶裝瓦斯） ···· 外 gas

LPG 가스 차량이 많다.
- LPG ga-seu cha-ryang-i man-ta.

譯 有很多**瓦斯**車。

補充單字 차량 車子

기름값 名 油價

기름값이 계속 오른다.
- gi-reum-gap-ssi gye-sok o-reun-da.

譯 **油價**一直攀升。

補充單字 계속 一直；持續

세차장 名 洗車廠 ·················· 漢

세차장에서 차를 세차한다.
- se-cha-jang-e-seo cha-reul sse-cha-han-da.

譯 到**洗車廠**洗車。

補充單字 세차하다 洗車

자동차 수리점 名 汽車維修店 ·················· 漢

자동차 수리점에서 핸들을 고쳤다.
- ja-dong-cha su-ri-jeo-me-seo haen-deu-reul kko-cheot-tta.

譯 在**汽車維修店**修理方向盤。

補充單字 핸들 方向盤；手把／고치다 修理

◀搭乘運輸工具
相關的情境單字

노선도 名 路線圖 ·················· 漢

지하철 **노선도**를 보고있다.
- ji-ha-cheol no-seon-do-reul ppo-go-it-tta.

譯 查看地鐵**路線圖**。

補充單字 지하철 地鐵／보다 看

환승 名 轉乘 ·················· 漢

지하철에서 버스로 **환승**하면 교통비가 무료이다.
- ji-ha-cheo-re-seo beo-seu-ro hwan-seung-ha-myeon gyo-tong-bi-ga mu-ryo-i-da.

譯 從地鐵**轉乘**公車是免費的。

補充單字 교통비 交通費／무료 免費的

매표소 名 售票處 ·················· 漢

매표소에서 티켓을 두 장 샀다.
- mae-pyo-so-e-seo ti-ke-seul ttu jang sat-tta.

譯 在**售票處**買了兩張票。

補充單字 티켓 票／장 張

티켓 名 票 ⋯⋯⋯⋯⋯ 外 ticket

전자**티켓**을 가지고 있다.
- jeon-ja-**ti-ke**-seul kka-ji-go it-tta.

譯 持有電子**票**卡。

補充單字 전자 電子

입석표 名 站票

표가 다 팔려 **입석표**를 살 수밖에 없
었다.
- pyo-ga da pal-lyeo **ip-sseok-pyo**-reul ssal ssu-ba-kke eop-sseot-tta.

譯 票賣光了，只能買**站票**。

補充單字 다 全都／팔리다 賣光

교통카드 名 交通卡
⋯⋯⋯⋯⋯⋯⋯⋯⋯ 漢＋外 card

교통카드를 충전했다.
- **gyo-tong-ka-deu**-reul chung-jeon-haet-tta.

譯 把**交通卡**儲值。

補充單字 충전하다 儲值

충전 名 儲值

충전은 천원부터 가능하다.
- **chung-jeo**-neun cheo-nwon-bu-teo ga-neung-ha-da.

譯 單次**儲值**至少要一千元。

補充單字 ～부터 從⋯⋯／가능하다 可以；可行

예매 名 預售

기차표를 **예매**했다.
- yeong-hwa-pyo-reul **ye-mae**-haet-tta.

譯 **預售**火車票。

補充單字 기차표 火車票

학생할인 名 學生優惠

학생은 20% **할인**이 된다.
- **hak-ssaeng**-eun i-sip-pelo **ha-ri**-ni doen-da.

譯 **學生優惠**打八折。

補充單字 되다 成；當；做

창가석 名 靠窗的座位

비행기 **창가석** 자리에 앉았다.
- bi-haeng-gi **chang-ga-seok** ja-ri-e an-jat-tta.

譯 搭飛機時，坐在**靠窗的座位**。

補充單字 비행기 飛機／앉다 坐

복도석 名 靠走道的座位

복도석이 돌아다니기 편하다.
- **bok-tto-seo**-gi do-ra-da-ni-gi pyeon-ha-da.

譯 **靠走道的座位**比較方便進出。

補充單字 돌아다니다 走來走去
편하다 便利的；方便的

할증 名 加價

밤에 택시를 타면 **할증**요금이 붙는다.
- ba-me taek-ssi-reul ta-myeon **hal-jjeung**-yo-geu-mi bun-neun-da.

譯 晚上坐計程車會**加價**。

補充單字 택시 計程車／요금 收費；資費

환불 名 退錢

표값를 **환불**해드릴 수 있습니다.
- pyo-gap-reul **hwan-bul**-hae-deu-ril su it-sseum-ni-da.

譯 可以**退票錢**。

補充單字 표값 票價；買票錢

주차요금 名 停車費

주차요금은 시간당 천원이다.
- **Ju-cha-yo-geu**-meun si-gan-dang cheo-nwo-ni-da.

譯 **停車費**每小時一千元。

補充單字 시간당 每小時

🚗 **車體** 相關的情境單字

백미러 名 後照鏡
外 **back mirror**

백미러로 뒷차의 위치를 확인한다.
- **baeng-mi-reo**-ro dwit-cha-ui wi-chi-reul hwa-gin-han-da.

譯 用**後照鏡**確認後方來車的位置。

補充單字 뒷차 後方來車／확인하다 確認

와이퍼 名 雨刷 外 **wiper**

비가 많이 와서 **와이퍼**를 켰다.
- bi-ga ma-ni wa-seo **wa-i-peo**-reul kyeot-tta.

譯 雨下很大，啟動**雨刷**。

補充單字 비 雨／켜다 打開

자동차 클랙슨 名 汽車喇叭
漢＋外 **klaxon**

앞 차가 너무 느려 **클랙슨**을 눌렀다.
- ap cha-ga neo-mu neu-ryeo **keul-laek-sseu**-neul nul-leot-tta.

譯 因為前方的車子太慢，按了**喇叭**。

補充單字 앞 차 前面的車／느리다 慢的

에어컨 名 冷氣
外 **air conditioner**

여름에는 자동차 안에 **에어컨**을 꼭 틀어야 한다.
- yeo-reu-me-neun ja-dong-cha a-ne **e-eo-keo**-neul kkok teu-reo-ya han-da.

譯 夏天時，車子裡一定要開**冷氣**。

補充單字 여름 夏天／틀다 開

난방 名 暖氣

겨울에는 차안에 **난방**을 틀어야 한다.
- gyeo-u-re-neun cha-a-ne **nan-bang**-eul teu-reo-ya han-da.

譯 冬天一定要開**暖氣**。

補充單字 겨울 冬天／차안 車子中；車裡

핸들 名 方向盤 外 **handle**

두 손으로 **핸들**을 잡는다.
- du so-neu-ro **haen-deu**-reul jjam-neun-da.

譯 用兩隻手抓**方向盤**。

補充單字 두 손 兩隻手／잡다 抓住

운전석 名 駕駛座

운전석은 넓다.
- **un-jeon-seo**-geun neop-da.

譯 車子的**駕駛座**很寬敞。

補充單字 넓다 寬的

앞좌석 名 前座

앞좌석은 시원하다.
- **ap-jjwa-seo**-geun si-won-ha-da.

譯 車子的**前座**很涼快。

補充單字 시원하다 涼快的

漢 漢語延伸單字／外 外來語延伸單字

187

뒷자석 名 後座

뒷자석에 세명이 앉았다.
- dwit-jja-seo-ge se-myeong-i an-jat-tta.

譯 車子的**後座**坐了三個人。

補充單字 앉다 坐

안전벨트 名 安全帶
漢+外 belt

택시를 타면 **안전벨트**를 꼭 해야한다.
- taek-ssi-reul ta-myeon **an-jeon-bel-teu**-reul kkok mae-ya-han-da.

譯 搭乘計程車一定要繫**安全帶**。

補充單字 타다 搭乘／꼭 해야한다 一定要

엔진 名 引擎 外 engine

자동차는 **엔진**이 중요하다.
- ja-dong-cha-neun **en-ji**-ni jung-yo-ha-da.

譯 汽車的**引擎**很重要。

補充單字 자동차 汽車／중요하다 重要的

엑셀 名 加速器、（汽車）油門
外 excel

속도를 내기 위해 **엑셀**을 밟았다.
- sok-tto-reul nae-gi wi-hae **ek-sse**-reul ppap-at-tta.

譯 為了加快速度，踩汽車**油門**。

補充單字 ～위해 為了……／밟다 踩；踏

브레이크 名 剎車 外 break

브레이크를 밟았다.
- beu-re-i-keu-reul ppap-at-tta.

譯 踩了**剎車**。

補充單字 밟다 踩；踏

타이어 名 輪胎 外 tire

비상 **타이어**를 늘 준비해야 한다.
- bi-sang **ta-i-eo**-reul neul jjun-bi-hae-ya han-da.

譯 車上應該準備備用的**輪胎**。

補充單字 비상 備用／준비하다 準備

미터기 名 跳表（計費器）
外 meter+漢

택시 **미터기**에 요금이 표시된다.
- taek-ssi **mi-teo-gi**-e yo-geu-mi pyo-si-doen-da.

譯 計程車**跳表**會顯示車資。

補充單字 택시 計程車／표시되다 標示；顯示

손잡이 名 把手

버스 **손잡이**를 꽉 잡았다.
- beo-seu **son-ja-bi**-reul kkwak ja-bat-tta.

譯 用力抓住公車上的**把手**。

補充單字 꽉 緊緊地；使勁地／잡다 抓住

트렁크 名 汽車的後車箱
外 trunk

트렁크에 물건을 싣다.
- teu-reong-keu-e mul-geo-neul ssit-tta.

譯 車子的**後車箱**裡放了東西。

補充單字 물건 東西／싣다 放

◀ 交通狀況 相關的情境單字

보행자 名 行人 .... 漢

보행자를 보면 반드시 정지해야 한다.

- **bo-haeng-ja**-reul ppo-myeon ban-deu-si jeong-ji-hae-ya han-da.

譯 看到**行人**時，務必要停車。

補充單字 반드시 一定／정지하다 停止；停駛

좌회전 名 左轉

여기서 **좌회전**하면 된다.

- yeo-gi-seo **jwa-hoe-jeon**-ha-myeon doen-da.

譯 在這裡**左轉**就可以了。

補充單字 여기서 在這裡／되다 可以；可行

우회전 名 右轉

우회전하면 학교가 보인다.

- **u-hoe-jeon**-ha-myeon hak-kkyo-ga bo-in-da.

譯 **右轉**就會看到學校。

補充單字 학교 學校／보이다 看到

직진 名 直走

직진해서 10분정도 가면 된다.

- **jik-jjin**-hae-seo sip-bun-jeong-do ga-myeon doen-da.

譯 **直走**十分鐘即可。

補充單字 정도 左右；差不多

정지 名 停止

빨간불이면 **정지**해야 한다.

- ppal-kkan-bu-ri-myeon **jeong-ji**-hae-ya han-da.

譯 看到紅燈就要**停止**。

補充單字 빨간불 紅燈

주차 名 停車

이 곳은 **주차**하기가 불편하다.

- i go-seun **ju-cha**-ha-gi-ga bul-pyeon-ha-da.

譯 這裡很難**停車**。

補充單字 이 곳 這裡／불편하다 困難的

추월 名 超車

뒷차에 **추월**당했다.

- dwit-cha-e **chu-wol**-dang-haet-tta.

譯 被後面的車**超車**了。

補充單字 뒷차 後方車輛

교통정체 名 交通堵塞

이 길은 **교통정체**가 너무 심하다.

- i gi-reun **gyo-tong-jeong-che**-ga neo-mu sim-ha-da.

譯 這條路**交通堵塞**的問題很嚴重。

補充單字 길 路；道／심하다 嚴重的

막히다 動 塞車

퇴근시간에는 길이 **막힌다**.

- toe-geun-si-ga-ne-neun gi-ri **ma-kin-da**.

譯 下班時間會**塞車**。

補充單字 퇴근시간 下班時間

막히지 않다 動 沒塞車

주말인데 길이 **막히지 않았다**.

- ju-ma-rin-de gi-ri **ma-ki-ji a-nat-tta**.

譯 週末路上**沒有塞車**。

補充單字 주말 週末

漢 漢語延伸單字／外 外來語延伸單字

189

교통사고 名 車禍；交通事故 漢

교통사고가 자주 나는 지역이다.
- **gyo-tong-sa-go**-ga ja-ju na-neun ji-yeo-gi-da.

譯 經常發生**交通事故**的地點。

補充單字 자주 經常／지역 地點；區域

연착되다 動 延遲 漢

기차가 십분 **연착되었다**.
- gi-cha-ga sip-ppun **yeon-chak-ttoe-eot-tta**.

譯 火車**延遲**了十分鐘。

補充單字 기차 火車／십분 十分鐘

취소되다 動 被取消 漢

태풍으로 비행기가 **취소되었다**.
- tae-pung-eu-ro bi-haeng-gi-ga **chwi-so-doe-eot-tta**.

譯 因颱風的關係，飛機航班**被取消**了。

補充單字 태풍 颱風／비행기 飛機

◀**交通法規** 相關的情境單字

운전면허증 名 駕照

드디어 **운전면허증**을 받았다.
- deu-di-eo **un-jeon-myeon-heo-jeung**-eul ppa-dat-tta.

譯 終於拿到**駕照**了。

補充單字 드디어 終於／받다 收到；拿到

불법주차 名 違規停車

불법주차는 벌금을 낸다.
- **bul-beop-jju-cha**-neun beol-geu-meul naen-da.

譯 **違規停車**要罰錢。

補充單字 벌금 罰錢／내다 繳交；出

속도위반 名 超速

속도위반은 매우 위험하다.
- **sok-tto-wi-ba**-neun mae-u wi-heom-ha-da.

譯 開車**超速**非常危險。

補充單字 위험하다 危險的

양보 名 禮讓

운전할 때 **양보**가 중요하다.
- un-jeon-hal ttae **yang-bo**-ga jung-yo-ha-da.

譯 開車時**禮讓**很重要。

補充單字 운전 駕駛；開車／중요하다 重要的

음주운전 名 酒後開車 漢

음주운전을 하면 면허가 취소될 수도 있다.
- **eum-ju-un-jeo**-neul ha-myeon myeon-heo-ga chwi-so-doel su-do it-tta.

譯 **酒後開車**的話，駕照會被吊銷。

補充單字 면허 執照；駕照／취소 取消

벌금 名 罰錢 漢

안전벨트를 매지 않으면 **벌금**을 낸다.
- an-jeon-bel-teu-reul mae-ji a-neu-myeon **beol-geu**-meul naen-da.

譯 如果沒有繫安全帶，會被**罰錢**。

補充單字 안전벨트 安全帶／매다 綁住；繫上

Chapter 16
運動

● **運動** 相關的情境單字

헬스 名 健康；健身 ····· 外 **health**

근육운동을 하기 위해 **헬스**를 한다.

• geu-nyu-gun-dong-eul ha-gi wi-hae **hel-seu**-reul han-da.

譯 為了要鍛鍊肌肉而去**健身**。

補充單字 근육 肌肉／~위해 為了

운동 名 運動 ················ 漢

운동을 하면 건강해진다.

• **un-dong**-eul ha-myeon geon-gang-hae-jin-da.

譯 **運動**會讓身體健康。

補充單字 건강하다 健康的

스트레칭 名 伸展運動
················ 外 **stretching**

아침에 일어나면 **스트레칭**을 한다.

• a-chi-me i-reo-na-myeon **seu-teu-re-ching**-eul han-da.

譯 早上起床就做**伸展運動**。

補充單字 일어나다 起來；起床

워밍업 名 暖身·· 外 **warming up**

운동하기 전 **워밍업**을 해야 한다.

• un-dong-ha-gi jeon **wo-ming-eo**-beul hae-ya han-da.

譯 運動前要先做**暖身**。

補充單字 운동 運動／~전 在……之前

숨이 차다
動 喘氣、上氣不接下氣

오래 달렸더니 **숨이 차다**.

• o-rae dal-lyeot-tteo-ni **su-mi cha-da**.

譯 跑步跑很久就會開始**喘氣**。

補充單字 오래 很久／달리다 跑步

땀이 나다 動 流汗

운동을 삼십분 하니까 **땀이 났다**.

• un-dong-eul ssam-sip-ppun ha-ni-kka **tta-mi nat-tta**.

譯 運動三十分鐘之後，開始**流汗**了。

補充單字 운동 運動

목이 마르다 動 口渴

등산을 했더니 **목이 마르다**.

• deung-sa-neul haet-tteo-ni **mo-gi ma-reu-da**.

譯 因為爬山，而感到**口渴**。

補充單字 등산 爬山

살이 빠지다
動 變瘦；體重減輕

운동을 자주 하니 **살이 빠진다**.

• un-dong-eul jja-ju ha-ni **sa-ri ppa-jin-da**.

譯 經常運動會**變瘦**。

補充單字 운동 運動

漢 漢語延伸單字／外 外來語延伸單字

191

‣個人鍛鍊 相關的情境單字

헬스클럽 名 健身房
外 health club

헬스클럽에 꾸준히 다닌다.
- **hel-seu-keul-leo**-be kku-jun-hi da-nin-da.

譯 一直努力不懈地上**健身房**。

補充單字 꾸준히 堅持不放棄；努力不懈
다니다 去；上

요가 名 瑜伽 外 yoga

요가는 자세교정에 좋다.
- **yo-ga**-neun ja-se-gyo-jeong-e jo-ta.

譯 **瑜伽**對調整姿勢有幫助。

補充單字 자세교정 調整姿勢／좋다 好的

아령 名 啞鈴 漢

매일 **아령**으로 근육 운동을 한다.
- mae-il **a-ryeong**-eu-ro geu-nyuk un-dong-eul han-da.

譯 每天用**啞鈴**鍛鍊肌肉。

補充單字 매일 每天／근육 肌肉

줄넘기 名 跳繩

하루에 천개씩 **줄넘기**를 한다.
- ha-ru-e cheon-gae-ssik **jul-leom-gi**-reul han-da.

譯 一天跳**跳繩**一千下。

補充單字 하루 一天／천 一千

점프 名 跳躍；彈跳 外 jump

농구선수들은 **점프**를 잘 한다.
- nong-gu-seon-su-deu-reun **jeom-peu**-reul jjal han-da.

譯 籃球選手很擅長**跳躍**。

補充單字 농구선수 籃球選手／잘 하다 擅長

공 名 球

우리집 강아지는 **공**을 가지고 논다.
- u-ri-jip gang-a-ji-neun **gong**-eul kka-ji-go non-da.

譯 我家的小狗在玩**球**。

補充單字 강아지 小狗

훌라후프 名 呼啦圈 外 hula hoop

우리 딸은 **훌라후프**를 잘 한다.
- u-ri tta-reun **hul-la-hu-peu**-reul jjal han-da.

譯 我女兒很會搖**呼啦圈**。

補充單字 딸 女兒／잘 做得好的

유산소운동 名 有氧運動

매일 30분씩 **유산소운동**을 한다.
- mae-il sam-sip-bun-ssik **yu-san-so-un-dong**-eul han-da.

譯 每天做三十分鐘的**有氧運動**。

補充單字 매일 每天

걷기 名 走路

걷기는 간단하지만 가장 좋은 운동이다.
- **geot-kki**-neun gan-dan-ha-ji-man ga-jang jo-\eun un-dong-i-da.

譯 **走路**很簡單，卻是一個很好的運動。

補充單字 간단하다 簡單

경보 名 競走 ························· 漢

내 친구는 **경보**하듯 빨리 걷는다.

• nae chin-gu-neun **gyeong-bo**-ha-deut ppal-li geon-neun-da.

譯 我朋友像在**競走**似的,走得很快。

補充單字 빨리 快地;趕快／걷다 走;行走

달리기 名 跑步

아침마다 **달리기**를 한다.

• a-chim-ma-da **dal-li-gi**-reul han-da.

譯 每天早上去**跑步**。

補充單字 아침 早上／마다 每;都

마라톤 名 馬拉松比賽
····························· 外 marathon

최근 10Km **마라톤** 대회에 참가하였다.

• choe-geun sip-kilo **ma-ra-ton** dae-hoe-e cham-ga-ha-yeot-tta.

譯 最近參加了全長十公里的**馬拉松比賽**。

補充單字 최근 最近／참가하다 參加

사이클 名 自行車 ······· 外 cycle

나는 내일 **사이클** 경기에 참가한다.

• na-neun nae-il **sa-i-keul** kkyeong-gi-e cham-ga-han-da.

譯 明天我要參加**自行車**比賽。

補充單字 내일 明天／참가하다 參加

◀ 球類 相關的情境單字

야구 名 棒球 ···················· 漢

야구는 각 팀 적어도 9명씩이다.

• **ya-gu**-neun gak tim a-hop-myeong-ssi-gi-da.

譯 每一支**棒球**隊至少都要有九個人。

補充單字 각 各自;每個／적어도 至少

축구 名 足球 ····················· 漢

브라질 **축구**는 강하다.

• beu-ra-jil **chuk-kku**-neun gang-ha-da.

譯 巴西**足球**很強。

補充單字 브라질 巴西／강하다 強的

농구 名 籃球 ···················· 漢

미국에서는 **농구**가 매우 인기이다.

• mi-gu-ge-seo-neun **nong-gu**-ga mae-u in-gi-i-da.

譯 **籃球**在美國非常盛行。

補充單字 인기 超人氣;受歡迎

배구 名 排球 ···················· 漢

체육시간에 **배구**를 했다.

• che-yuk-ssi-ga-ne **bae-gu**-reul haet-tta.

譯 上體育課時打**排球**。

補充單字 체육시간 體育課時間

피구 名 躲避球 ················· 漢

초등학교 때 **피구**를 자주 했다.

• cho-deung-hak-kkyo ttae **pi-gu**-reul jja-ju haet-tta.

譯 國小的時候經常玩**躲避球**。

補充單字 자주 經常

미식축구 名 橄欖球（美式足球） 漢

미식축구를 본 적이 없다.

- mi-sik-chuk-kku-reul ppon jeo-gi eop-tta.

譯 從來沒看過**橄欖球**長怎樣。

補充單字 본 樣子／없다 沒有

테니스 名 網球 外 tennis

매주 일요일 **테니스** 연습을 한다.

- mae-ju i-ryo-il te-ni-seu yeon-seu-beul han-da.

譯 每週日練習打**網球**。

補充單字 매주 每週／연습 練習

탁구 名 桌球

중국은 **탁구**가 강하다.

- jung-gu-geun tak-kku-ga gang-ha-da.

譯 中國的**桌球**很強。

補充單字 강하다 強的

당구 名 撞球 漢

기숙사에 **당구**대가 있다.

- gi-suk-ssa-e dang-gu-dae-ga it-tta.

譯 宿舍有**撞球**臺。

補充單字 기숙사 宿舍／있다 有

하키 名 曲棍球 外 hockey

하키는 막대를 이용한다.

- ha-ki-neun mak-ttae-reul i-yong-han-da.

譯 玩**曲棍球**需使用球棍。

補充單字 이용하다 使用

배드민턴 名 羽毛球 外 badminton

학교에서 **배드민턴**을 배운다.

- hak-kkyo-e-seo bae-deu-min-teo-neul ppae-un-da.

譯 在學校學習打**羽毛球**。

補充單字 학교 學校／배우다 學習

골프 名 高爾夫球 外 golf

유명한 여자 **골프**선수가 많다.

- yu-myeong-han yeo-ja gol-peu-seon-su-ga man-ta.

譯 有名氣的女子**高爾夫球**選手有很多。

補充單字 유명 有名的／많다 多的

핸드볼 名 手球 外 handball

핸드볼은 잘 모른다.

- haen-deu-bo-reun jal mo-reun-da.

譯 不太瞭解**手球**。

補充單字 잘 很；極為／모르다 不瞭解

◀水中運動 相關的情境單字

수영 名 游泳

매일 아침 **수영**을 한다.

- mae-il a-chim su-yeong-eul han-da.

譯 每天早上去**游泳**。

補充單字 매일 每天／아침 早上

스쿠버 다이빙 名 戴水肺潛水
外 scuba diving

스쿠버 다이빙을 하면 바다 속을 볼 수 있다.

• **seu-ku-beo da-i-bing**-eul ha-myeon ba-da so-geul ppol su it-tta.

譯 戴水肺潛水的時候，可以看到海裡的景象。

補充單字 바다 海洋／속 裡面

다이빙 名 跳水；潛水
外 diving

다이빙을 하기 전은 매우 공포스럽다.

• **da-i-bing**-eul ha-gi jeo-neun mae-u gong-po-seu-reop-tta.

譯 要跳水之前，我感到十分恐懼。

補充單字 ～전 在……之前／공포스럽다 恐怖的

수구 名 水球
漢

수구는 운동량이 많다.

• **su-gu**-neun un-dong-nyang-i man-ta.

譯 打水球的運動量很大。

補充單字 운동량 運動量／많다 多的

수상스키 名 水上滑水
漢＋外 ski

여름에는 **수상스키**를 타러 간다.

• yeo-reu-me-neun **su-sang-seu-ki**-reul ta-reo gan-da.

譯 夏天去玩水上滑水。

補充單字 여름 夏天／가다 去

◀冰上運動 相關的情境單字

스케이트 名 溜冰 外 skate

스케이트 속도는 빠르다.

• **seu-ke-i-teu** sok-tto-neun ppa-reu-da.

譯 溜冰的速度很快。

補充單字 속도 速度／빠르다 快的

아이스하키 名 冰上曲棍球
外 ice hockey

캐나다 사람들은 **아이스하키**를 사랑한다.

• kae-na-da sa-ram-deu-reun **a-i-seu-ha-ki**-reul ssa-rang-han-da.

譯 加拿大人喜愛冰上曲棍球。

補充單字 캐나다 사람 加拿大人／사랑하다 喜愛

스키 名 滑雪 外 ski

스키는 높은 곳에 올라가야 한다.

• **seu-ki**-neun no-peun go-se ol-la-ga-ya han-da.

譯 滑雪要去很高的地方。

補充單字 높은 곳 高的地方
올라가다 往上；升高

스노우보드 名 單板滑雪
外 snowboard

젊은 사람들은 **스노우보드**를 좋아한다.

• jeol-meun sa-ram-deu-reun **seu-no-u-bo-deu**-reul jjo-a-han-da.

譯 年輕人喜歡玩滑雪板。

補充單字 젊은 사람 年輕人／좋아하다 喜歡

漢 漢語延伸單字／外 外來語延伸單字

컬링 名 冰上滾石運動（又稱冰壺）
外 curling

캐나다에서는 **컬링**을 한다.
• kae-na-da-e-seo-neun **keol-ling**-eul han-da.
譯 在加拿大玩**冰上滾石運動**。

補充單字 캐나다 加拿大

◀格鬥類運動 相關的情境單字

도복 名
道服（練劍道、跆拳道……所穿的衣服）
漢

도복을 입으면 달라 보인다.
• **do-bo**-geul i-beu-myeon dal-la bo-in-da.
譯 身穿**道服**，看起來不太一樣。

補充單字 다르다 不一樣／보이다 看起來

펜싱 名 西洋劍 外 fencing

펜싱은 검을 가지고 하는 운동이다.
• **pen-sing**-eun geo-meul kka-ji-go ha-neun un-dong-i-da.
譯 **西洋劍**是一種以劍施行的運動。

補充單字 검 劍／하다 做

합기도 名 合氣道 漢

합기도는 일본 무술이다.
• **hap-kki-do**-neun il-bon mu-su-ri-da.
譯 **合氣道**是日本的武術。

補充單字 일분 日本／무술 武術

스모 名 相撲 外 sumo

스모경기를 본 적이 있다.
• **seu-mo**-gyeong-gi-reul ppon jeo-gi it-tta.
譯 有看過**相撲**比賽。

補充單字 경기 比賽／보다 看

씨름 名 角力（韓國傳統摔角）

그는 한 때 **씨름**선수였다.
• geu-neun han ttae **ssi-reum**-seon-su-yeot-tta.
譯 他曾經是**角力**選手。

補充單字 한 때 曾經；一時／선수 選手

팔씨름 名 比腕力

나는 **팔씨름**에서 져본 적이 없다.
• na-neun **pal-ssi-reu**-me-seo jeo-bon jeo-gi eop-tta.
譯 **比腕力**我從未輸過。

補充單字 지다 輸／없다 沒有；不

권투 名 拳擊

권투는 격렬한 운동이다.
• **gwon-tu**-neun gyeong-nyeol-han un-dong-i-da.
譯 **拳擊**是種激烈的運動。

補充單字 격렬하다 激烈的／운동 運動

무술 名 武術 漢

중국 **무술**은 대단하다.
• jung-guk **mu-su**-reun dae-dan-ha-da.
譯 中國的**武術**很厲害。

補充單字 대단하다 厲害的

레슬링 名 摔角 外 wrestling

레슬링은 기술이 필요하다.
- re-seul-ling-eun gi-su-ri pi-ryo-ha-da.

譯 摔角需要技術。

補充單字 기술 技術／필요하다 需要的

검도 名 劍道 漢

검도는 일본에서 유래됐다.
- geom-do-neun il-bo-ne-seo yu-rae-dwaet-tta.

譯 劍道起源於日本。

補充單字 유래되다 起源；來源

유도 名 柔道 漢

어릴때부터 유도를 배우고 싶었다.
- eo-ril-ttae-bu-teo yu-do-reul ppae-u-go si-peot-tta.

譯 從小就想學習柔道。

補充單字 ～부터 從……開始／싶다 想要

태권도 名 跆拳道 漢

태권도는 한국의 전통 스포츠이다.
- tae-gwon-do-neun han-gu-gui jeon-tong seu-po-cheu-i-da.

譯 跆拳道是韓國的傳統運動。

補充單字 전통 傳統／스포츠 運動

영춘권 名 詠春拳 漢

엽문의 영춘권은 대단하다.
- yeom-mu-nui yeong-chun-gwo-neun dae-dan-ha-da.

譯 葉問的詠春拳很厲害。

補充單字 엽문 葉問

당랑권 名 螳螂拳 漢

당랑권은 사마귀를 본 뜬 것이다.
- dang-nang-gwo-neun sa-ma-gwi-reul ppon tteun geo-si-da.

譯 螳螂拳是仿照螳螂的動作。

補充單字 사마귀 螳螂／본뜨다 仿照；摹仿

검술 名 劍術；劍法 漢

검술은 보기에 위험해 보인다.
- geom-su-reun bo-gi-e wi-heom-hae bo-in-da.

譯 劍術看起來似乎很危險。

補充單字 위험하다 危險的／보이다 看起來

취권 名 醉拳 漢

성룡은 취권을 한다.
- seong-nyong-eun chwi-gwo-neul han-da.

譯 成龍會打醉拳。

補充單字 성룡 成龍／하다 做

◆舞蹈類 相關的情境單字

에어로빅 名 有氧舞蹈；韻律舞 外 aerobic

에어로빅은 활기차다.
- e-eo-ro-bi-geun hwal-gi-cha-da.

譯 韻律舞感覺很有活力。

補充單字 활기차다 有活力的

댄스스포츠 名 國標舞（總稱） 外 dance sport

댄스스포츠를 배운 적이 있다.
- **daen-seu-seu-po-cheu**-reul ppae-un jeo-gi it-tta.

(譯) 我學過**國標舞**。

補充單字 배우다 學習

볼룸댄스 名 （國標舞中的）摩登舞；交誼舞 外 ballroom dance

볼룸댄스는 우아하다.
- **bol-lum-daen-seu**-neun u-a-ha-da.

(譯) **摩登舞**很優雅。

補充單字 우아하다 優雅的

발레 名 芭蕾舞 外 ballet

발레는 아름답다.
- **bal-le**-neun a-reum-dap-tta.

(譯) **芭蕾舞**很優美。

補充單字 아름답다 美麗的

현대무용 名 現代舞 漢

우리 엄마는 **현대무용**가이다.
- u-ri eom-ma-neun **hyeon-dae-mu-yong**-ga-i-da.

(譯) 我媽媽是一名**現代舞**舞者。

補充單字 엄마 媽媽

살사 名 騷莎 外 salsa

살사는 섹시하다.
- **sal-ssa**-neun sek-ssi-ha-da.

(譯) **騷莎舞**很性感。

補充單字 섹시하다 性感的

왈츠 名 華爾滋 外 waltz

왈츠는 배우기 쉽다.
- **wal-cheu**-neun bae-u-gi swip-tta.

(譯) **華爾滋舞**很好學。

補充單字 쉽다 容易的

차차차 名 恰恰 外 cha cha

차차차는 리듬이 재밌다.
- **cha-cha-cha**-neun ri-deu-mi jae-mit-tta.

(譯) **恰恰舞**的節奏很有趣。

補充單字 리듬 節奏／
재밌다 有趣的（재미있다 的略寫）

탱고 名 探戈 外 tango

탱고 음악을 좋아한다.
- **taeng-go** eu-ma-geul jjo-a-han-da.

(譯) 喜歡**探戈**音樂。

補充單字 음악 音樂／좋아하다 喜歡

◀特殊運動 相關的情境單字

승마 名 騎馬

승마는 배우기 어렵다.
- **seung-ma**-neun bae-u-gi eo-ryeop-tta.

(譯) **騎馬**很難學。

補充單字 어렵다 難的

높이뛰기 名 跳高

내 **높이뛰기** 기록을 깼다.
- nae **no-pi-ttwi-gi** gi-ro-geul kkaet-tta.

(譯) 我打破了**跳高**記錄。

補充單字 기록 紀錄／깨다 打破

멀리뛰기 名 跳遠

나는 우리 학교 **멀리뛰기** 대표 선수이다.

• na-neun u-ri hak-kkyo **meol-li-ttwi-gi** dae-pyo seon-su-i-da.

譯 我是我們學校的**跳遠**代表選手。

補充單字 학교 學校／대표 선수 代表選手

체조 名 體操 ⋯⋯⋯⋯⋯⋯⋯⋯ 漢

체조선수들은 매우 유연하다.

• **che-jo**-seon-su-deu-reun mae-u yu-yeon-ha-da.

譯 **體操**選手看起來非常柔軟。

補充單字 선수 選手／유연하다 柔軟的

사냥 名 打獵

사냥해서 토끼를 잡았다.

• **sa-nyang**-hae-seo to-kki-reul jja-bat-tta.

譯 去**打獵**，獵補兔子。

補充單字 토끼 兔子／잡다 捉；捕獵

사격 名 射擊 ⋯⋯⋯⋯⋯⋯⋯⋯ 漢

사격은 자세가 중요하다.

• **sa-gyeo**-geun ja-se-ga jung-yo-ha-da.

譯 **射擊**的姿勢十分重要。

補充單字 자세 姿勢／중요하다 重要的

양궁 名 射箭

양궁은 집중력이 필요하다.

• **yang-gung**-eun jip-jjung-nyeo-gi pi-ryo-ha-da.

譯 **射箭**需要集中力。

補充單字 집중력 集中力／
필요하다 重要的；必要的

역도 名 舉重

역도는 부상당하기 쉽다.

• **yeok-tto**-neun bu-sang-dang-ha-gi swip-tta.

譯 **舉重**很容易受傷。

補充單字 부상당하다 負傷；受傷／
쉽다 容易的

◀**極限運動** 相關的情境單字

번지점프 名 高空彈跳
⋯⋯⋯⋯⋯⋯⋯⋯ 外 **bungee jump**

겁쟁이들은 **번지점프**를 하지 못한다.

• geop-jjaeng-i-deu-reun **beon-ji-jeom-peu**-reul ha-ji mo-tan-da.

譯 膽小鬼不玩**高空彈跳**。

補充單字 겁쟁이 膽小鬼

패러글라이딩
名 滑翔傘運動（又稱飛行傘）
⋯⋯⋯⋯⋯⋯⋯⋯ 外 **paragliding**

꼭 **패러글라이딩**을 해보고 싶다.

• kkok **pae-reo-geul-la-i-ding**-eul hae-bo-go sip-tta.

譯 很想嘗試**滑翔傘運動**。

補充單字 꼭 必定／싶다 想要；有意願要

암벽등반 名 攀岩

암벽등반은 상당히 위험한 스포츠이다.

• **am-byeok-tteung-ba**-neun sang-dang-hi wi-heom-han seu-po-cheu-i-da.

譯 **攀岩**是相當危險的運動。

補充單字 위험하다 危險的／스포츠 運動

🏃 **運動競賽** 相關的情境單字

올림픽 名 奧運 ⋯⋯⋯ 外 Olympic

매번 **올림픽** 때마다 전세계가 열광한다.

• mae-beon **ol-lim-pik** ttae-ma-da jeon-se-gye-ga yeol-gwang-han-da.

譯 每次**奧運**舉辦時，全世界都為之瘋狂。

補充單字 전세계 全世界／열광하다 狂熱

아시안게임 名 亞洲運動會 外 Asian game

아시안게임은 아시아 국가들의 축제이다.

• **a-si-an-ge-i**-meun a-si-a guk-kka-deu-rui chuk-jje-i-da.

譯 **亞運**是亞洲國家的盛事。

補充單字 아시아 국가 亞洲國家／축제 盛會；慶典

월드컵 名 世界盃 外 World Cup

월드컵은 4년에 한번 열린다.

• **wol-deu-keo**-beun sa-nyeo-ne han-beon yeol-lin-da.

譯 **世界盃**是四年舉辦一次。

補充單字 열리다 舉辦

국가대표 名 國手；國家代表 漢

국가대표는 올림픽에 참가한다.

• **guk-kka-dae-pyo**-neun ol-lim-pi-ge cham-ga-han-da.

譯 **國手**將參加奧運會。

補充單字 참가하다 參加

금메달 名 金牌⋯ 漢 + 外 medal

금메달을 한 개 획득했다.

• **geum-me-da**-reul han gae hoek-tteu-kaet-tta.

譯 贏得一面**金牌**。

補充單字 획득하다 贏取；獲得

은메달 名 銀牌⋯ 漢 + 外 medal

은메달 역시 훌륭하다.

• **eun-me-dal** yeok-ssi hul-lyung-ha-da.

譯 **銀牌**也很厲害。

補充單字 역시 也是；還是／훌륭하다 厲害的

동메달 名 銅牌⋯ 漢 + 外 medal

동메달도 못 딸뻔 했다.

• **dong-me-dal**-tto mot ttal-ppeon haet-tta.

譯 差一點連**銅牌**都拿不到。

補充單字 ～뻔 差一點

탈락 名 淘汰 ⋯⋯⋯ 漢

탈락은 상상도 하기 싫다.

• **tal-la**-geun sang-sang-do ha-gi sil-ta.

譯 不想被**淘汰**。

補充單字 상상 想像／싫다 不；討厭

우승 名 冠軍

우승까지 하게 될 줄은 몰랐다.

• **u-seung**-kka-ji ha-ge doel ju-reun mol-lat-tta.

譯 完全不知道能贏得**冠軍**。

補充單字 몰랐다 不知道

준우승 名 亞軍

준우승이어서 아쉽다.

• **ju-nu-seung**-i-eo-seo a-swip-tta.

譯 只拿**亞軍**實在太可惜了。

補充單字 아쉽다 可惜

Chapter◗

17
18

音檔連結

因各家手機系統不同，若無法直
接掃描，仍可以至
（https://tinyurl.com/sbfem4ux）
電腦連結雲端下載。

Chapter 17
假日＆節慶

◀ **國定假日** 相關的情境單字

명절 名 節日

명절 때마다 가족들이 모두 모인다.
- **myeong-jeol** ttae-ma-da ga-jok-tteu-ri mo-du mo-in-da.

譯 每逢**佳節**，所有的家人都會聚在一起。

補充單字 가족 家人／모이다 聚在一起

빨간날 名 紅色日
（月曆上標示紅色的日＝放假日）

내년 달력에서 **빨간날**을 세었다.
- nae-nyeon dal-lyeo-ge-seo **ppal-kkan-na**-reul sse-eot-tta.

譯 細數明年共有幾天**放假**。

補充單字 내년 明年／세다 計算；數

설날 名 過年 .... 漢

올해 **설날**은 한국에서 보낼 예정이다.
- ol-hae **seol-la**-reun han-gu-ge-seo bo-nael ye-jeong-i-da.

譯 今年**過年**打算去韓國。

補充單字 한국 韓國／예정이다 打算

추석 名 中秋節 .... 漢

작년 **추석**에는 송편을 직접 만들었다.
- jang-nyeon **chu-seo**-ge-neun song-pyeo-neul jjik-jjeop man-deu-reot-tta.

譯 去年**中秋節**時，自己做松糕。

補充單字 만들다 製作／송편 糕

어린이날 名 兒童節

이제 아무도 **어린이날**에 선물을 주지 않는다.
- i-je a-mu-do **eo-ri-ni-na**-re seon-mu-reul jju-ji an-neun-da.

譯 沒有人送我**兒童節**禮物。

補充單字 아무 誰；什麼／않다 沒有

한글날 名 韓文節
（世宗大王創造韓國語的紀念日）

한글날 세종대왕을 기념한다.
- **han-geul-lal** sse-jong-dae-wang-eul kki-nyeom-han-da.

譯 **韓文節**是為了紀念世宗大王。

補充單字 세종대왕 世宗大王／기념하다 紀念

삼일절 名
韓國三一節（獨立宣言日） .... 漢

삼일절은 독립운동을 기념하는 날이다.
- **sa-mil-jeo**-reun dong-ni-bun-dong-eul kki-nyeom-ha-neun na-ri-da.

譯 **韓國三一節**是紀念獨立運動的日子。

補充單字 독립운동 獨立運動／날 日子；日期

개천절 名 開天節（韓國國慶日）·········· 漢

10월 3일은 한국의 국경일인 **개천절**
이다.
- sip-wol sam-i-reun han-gu-gui guk-kkyeong-i-
rin **gae-cheon-jeo**-ri-da.

譯 十月三號是韓國的**開天節**，也就是國慶
日。

補充單字 한국 韓國／국경일 國慶節

광복절 名 韓國光復節·········· 漢

8월 15일은 일본으로부터 독립한 **광
복절**이다.
- pal-wol sip-o-i-reun il-bo-neu-ro-bu-teo dong-ni-
pan **gwang-bok-jjeo**-ri-da.

譯 八月十五號是韓國從日本獨立的**光復節**。

補充單字 일본 日本／독립 獨立

성탄절 名 聖誕節·················· 漢

매년 **성탄절**에는 교회에 가서 예배를
본다.
- mae-nyeon **seong-tan-jeo**-re-neun gyo-hoe-e
ga-seo ye-bae-reul ppon-da.

譯 每年**聖誕節**都會去教會做禮拜。

補充單字 교회 教會／예배하다 做禮拜

석가탄신일
名 佛誕節（又稱浴佛節）

석가탄신일은 부처님이 태어난 날이
다.
- **seok-kka-tan-si-ni**-reun bu-cheo-ni-mi tae-eo-
nan na-ri-da.

譯 **佛誕節**是佛祖誕生的日子。

補充單字 부처님 佛祖／태어나다 誕生；出生

제헌절 名 韓國制憲節············· 漢

제헌절은 헌법을 만든 날이다.
- **je-heon-jeo**-reun heon-beo-beul man-deun na-
ri-da.

譯 **韓國制憲節**是慶祝頒布憲法的日子。

補充單字 헌법 憲法／만들다 製作；編定

◀假期 相關的情境單字

여름방학 名 暑假

올해 **여름방학** 때 유럽여행을 떠났다.
- ol-hae **yeo-reum-bang-hak** ttae yu-reo-byeo-
haeng-eul tteo-nat-tta.

譯 今年**暑假**時去歐洲旅行。

補充單字 유럽 歐洲／여행 旅行

겨울방학 名 寒假

겨울방학 때 외할머니댁에 갈 예정이
다.
- **gyeo-ul-bang-hak** ttae oe-hal-meo-ni-dae-ge
gal ye-jeong-i-da.

譯 **寒假**時打算要去外婆家。

補充單字 외할머니댁 外婆家／예정 預計；打算

휴가 名 假期

올해 **휴가**는 총 15일이다.
- ol-hae **hyu-ga**-neun chong sip-o-i-ri-da.

譯 今年**假期**一共有十五天。

補充單字 올해 今年／일 日；天

여행 名 旅行 .... 漢

여행은 마음을 편하게 해준다.
- **yeo-haeng**-eun ma-eu-meul pyeon-ha-ge hae-jun-da.

譯 **旅行**能放鬆心情。

補充單字 편하다 輕鬆的

◀節慶活動 相關的情境單字

세뱃돈 名 紅包

설날 때 어른들에게 **세뱃돈**을 받는다.
- seol-lal ttae eo-reun-deu-re-ge **se-baet-tto**-neul ppan-neun-da.

譯 過年的時候長輩會給**紅包**。

補充單字 설날 新年；過年／어른들 長輩

떡국 名 年糕湯

설날에는 **떡국**을 먹는다.
- seol-la-re-neun **tteok-kku**-geul meong-neun-da.

譯 過年時要吃**年糕湯**。

補充單字 설날 新年

윷놀이 名 翻板子遊戲
（韓國春節玩的傳統遊戲）

한국에서는 설날에 **윷놀이**를 한다.
- han-gu-ge-seo-neun seol-la-re **yun-no-ri**-reul han-da.

譯 在韓國過年時會玩**翻板子遊戲**。

補充單字 한국 韓國

송편 名 松糕（半月亮型）

송편의 모양은 달 모양이다.
- **song-pyeo**-nui mo-yang-eun dal mo-yang-i-da.

譯 **松糕**的形狀是月亮的樣子。

補充單字 달 月亮／모양 模樣；樣子

한복 名 韓服 .... 漢

중요한 행사에 **한복**을 입었다.
- jung-yo-han haeng-sa-e **han-bo**-geul i-beot-tta.

譯 有重要的場合時，就要穿**韓服**。

補充單字 중요하다 重要的／행사 活動；典禮

Chapter 18
職業 & 工作

◀ 上班時間 相關的情境單字

오전반 名 早班

이번주는 **오전반** 근무이다.
- i-beon-ju-neun **o-jeon-ban** geun-mu-i-da.
- 譯 這個星期上**早班**。

補充單字 이번주 這個星期／근무 工作；職務

오후반 名 晚班

오후반 근무는 힘들다.
- **o-hu-ban** geun-mu-neun him-deul-tta.
- 譯 **晚班**工作很累。

補充單字 힘들다 疲累的

출근 名 上班（出勤）⋯⋯⋯⋯ 漢

출근시간에는 지하철에 사람이 많다.
- **chul-geun**-si-ga-ne-neun ji-ha-cheo-re sa-ra-mi man-ta.
- 譯 **上班**尖峰時間地鐵上人很多。

補充單字 지하철 地鐵／많다 多的

퇴근 名 下班（退勤）⋯⋯⋯⋯ 漢

퇴근할 때가 되자 비가 내리기 시작했다.
- **toe-geun**-hal ttae-ga doe-ja bi-ga nae-ri-gi si-ja-kaet-tta.
- 譯 快**下班**的時候開始下雨。

補充單字 비 雨／내리다 下（雨）；降（雨）

아르바이트 名 打工
⋯⋯⋯⋯⋯⋯⋯ 外 part-time job

커피숍에서 **아르바이트**를 시작했다.
- keo-pi-syo-be-seo **a-reu-ba-i-teu**-reul ssi-ja-kaet-tta.
- 譯 開始在咖啡廳**打工**。

補充單字 커피숍 咖啡廳／시작하다 開始

◀ 人事 相關的情境單字

월급 名 薪水（月金）⋯⋯⋯⋯ 漢

매달 25일이 **월급**날이다.
- mae-dal i-sip-o-i-ri **wol-geum**-na-ri-da.
- 譯 每個月二十五號發**薪水**。

補充單字 매달 每個月

시급 名 時薪（時金）⋯⋯⋯⋯ 漢

아르바이트 **시급**은 6000원이다.
- a-reu-ba-i-teu **si-geu**-beun yu-cheon-wo-ni-da.
- 譯 打工**時薪**是六千韓元。

補充單字 아르바이트 打工／원 韓元

漢 漢語延伸單字／外 外來語延伸單字

연봉 名 年薪

작년에 비해 **연봉**이 두 배로 올랐다.

• jang-nyeo-ne bi-hae **yeon-bong**-i du bae-ro ol-lat-tta.

譯 **年薪**比去年增加了一倍。

補充單字 ～비해 與……相比／배가 加倍

연말상여금 名 年終獎金

12월 말에 **연말상여금**이 지급된다.

• sip-i-wol ma-re **yeon-mal-ssang-yeo-geu**-mi ji-geup-ttoen-da.

譯 十二月底會發**年終獎金**。

補充單字 지급되다 會支付

복지 名 福利

우리 회사의 **복지**는 매우 좋다.

• u-ri hoe-sa-ui **bok-jji**-neun mae-u jo-ta.

譯 我們公司的**福利**很好。

補充單字 회사 公司／좋다 好的

상사 名 上司 ⋯⋯⋯⋯⋯⋯⋯ 漢

회사 **상사**와 동료들이 모두 잘 대해준다.

• hoe-sa **sang-sa**-wa dong-nyo-deu-ri mo-du jal ttae-hae-jun-da.

譯 公司的**上司**和同事都對我很好。

補充單字 동료 同事／～잘 대해주다 對……很好

회사동료 名 同事 ⋯⋯⋯⋯ 漢

회사동료와 함께 저녁을 먹었다.

• **hoe-sa-dong-nyo**-wa ham-kke jeo-nyeo-geul meo-geot-tta.

譯 跟**同事**一起共進晚餐。

補充單字 함께 一起／먹다 吃

퇴사 名 離職 ⋯⋯⋯⋯⋯⋯ 漢

내년 2월에 **퇴사**할 예정이다.

• nae-nyeon i-wo-re **toe-sa**-hal ye-jeong-i-da.

譯 打算明年二月**離職**。

補充單字 예정이다 打算／내년 明年

해고 名 解僱 ⋯⋯⋯⋯⋯⋯⋯ 漢

해고당했다.

• **hae-go**-dang-haet-tta.

譯 被**解僱**了。

補充單字 당하다 被

사직 名 辭職 ⋯⋯⋯⋯⋯⋯⋯ 漢

아이를 낳아서 **사직**했다.

• a-i-reul na-a-seo **sa-ji**-kaet-tta.

譯 因為生孩子而**辭職**了。

補充單字 아이 孩子／낳다 生

취업준비중 名 待業中

내 동생은 **취업준비중**이다.

• nae dong-saeng-eun **chwi-eop-jjun-bi-saeng**-i-da.

譯 我妹妹在**待業中**。

補充單字 내 我的／동생 妹妹

퇴직금 名 退休金；遣散費
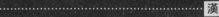

퇴직금을 이미 수령하였다.

• **toe-jik-kkeu**-meul i-mi su-ryeong-ha-yeot-tta.

譯 已經領了**退休金**。

補充單字 이미 已經／수령하다 領取

은퇴 名 退休 ·················· 漢

우리 아버지는 내년에 **은퇴**하신다.
- u-ri a-beo-ji-neun nae-nyeo-ne **eun-toe**-ha-sin-da.

譯 我父親明年要**退休**。

補充單字 아버지 父親／내년 明年

◀求職 相關的情境單字

면접 名 面試

오늘 처음으로 **면접**을 보았다.
- o-neul cheo-eu-meu-ro **myeon-jeo**-beul ppo-at-tta.

譯 今天第一次去**面試**。

補充單字 처음 第一次

이력서 名 履歷表

영문 **이력서**도 함께 제출해야 한다.
- yeong-mun **i-ryeok-sseo**-do ham-kke je-chul-hae-ya han-da.

譯 英文**履歷表**必須一起繳交。

補充單字 영문 英文／제출하다 繳交

서류심사 名 書面審核

서류심사에서 합격하였다.
- **seo-ryu-sim-sa**-e-seo hap-kkyeo-ka-yeot-tta.

譯 已經通過**書面審核**。

補充單字 합격하다 審核

헤드헌팅 名 獵人頭（企業挖角）
·················· 外 head hunting

헤드헌팅회사에서 연락이 왔다.
- **he-deu-heon-ting**-hoe-sa-e-seo yeol-la-gi wat-tta.

譯 **獵人頭**公司打電話來了。

補充單字 연락 打電話

구직 名 求職 ·················· 漢

요즘 **구직** 중이다.
- yo-jeum **gu-jik** jung-i-da.

譯 最近正在**求職**當中。

補充單字 요즘 最近

구인공고 名 徵才廣告

구인공고를 보고 이력서를 냈다.
- **gu-in-gong-go**-reul ppo-go i-ryeok-sseo-reul naet-tta.

譯 看**徵才廣告**投履歷。

補充單字 이력서 履歷／내다 交；提出

일자리 名 就業機會；工作機會

요즘 **일자리**가 많지 않다.
- yo-jeum **il-ja-ri**-ga man-chi an-ta.

譯 最近**就業機會**不多。

補充單字 요즘 最近／많지 않다 不多

취업률 名 就業率 ·················· 漢

최근 **취업률**이 하락하고 있다.
- choe-geun **chwi-eom-nyu**-ri ha-ra-ka-go it-tta.

譯 最近**就業率**持續下滑中。

補充單字 최근 最近；近來／하락하다 下降

◀職業 相關的情境單字

직급 名 職位

실례지만 **직급**이 어떻게 되십니까?
- sil-lye-ji-man **jik-kkeu**-bi eo-tteo-ke doe-sim-ni-kka?

譯 不好意思，請問你的**職位**是什麼？

補充單字 실례하다 不好意思／어떻게 怎麼；如何

회장님 名 董事長 ⋯⋯⋯⋯⋯ 漢

우리 **회장님**은 세계 5대 갑부이다.
- u-ri **hoe-jang-ni**-meun se-gye o-dae gap-ppu-i-da.

譯 我們**董事長**是全球五大首富之一。

補充單字 갑부 首富／세계 世界

사장님 名 老闆 ⋯⋯⋯⋯⋯⋯ 漢

사장님은 일찍 출근한다.
- **sa-jang-ni**-meun il-jjik chul-geun-han-da.

譯 **老闆**很早上班。

補充單字 일찍 早地／출근 上班

대리 名 副理 ⋯⋯⋯⋯⋯⋯⋯ 漢

입사 3년 후 **대리**가 되었다.
- ip-ssa sam-nyeon hu **dae-ri**-ga doe-eot-tta.

譯 進公司三年後當上**副理**。

補充單字 입사 進公司／되다 成為

과장 名 課長 ⋯⋯⋯⋯⋯⋯⋯ 漢

과장님은 매일 야근한다.
- **gwa-jang**-ni-meun mae-il ya-geun-han-da.

譯 **課長**天天加班。

補充單字 매일 每天／야근 加班

차장 名 次長 ⋯⋯⋯⋯⋯⋯⋯ 漢

우리 **차장**님은 송씨이다.
- u-ri **cha-jang**-ni-meun song-ssi-i-da.

譯 我們**次長**姓宋。

補充單字 우리 我們／송씨 宋氏

부장 名 部長 ⋯⋯⋯⋯⋯⋯⋯ 漢

부장님은 이번주에 그만 두신다.
- **bu-jang**-ni-meun i-beon-ju-e geu-man du-sin-da.

譯 **部長**這個星期就要離職。

補充單字 이번주 這個星期／그만 就此

행정 名 行政 ⋯⋯⋯⋯⋯⋯⋯ 漢

회사에서 **행정**업무를 한다.
- hoe-sa-e-seo **haeng-jeong**-eom-mu-reul han-da.

譯 在公司從事**行政**工作。

補充單字 회사 公司／업무 業務

인사 名 人事 ⋯⋯⋯⋯⋯⋯⋯ 漢

인사팀에서 전화가 왔다.
- **in-sa**-ti-me-seo jeon-hwa-ga wat-tta.

譯 **人事**部門來電。

補充單字 전화 電話

비서 名 祕書 ⋯⋯⋯⋯⋯⋯⋯ 漢

회장님 **비서**에게 선물을 전달하였다.
- hoe-jang-nim **bi-seo**-e-ge seon-mu-reul jjeon-dal-ha-yeot-tta.

譯 董事長送禮物給**祕書**。

補充單字 선물 禮物／전달하다 給予；傳遞

직원 名 職員 ⋯⋯⋯⋯⋯⋯⋯ 漢

우리 회사는 **직원**이 적다.
- u-ri hoe-sa-neun **ji-gwo**-ni jeok-tta.

譯 我們公司的**職員**很少。

補充單字 회사 公司／적다 稀少的

정치인 名 政治人物 ⋯⋯⋯⋯ 漢

정치인들은 말을 잘 한다.
• **jeong-chi-in**-deu-reun ma-reul jjal han-da.
譯 **政治人物**辯才無礙。

補充單字 말 説話；話語／잘 做得好的

대통령 名 總統 ⋯⋯⋯⋯⋯⋯ 漢

대통령은 나라를 위해 헌신해야 한다.
• **dae-tong-nyeong**-eun na-ra-reul wi-hae heon-sin-hae-ya han-da.
譯 **總統**應該為國家犧牲奉獻。

補充單字 나라 國家／헌신하다 投身；奉獻

장관 名 國家機關之部長；長官 ⋯⋯⋯⋯⋯⋯ 漢

그는 경제부 **장관**이다.
• geu-neun gyeong-je-bu **jang-gwa**-ni-da.
譯 他是經濟部**部長**。

補充單字 경제부 經濟部

국회의원 名 國會議員

국회의원들은 이기적이면 안된다.
• **gu-koe-ui-won**-deu-reun i-gi-jeo-gi-myeon an-doen-da.
譯 **國會議員**可不能自私。

補充單字 이기적 自私的／안되다 不行；不可以

외교관 名 外交官 ⋯⋯⋯⋯ 漢

외교관은 해외로 파견나간다.
• **oe-gyo-gwa**-neun hae-oe-ro pa-gyeon-na-gan-da.
譯 **外交官**會被外派到國外去。

補充單字 해외 國外／파견 派到

공무원 名 公務員 ⋯⋯⋯⋯ 漢

공무원은 나라와 국민을 위해 일한다.
• **gong-mu-wo**-neun na-ra-wa gung-mi-neul wi-hae il-han-da.
譯 **公務員**為國家和人民工作。

補充單字 와 和／국민 國民

회사원 名 上班族 ⋯⋯⋯⋯ 漢

회사원은 월급을 받는다.
• **hoe-sa-wo**-neun wol-geu-beul ppan-neun-da.
譯 **上班族**是領人薪水的。

補充單字 월급 薪水／받다 收下；接收

영업 名 業務員 ⋯⋯⋯⋯ 漢

영업을 하면 주로 외부에 있다.
• **yeong-eo**-beul ha-myeon ju-ro oe-bu-e it-tta.
譯 當**業務**的話，大部分時間都在外面。

補充單字 주로 主要／외부 外面

판사 名 法官 ⋯⋯⋯⋯ 漢

판사의 판결이 부당하다고 생각한다.
• **pan-sa**-ui pan-gyeo-ri bu-dang-ha-da-go saeng-ga-kan-da.
譯 **法官**的判決並不公平。

補充單字 판결 判決／부당하다 不公平的

검사 名 檢察官 ⋯⋯⋯⋯ 漢

우리 사촌오빠는 **검사**이다.
• u-ri sa-cho-no-ppa-neun **geom-sa**-i-da.
譯 我表哥是**檢察官**。

補充單字 사촌오빠 表哥

변호사 名 律師 ⋯⋯⋯⋯⋯⋯ 漢

소송을 위해 **변호사**를 찾다.
- so-song-eul wi-hae **byeon-ho-sa**-reul chat-tta.

譯 為了訴訟案而找**律師**。

補充單字 소송하다 訴訟

군인 名 軍人 ⋯⋯⋯⋯⋯⋯ 漢

그는 직업**군인**이다.
- geu-neun ji-geop-**kku-ni**-ni-da.

譯 他是職業**軍人**。

補充單字 직업 職業

장군 名 將軍 ⋯⋯⋯⋯⋯⋯ 漢

장군은 권력을 가지고 있다.
- **jang-gu**-neun gwol-lyeo-geul kka-ji-go it-tta.

譯 **將軍**握有權勢。

補充單字 권력 權力

경찰 名 警察 ⋯⋯⋯⋯⋯⋯ 漢

경찰은 제복을 입는다.
- **gyeong-cha**-reun je-bo-geul im-neun-da.

譯 **警察**身穿制服。

補充單字 제복 制服

교통경찰 名 交通警察 ⋯⋯⋯ 漢

교통경찰들은 매우 수고한다.
- **gyo-tong-gyeong-chal**-tteu-reun mae-u su-go-han-da.

譯 **交通警察**非常辛苦。

補充單字 수고하다 辛苦的

보안 名 保全 ⋯⋯⋯⋯⋯⋯ 漢

은행은 **보안**이 철저하다.
- eun-haeng-eun **bo-a**-ni cheol-jeo-ha-da.

譯 銀行的**保全**很完善。

補充單字 은행 銀行／철저하다 徹底地；詳盡地

경비원 名 警衛；保全人員 ⋯⋯⋯⋯⋯⋯ 漢

아파트에는 **경비원**이 많다.
- a-pa-teu-e-neun **gyeong-bi-wo**-ni man-ta.

譯 公寓有很多**警衛**。

補充單字 아파트 公寓

회계사 名 會計師 ⋯⋯⋯⋯⋯⋯ 漢

회계사는 계산을 잘 한다.
- **hoe-gye-sa**-neun gye-sa-neul jjal han-da.

譯 **會計師**精於計算。

補充單字 계산 計算／잘 做得好的

은행직원 名 銀行行員 ⋯⋯⋯⋯ 漢

은행직원은 매우 친절하다.
- **eun-haeng-ji-gwo**-neun mae-u chin-jeol-ha-da.

譯 **銀行行員**非常親切。

補充單字 친절하다 親切的

교수님 名 教授 ⋯⋯⋯⋯⋯⋯ 漢

우리 **교수님**께서는 매번 과제를 많이 내주신다.
- u-ri **gyo-su-nim**-kke-seo-neun mae-beon gwa-je-reul ma-ni nae-ju-sin-da.

譯 我們**教授**每次都出很多作業。

補充單字 과제 作業／내주다 發；遞給

선생님 名 老師

우리 **선생님**은 미국사람이다.
- u-ri **seon-saeng-ni**-meun mi-guk-ssa-ra-mi-da.

譯 我們**老師**是美國人。

補充單字 미국 美國／사람 人

과외 名 家教

대학교때 영어**과외**를 했다.
- dae-hak-kkyo-ttae yeong-eo-**gwa-oe**-reul haet-tta.

譯 大學時期有當過英文**家教**。

補充單字 ～때 時／영어 英文

소방관 名 消防員 漢

소방관은 화재현장에서 일한다.
- **so-bang-gwa**-neun hwa-jae-hyeon-jang-e-seo il-han-da.

譯 **消防員**在火災現場工作。

補充單字 화재 火災／현장 現場

우체부 名 郵差 漢

우체부는 우편을 배달한다.
- u-che-bu-neun u-pyeo-neul ppae-dal-han-tta.

譯 **郵差**投遞郵件。

補充單字 우편 郵件／배달하다 投遞

운전기사 名 司機 漢

운전기사는 회장님을 태우고 공항에 갔다.
- un-jeon-gi-sa-neun hoe-jang-ni-meul tae-u-go gong-hang-e gat-tta.

譯 **司機**載董事長去了機場。

補充單字 태우다 搭載／공항 機場

택배기사 名 宅配員；快遞人員

택배기사들은 매일 많은 양의 택배를 배달한다.
- taek-ppae-gi-sa-deu-reun mae-il ma-neun yang-ui taek-ppae-reul ppae-dal-han-tta.

譯 **快遞人員**每天派送很多貨物。

補充單字 택배 宅配；快遞／배달하다 運送；遞送

의사 名 醫生 漢

의사는 3일치 약을 처방해주었다.
- **ui-sa**-neun 3il-chi ya-geul cheo-bang-hae-ju-eot-tta.

譯 **醫生**開三天份的處方箋。

補充單字 약 藥／처방 處方箋

간호사 名 護士 漢

병원에 입원했을 때 **간호사** 언니가 잘 돌봐주었다.
- byeong-wo-ne i-bwon-hae-sseul ttae **gan-ho-sa** eon-ni-ga jal ttol-bwa-ju-eot-tta.

譯 住院期間**護士**很照顧我。

補充單字 입원하다 住院

약사 名 藥劑師 漢

약사가 비타민을 추천해주었다.
- **yak-ssa**-ga bi-ta-mi-neul chu-cheon-hae-ju-eot-tta.

譯 **藥劑師**推薦維他命給我。

補充單字 비타민 維他命／추천 推薦

환경미화원 名 清潔人員 漢

환경미화원들께 감사해야 한다.
- **hwan-gyeong-mi-hwa-won**-deul-kke gam-sa-hae-ya han-da.

譯 應該對**清潔人員**抱持感激之心。

補充單字 감사하다 感謝

백화점 점원 名 百貨公司店員 漢

백화점 점원들은 참 친절하다.
- **bae-kwa-jeom jeo-mwon**-deu-reun cham chin-jeol-ha-da.

譯 **百貨公司的店員**真親切。

補充單字 참 真的

요리사 [名] 廚師 ·········· [漢]

요리사는 요리를 잘 한다.

• **yo-ri-sa**-neun yo-ri-reul jjal han-da.

[譯] **廚師**很擅長料理食物。

[補充單字] 요리 烹調;料理／잘 做得好的

바리스타 [名] 專業咖啡師傅

·········· [外] **barista**

바리스타들은 커피에 대해 잘 안다.

• **ba-ri-seu-ta**-deu-reun keo-pi-e dae-hae jal an-da.

[譯] **專業咖啡師傅**很瞭解咖啡。

[補充單字] 커피 咖啡／알다 懂;瞭解

가정주부 [名] 家庭主婦 ·········· [漢]

가정주부는 할 일이 많다.

• **ga-jeong-ju-bu**-neun hal i-ri man-ta.

[譯] **家庭主婦**有很多事情要做。

[補充單字] 일 事情／많다 多的

출판사 [名] 出版社 ·········· [漢]

나는 **출판사**에서 일한다.

• na-neun **chul-pan-sa**-e-seo il-han-da.

[譯] 我在**出版社**工作。

[補充單字] 일하다 工作

편집 [名] 編輯 ·········· [漢]

책을 **편집**한다.

• chae-geul **pyeon-ji**-pan-da.

[譯] **編輯**一本書。

[補充單字] 책 書本

가이드 [名] 導遊 ·········· [外] **guide**

그는 한국 전문 **가이드** 입니다.

• geu-neun han-guk jeon-mun **ga-i-deu** im-ni-da.

[譯] 他是專業的韓國**導遊**。

[補充單字] 전문 專業

인솔자 [名] 領隊

단체여행에는 **인솔자**가 함께 간다.

• dan-che-yeo-haeng-e-neun **in-sol-ja**-ga ham-kke gan-da.

[譯] 團體旅遊的話，**領隊**會一同隨行。

[補充單字] 단체여행 團體旅遊／함께 一起;一同

게임개발자 [名] 遊戲開發者

[外] **game**＋[漢]

게임개발자들은 야근을 많이 한다.

• **ge-im-gae-bal-jja**-deu-reun ya-geu-neul ma-ni han-da.

[譯] **遊戲開發者**很常加班。

[補充單字] 야근 加班

예술가 [名] 藝術家 ·········· [漢]

예술가는 일반 사람과는 다른 생각을 가지고 있다.

• **ye-sul-ga**-neun il-ban sa-ram-gwa-neun da-reun saeng-ga-geul kka-ji-go it-tta.

[譯] **藝術家**的想法與一般人不同。

[補充單字] 다르다 不一樣／생각 想法

작곡가 [名] 作曲家 ·········· [漢]

바흐는 매우 유명한 **작곡가**이다.

• ba-heu-neun mae-u yu-myeong-han **jak-kkok-kka**-i-da

[譯] 巴哈是非常知名的**作曲家**。

[補充單字] 유명하다 有名的

작사가 名 作詞家 漢

작사가는 책을 많이 읽는다.
- jak-ssa-ga-neun chae-geul ma-ni ing-neun-da.

譯 作詞家閱讀大量書籍。

補充單字 책 書籍／읽다 閱讀

무용가 名 舞蹈家 漢

무용가는 춤으로 예술을 표현한다.
- mu-yong-ga-neun chu-meu-ro ye-su-reul pyo-hyeon-han-da.

譯 舞蹈家用舞蹈表現藝術。

補充單字 예술 藝術／표현하다 表現；表示

화가 名 畫家 漢

화가 중에 고흐를 가장 좋아한다.
- hwa-ga jung-e go-heu-reul kka-jang jo-a-han-da.

譯 畫家當中，我最喜歡梵谷。

補充單字 고흐 梵谷／가장 最；極為

작가 名 作家 漢

그는 내가 가장 좋아하는 **작가**이다.
- geu-neun nae-ga ga-jang jo-a-ha-neun jak-kka-i-da.

譯 他是我最喜歡的作家。

補充單字 좋아하다 喜歡

음악가 名 音樂家 漢

나는 **음악가** 집안에서 태어났다.
- na-neun eu-mak-kka ji-ba-ne-seo tae-eo-nat-tta.

譯 我出生於一個音樂世家。

補充單字 집안 家庭／태어나다 出生

피아니스트 名 鋼琴家
外 pianist

우리 언니는 **피아니스트**이다.
- u-ri eon-ni-neun pi-a-ni-seu-teu-i-da.

譯 我姐姐是一位鋼琴家。

補充單字 언니 姐姐

바이올리니스트 名 小提琴家
外 violinist

바이올리니스트는 연습을 많이 한다.
- ba-i-ol-li-ni-seu-teu-neun yeon-seu-beul ma-ni han-da.

譯 小提琴家需要大量練習。

補充單字 연습 練習

디자이너 名 設計師
外 designer

디자이너는 창의력이 있어야 한다.
- di-ja-i-neo-neun chang-ui-ryeo-gi i-sseo-ya han-da.

譯 設計師應富有創意。

補充單字 창의력 創意力

의류 디자이너 名 服裝設計師

내 꿈은 **의류 디자이너**이다.
- nae kku-meun ui-ryu di-ja-i-neo-i-da.

譯 我的夢想是成為服裝設計師。

補充單字 꿈 夢想

과학자 名 科學家 漢

어렸을 때의 꿈은 **과학자**가 되는 것이었다.
- eo-ryeo-sseul ttae-ui kku-meun gwa-hak-jja-ga doe-neun geo-si-eot-tta.

譯 小時候的夢想是當一名科學家。

補充單字 되다 成為

漢 漢語延伸單字／外 外來語延伸單字

프리랜서 名 自由業
外 freelancer

프리랜서는 시간 관리를 잘 해야 한다.

- **peu-ri-raen-seo**-neun si-gan gwal-li-reul jjal hae-ya han-da.

譯 從事**自由業**的人應做好時間管理。

補充單字 시간 時間／관리 管理

운동선수 名 運動員 漢

올림픽에서는 훌륭한 **운동선수**를 많이 볼 수 있다.

- ol-lim-pi-ge-seo-neun hul-lyung-han **un-dong-seon-su**-reul ma-ni bol su it-tta.

譯 在奧運會上能看到很多厲害的**運動員**。

補充單字 올림픽 奧運會／훌륭하다 高超的；厲害的

사진작가 名 攝影師

사진작가들은 좋은 렌즈를 쓴다.

- **sa-jin-jak-kka**-deu-reun jo-eun ren-jeu-reul sseun-da.

譯 **攝影師**使用很好的相機鏡頭。

補充單字 렌즈 攝影鏡頭／쓰다 使用

연예인 名 藝人 漢

연예인은 TV에 출연한다.

- **yeo-nye-i**-neun TV e chu-ryeon-han-da.

譯 **藝人**上電視。

補充單字 출연하다 出演；扮演

매니저 名 經紀人 … 外 manager

매니저는 연예인을 관리한다.

- **mae-ni-jeo**-neun yeo-nye-i-neul kkwal-li-han-da.

譯 **經紀人**管理旗下藝人。

補充單字 연예인 藝人／관리하다 管理

가수 名 歌手 漢

가수들은 노래도 잘 부르지만 춤도 잘 춘다.

- **ga-su**-deu-reun no-rae-do jal ppu-reu-ji-man chum-do jal chun-da.

譯 **歌手**不但歌唱得好，還很會跳舞。

補充單字 부르다 呼喚；唱／춘다 跳舞

배우 名 演員

배우들은 연기를 매우 잘 한다.

- **bae-u**-deu-reun yeon-gi-reul mae-u jal han-da.

譯 **演員**很擅長演戲。

補充單字 연기 演戲；演技

사회자 名 主持人

사회자들은 말을 잘 한다.

- **sa-hoe-ja**-deu-reun ma-reul jjal han-da.

譯 **主持人**善於言談。

補充單字 말 講話；話語

개그맨 名 喜劇演員
外 gagman

사실 **개그맨**들은 매우 똑똑하다.

- sa-sil **gae-geu-maen**-deu-reun mae-u ttok-tto-ka-da.

譯 其實，**喜劇演員**也是很聰明的。

補充單字 사실 事實上／똑똑하다 聰明的

모델 名 模特兒 ⋯⋯⋯ 外 model

모델은 다 키가 크다.
- **mo-de**-reun da ki-ga keu-da.

譯 **模特兒**都很高。

補充單字 크다 高的

감독 名 導演 ⋯⋯⋯⋯ 漢

그는 전세계적으로 유명한 **감독**이다.
- geu-neun jeon-se-gye-jeo-geu-ro yu-myeong-han **gam-do**-gi-da.

譯 他是全球聞名的**導演**。

補充單字 전세계적 全世界／유명 有名

심사위원 名 評審 ⋯⋯⋯ 漢

이번 노래경연대회에는 3명의 **심사위원**이 있다.
- i-beon no-rae-gyeong-yeon-dae-hoe-e-neun sam-myeong-ui **sim-sa-wi-wo**-ni it-tta.

譯 這次歌唱比賽有三位**評審**。

補充單字 이번 這次／노래경연대회 歌唱比賽

심판 名 裁判 ⋯⋯⋯⋯ 漢

심판의 오판한다.
- **sim-pa**-nui o-pan.

譯 **裁判**誤判。

補充單字 오판하다 誤判；判斷失誤

목사님 名 牧師 ⋯⋯⋯⋯ 漢

목사님의 말씀은 감동적이다.
- **mok-ssa-ni**-mui mal-sseu-meun gam-dong-jeo-gi-da.

譯 **牧師**的講道令我很感動。

補充單字 말씀 說；講道／감동적 感動；感人

신부님 名 神父 ⋯⋯⋯⋯ 漢

신부님온 선하시다.
- **sin-bu-ni**-meun seon-ha-si-da.

譯 **神父**很善良。

補充單字 선하다 善良的

수녀님 名 修女 ⋯⋯⋯⋯ 漢

수녀님은 항상 인자하시다.
- **su-nyeo-ni**-meun hang-sang in-ja-ha-si-da.

譯 **修女**總是很慈愛。

補充單字 항상 總是／인자하다 仁慈的

스님 名 和尚

스님은 금욕을 중시한다.
- **seu-ni**-meun geu-myo-geul jjung-si-han-da.

譯 **和尚**重視禁欲。

補充單字 금욕 禁欲／중시하다 重視

파일럿 名 飛行員；機師

⋯⋯⋯⋯ 外 pilot

파일럿을 비행기를 운전한다.
- **pa-il-leo**-seul ppi-haeng-gi-reul un-jeon-han-da.

譯 **飛行員**駕駛飛機。

補充單字 비행기 飛機／운전하다 駕駛

스튜어디스 名 空姐；女空服員

⋯⋯⋯⋯ 外 stewardess

스튜어디스들은 비행기 안에서 서비스를 제공한다.
- **seu-tyu-eo-di-seu**-deu-reun bi-haeng-gi a-ne-seo seo-bi-seu-reul jje-gong-han-da.

譯 **空姐**在飛機上提供服務。

補充單字 서비스 服務／제공하다 提供

漢 漢語延伸單字／外 外來語延伸單字

승무원 名 空服員

승무원들은 단정하다.
- seung-mu-won-deu-reun dan-jeong-ha-da.

譯 **空服員**很端莊。

補充單字 단정하다 端正的；端莊的

자원봉사 名 義工

여름방학때 고아원에서 **자원봉사**를 한다.
- yeo-reum-bang-hak-ttae go-a-wo-ne-seo ja-won-bong-sa-reul han-da.

譯 暑假時在育幼院擔任**義工**。

補充單字 여름방학 暑假放假期間／고아원 育幼院；孤兒院

在學學生 相關的情境單字

유치원생 名 幼稚園生 ········· 漢

내 조카는 **유치원생**이다.
- nae jo-ka-neun yu-chi-won-saeng-i-da.

譯 我的侄子是**幼稚園生**。

補充單字 내 我的／조카 侄子

초등학생 名 小學生 ········· 漢

요즘 **초등학생**들은 대체적으로 키가 크다.
- yo-jeum cho-deung-hak-ssaeng-deu-reun dae-che-jeo-geu-ro ki-ga keu-da.

譯 最近的**小學生**普遍個子都很高。

補充單字 요즘 近來；最近／대체적 普遍的；一般的

중학생 名 國中生 ·········· 漢

사촌동생이 벌써 **중학생**이 되어 교복을 입고 다닌다.
- sa-chon-dong-saeng-i beol-sseo jung-hak-ssaeng-i doe-eo gyo-bo-geul ip-kko da-nin-da.

譯 表弟已經變成**國中生**，穿著校服了。

補充單字 벌써 已經；早就／교복 校服

고등학생 名 高中生 ·········· 漢

종종 **고등학생**때가 그립다.
- jong-jong go-deung-hak-ssaeng-ttae-ga geu-rip-tta.

譯 常常都很懷念**高中生**時期。

補充單字 종종 常常；總是／그립다 懷念

대학생 名 大學生 ·········· 漢

인생에 있어 **대학생** 시기는 가장 황금 같은 시기이다.
- in-saeng-e i-sseo dae-hak-ssaeng si-gi-neun ga-jang hwang-geum ga-teun si-gi-i-da.

譯 人生當中，**大學生**時代是最珍貴的。

補充單字 인생 人生／황금 黃金

대학원생 名 研究生 ·········· 漢

올해로 **대학원생**이 되었다.
- ol-hae-ro dae-ha-gwon-saeng-i doe-eot-tta.

譯 今年當**研究生**了。

補充單字 올해 今年／되다 成為

Chapter ➲

19/20

音檔連結

因各家手機系統不同，若無法直接掃描，仍可以至
（https://tinyurl.com/twrp6ec7）
電腦連結雲端下載。

Chapter 19
大自然

◀自然現象 相關的情境單字

날씨 名 天氣

오늘은 **날씨**가 매우 좋다.
- o-neu-reun **nal-ssi**-kka mae-u jo-ta.

譯 今天**天氣**很好。

補充單字 매우 非常／좋다 好的

안개 名 霧

오늘은 **안개**가 짙다.
- o-neu-reun **an-gae**-ga jit-tta.

譯 今天**霧**很濃。

補充單字 오늘 今天／짙다 濃厚的

스모그 名 煙霧 ………… 外 smog

환경오염으로 **스모그**가 발생한다.
- hwan-gyeong-o-yeo-meu-ro **seu-mo-geu**-ga bal-ssaeng-han-da.

譯 因環境污染的關係，產生了**煙霧**。

補充單字 환경오염 環境污染／발생 發生

풍랑 名 風浪 ………………… 漢

풍랑이 세다.
- **pung-nang**-i se-da.

譯 **風浪**十分猛烈。

補充單字 세다 猛烈的

비 名 雨

하루종일 **비**가 내린다.
- ha-ru-jong-il **bi**-ga nae-rin-da.

譯 雨下了一整天。

補充單字 하루종일 一整天／내리다 下（雨）；降（雨）

장마 名 梅雨

장마가 드디어 시작되었다.
- jang-ma-ga deu-di-eo si-jak-ttoe-eot-tta.

譯 **梅雨**季節總算開始了。

補充單字 드디어 總算／시작 開始

폭우 名 暴雨；豪大雨 …………… 漢

갑자기 **폭우**가 쏟아졌다.
- gap-jja-gi **po-gu**-ga sso-da-jeot-tta.

譯 突然下起**豪大雨**。

補充單字 쏟아지다 傾瀉；灑落

바람 名 風

바람이 세게 분다.
- **ba-ra**-mi se-ge bun-da.

譯 **風**很強勁地吹拂。

補充單字 세게 強勁地／불다 吹；颳

번개 名 閃電

이 지역은 **번개**가 자주 친다.
- i ji-yeo-geun **beon-gae**-ga ja-ju chin-da.

譯 這個地區經常出現**閃電**。

補充單字 지역 區域；地區／자주 經常

천둥 名 打雷；雷聲

천둥이 치자 아이가 울기 시작했다.
- **cheon-dung**-i chi-ja a-i-ga ul-gi si-ja-kaet-tta.
- 譯 聽到**雷聲**，孩子開始哭了起來。

補充單字 아이 孩子／울다 哭泣

구름 名 雲

하늘에 **구름**이 많은 것을 보니 비가 올 것 같다.
- **gu-reu**-mi ma-neun geo-seul ppo-ni bi-ga ol geot gat-tta.
- 譯 天空上有很多**雲**，看似快要下雨了。

補充單字 비 雨／같다 好似；好像

하늘 名 天空

비행기가 **하늘**을 난다.
- bi-haeng-gi-ga **ha-neu**-reul nan-da.
- 譯 飛機在**天空**中飛行。

補充單字 비행기 飛機

별 名 星星

하늘에 **별**이 가득하다.
- ha-neu-re **byeo**-ri ga-deu-ka-da.
- 譯 滿天繁**星**。

補充單字 하늘 天空／가득하다 滿滿的

별똥별 名 流星

별똥별을 보고 소원을 빌었다.
- **byeol-ttong-byeo**-reul ppo-go so-wo-neul ppi-reot-tta.
- 譯 看到**流星**許願。

補充單字 소원 許願／빌다 祈禱；祝

눈 名 雪

한국에는 **눈**이 많이 온다.
- han-gu-ge-neun **nu**-ni ma-ni on-da.
- 譯 韓國經常下**雪**。

補充單字 온다 飄下；降下／많이 很多的

폭설 名 暴雪；大雪 ……… 漢

폭설로 인해 비행기가 취소되었다.
- **pok-sseol**-lo in-hae bi-haeng-gi-ga chwi-so-doe-eot-tta.
- 譯 因為下**大雪**，飛機航班被取消。

補充單字 비행기 飛機／취소되다 被取消

강설량 名 降雪量 ……………… 漢

강설량이 사상 최고치를 기록했다.
- **gang-seol-lyang**-i sa-sang choe-go-chi-reul kki-ro-kaet-tta.
- 譯 **降雪量**創歷史新高。

補充單字 사상 史上／최고치 高峰

우박 名 冰雹

우박이 떨어졌다.
- **u-ba**-gi tteo-reo-jeot-tta.
- 譯 下**冰雹**了。

補充單字 떨어지다 落下

漢 漢語延伸單字／外 外來語延伸單字

일출 名 日出 ·············· 漢

일출을 보러 산에 올라간다.
- **il-chu**-reul ppo-reo sa-ne ol-la-gan-da.

譯 上山看**日出**。

補充單字 산 山／올라가다 登上

일몰 名 日落 ················· 漢

일몰 시간은 저녁 7시 이다.
- **il-mol** si-ga-neun jeo-nyeok chil-si i-da.

譯 **日落**的時間是晚上七點。

補充單字 시간 時間／저녁 晚上

석양 名 夕陽 ·················· 漢

석양이 아름답다.
- **seo-gyang**-i a-reum-dap-tta.

譯 **夕陽**很美。

補充單字 아름답다 美；漂亮

◀氣象報導 相關的情境單字

기상예보 名 天氣預報 ········· 漢

아침마다 **기상예보**를 듣는다.
- a-chim-ma-da **gi-sang-ye-bo**-reul tteun-neun-da.

譯 每天早上聽**天氣預報**。

補充單字 아침 早上／듣다 聽

강우량 名 降雨量 ·············· 漢

올해는 작년보다 **강우량**이 증가하였다.
- ol-hae-neun jang-nyeon-bo-da **gang-u-ryang**-i jeung-ga-ha-yeot-tta.

譯 今年的**降雨量**比起去年增加了。

補充單字 작년보다 比起去年／증가하다 增加

습도 名 濕度 ·················· 漢

여름에 **습도**가 높으면 끈적끈적하다.
- yeo-reu-me **seup-tto**-ga no-peu-myeon kkeun-jeok-kkeun-jeo-ka-da.

譯 夏天時**濕度**很高的話，會覺得黏黏的。

補充單字 여름 夏天／끈적끈적하다 黏黏的

온도 名 溫度 ·················· 漢

온도가 30도를 넘었다.
- **on-do**-ga sam-sip-do-reul neo-meot-tta.

譯 **溫度**超過三十度。

補充單字 넘다 超過

기상청 名 氣象局

기상청에서는 날씨예보를 한다.
- **gi-sang-cheong**-e-seo-neun nal-ssi-ye-bo-reul han-da.

譯 **氣象局**發布天氣預報。

補充單字 날씨 天氣／예보 預報

무더위 名 炎熱

올해는 **무더위**가 더욱 기승이다.
- ol-hae-neun **mu-deo-wi**-ga deo-uk gi-seung-i-da.

譯 今年特別**炎熱**。

補充單字 더욱 特別／기승 酷熱

고기압 名 高氣壓 ·················· 漢

고기압의 영향을 받아 비가 내린다.
- **go-gi-a**-bui yeong-hyang-eul ppa-da bi-ga nae-rin-da.

譯 受到**高氣壓**影響，就會下雨。

補充單字 영향 影響／내리다 落下

저기압 名 低氣壓 ·················· 漢

저기압으로 날씨가 흐리다.
- **jeo-gi-a**-beu-ro nal-ssi-kka heu-ri-da.

譯 因為**低氣壓**的關係，天氣很陰陰的。

補充單字 날씨 天氣／흐리다 陰沈的

고도 名 高度 ·················· 漢

고도는 높고 낮음의 정도를 나타낸다.
- **go-do**-neun nop-kko na-jeu-mui jeong-do-reul na-ta-naen-da.

譯 **高度**是用來表示高低海拔差異的程度。

補充單字 정도 程度／나타내다 表示；顯示

해발 名 海拔 ·················· 漢

이 산은 **해발** 3000미터이다.
- i sa-neun **hae-bal** sam-cheong-mi-teo-mi-da.

譯 這座山**海拔** 3000 公尺。

補充單字 산 山

풍향 名 風向 ·················· 漢

풍향은 바람이 부는 방향이다.
- **pung-hyang**-eun ba-ra-mi bu-neun bang-hyang-i-da.

譯 **風向**是指風吹的方向。

補充單字 바람 風／방향 方向

풍속 名 風速 ·················· 漢

풍속은 바람이 부는 속도이다.
- **pung-so**-geun ba-ra-mi bu-neun sok-tto-i-da.

譯 **風速**是指風移動的快慢。

補充單字 바람 風／속도 速度快慢

한파 名 寒流

다음주부터 **한파**가 시작된다.
- da-eum-ju-bu-teo **han-pa**-ga si-jak-ttoen-da.

譯 下星期開始有**寒流**。

補充單字 다음주 下星期／～부터 從……開始

기온이 내리다 名 氣溫下降

오늘 갑자기 **기온이 내려**갔다.
- o-neul kkap-jja-gi **gi-o-ni nae-ryeo-gat-tta**.

譯 今天突然**氣溫驟降**。

補充單字 오늘 今天／갑자기 突然

기온이 오르다 名 氣溫上升

봄이 되어 **기온이 오르다**.
- bo-mi doe-eo **gi-o-ni o-reu-da**.

譯 春天到了，**氣溫回暖**。

補充單字 봄 春天

최고기온 名 最高氣溫 ·········· 漢

어제 **최고기온**은 38도였다.
- eo-je **choe-go-gi-o**-neun sam-sip-pal-do-yeot-tta.

譯 昨天的**最高氣溫**是 38 度。

補充單字 어제 昨天／도 度

최저기온 名 最低氣溫 ·············· 漢

오늘 **최저기온**은 영하10도이다.

• o-neul **choe-jeo-gi-o**-neun yeong-ha-sip-do-i-da.

譯 今天的**最低氣溫**是零下 10 度。

補充單字 오늘 今天／이다 是

영상 名 零上溫度 ·············· 漢

오늘은 **영상** 10도이다.

• o-neu-reun **yeong-sang** sib-do-i-da.

譯 今天是**零上** 10 度。

補充單字 오늘 今天

영하 名 零下溫度 ·············· 漢

겨울에는 **영하** 20도까지 내려간다.

• gyeo-u-re-neun **yeong-ha** i-sib-do-kka-ji nae-ryeo-gan-da.

譯 冬天會降到**零下** 20 度。

補充單字 겨울 冬天／내려가다 降低

◀ 地理位置 相關的情境單字

열대 名 熱帶 ·············· 漢

동남아는 **열대**에 속한다.

• dong-na-ma-neun **yeol-dae**-e so-kan-da.

譯 東南亞地區屬於**熱帶**。

補充單字 동남아 東南亞／속하다 屬於；列為

온대 名 溫帶 ·············· 漢

한국은 **온대**에 속한다.

• han-gu-geun **on-dae**-e so-kan-da.

譯 韓國屬於**溫帶**。

補充單字 한국 韓國／속하다 屬於；列為

냉대 名 寒帶 ·············· 漢

이것은 **냉대**지역 나무이다.

• i-geo-seun **naeng-dae**-ji-yeok na-mu-i-da.

譯 這是**寒帶**地區的樹木。

補充單字 이것은 這個

섬 名 島嶼；海島

대만은 **섬**이다.

• dae-ma-neun **seom**-na-ra-i-da.

譯 臺灣是一個**島**。

補充單字 대만 臺灣

반도 名 半島 ·············· 漢

한국은 **반도** 국가이다.

• han-gu-geun **ban-do** guk-kka-i-da.

譯 韓國是一個**半島**國家。

補充單字 국가 國家

내륙 名 內地；內陸 ·············· 漢

티벳은 중국 **내륙**에 있다.

• ti-be-seun jung-guk **nae-ryu**-ge it-tta.

譯 西藏位於中國**內地**。

補充單字 티벳 西藏

북반구 名 北半球 ·············· 漢

미국은 **북반구**에 있다.

• mi-gu-geun **buk-ppan-gu**-e it-tta.

譯 美國位於**北半球**。

補充單字 미국 美國

남반구 名 南半球 ·············· 漢

호주는 **남반구**에 있다.

• ho-ju-neun **nam-ban-gu**-e it-tta.

譯 澳洲位於**南半球**。

補充單字 호주 澳洲

적도 名 赤道 漢

적도는 지구의 가운데이다.
- **jeok-tto**-neun ji-gu-ui ga-un-de-i-da.
- 譯 **赤道**在地球的正中央。

補充單字 지구 地球／가운데 中央

북극 名 北極 漢

북극은 빙하가 있다.
- **buk-kkeu**-geun bing-ha-ga it-tta.
- 譯 **北極**有冰河、冰川。

補充單字 빙하 冰河；冰川

남극 名 南極 漢

남극은 매우 춥다.
- **nam-geu**-geun mae-u chup-tta.
- 譯 **南極**非常冷。

補充單字 매우 非常；很／춥다 冷的

지구 名 地球 漢

지구는 둥글다.
- **ji-gu**-neun dung-geul-tta.
- 譯 **地球**是圓的。

補充單字 둥글다 圓的

고산병 名 高山症 漢

해발이 높은 곳에서는 **고산병**에 걸리기 쉽다.
- hae-ba-ri no-peun go-se-seo-neun **go-san-byeong**-e geol-li-gi swip-tta.
- 譯 在海拔高的地方很容易得**高山症**。

補充單字 해발 海拔／걸리다 得；罹患

自然景象

자연 名 自然 漢

자연은 위대하다.
- **ja-yeo**-neun wi-dae-ha-da.
- 譯 **大自然**是很偉大的。

補充單字 위대하다 偉大的

경치 名 風景

바닷가 **경치**가 매우 아름답다.
- ba-dat-kka **gyeong-chi**-ga mae-u a-reum-dap-tta.
- 譯 海邊的**風景**很美。

補充單字 바닷가 海邊／아름답다 美；漂亮

사막 名 沙漠 漢

사막에서는 물이 귀하다.
- **sa-ma**-ge-seo-neun mu-ri gwi-ha-da.
- 譯 水在**沙漠**中很珍貴。

補充單字 물 水／귀하다 珍貴

고원 名 高原 漢

고원지역은 온도가 낮다.
- **go-won**-ji-yeo-geun on-do-ga nat-tta.
- 譯 **高原**地區的溫度很低。

補充單字 온도 溫度／낮다 低的

오아시스 名 綠洲 外 oasis

사막에는 **오아시스**가 있다.
- sa-ma-ge-neun **o-a-si-seu**-ga it-tta.
- 譯 沙漠中有**綠洲**。

補充單字 사막 沙漠

漢 漢語延伸單字／外 外來語延伸單字

초원 名 草原 ·········· 漢

초원에서 소들이 풀을 뜯고 있다.
- **cho-wo**-ne-seo so-deu-ri pu-reul tteut-kko it-tta.

譯 牛在**草原**上吃草。

補充單字 풀 草／뜯다 啃著吃

빙하 名 冰河；冰川

빙하는 거대하다.
- **bing-ha**-neun geo-dae-ha-da.

譯 **冰川**很浩大。

補充單字 거대하다 浩大的

붕괴되다 動 崩毀；崩潰 ······· 漢

날씨가 따뜻해져 빙하가 **붕괴되고** 있다.
- nal-ssi-kka tta-tteu-tae-jeo bing-ha-ga **bung-goe-doe-go** it-tta.

譯 天氣回暖，冰川就**溶解**了。

補充單字 따뜻하다 溫暖的／빙하 冰川

황사 名 黃沙；沙塵 ·········· 漢

황사날에는 마스크를 꼭 착용해야 한다.
- **hwang-sa**-na-re-neun ma-seu-keu-reul kkok cha-gyong-hae-ya han-da.

譯 有**沙塵**來的話，一定要戴口罩。

補充單字 마스크 口罩／착용하다 戴

산 名 山 ·········· 漢

매주 등**산**을 한다.
- mae-ju deung-**sa**-neul han-da.

譯 每週去爬**山**。

補充單字 매주 每週／등 登（山）

바다 名 海

바다에 가면 마음이 편안해진다.
- **ba-da**-e ga-myeon ma-eu-mi pyeo-nan-hae-jin-da.

譯 去**海**邊的話，心靈能平靜下來。

補充單字 마음 心／편안해지다 安定；舒服；自在

화산 名 火山 ·········· 漢

화산이 폭발하다.
- **hwa-sa**-ni pok-ppal-ha-tta.

譯 **火山**爆發。

補充單字 폭발하다 爆發

유황 名 硫磺 ·········· 漢

유황은 냄새가 심하다.
- **yu-hwang**-eun naem-sae-ga sim-ha-da.

譯 **硫磺**的味道很重。

補充單字 냄새 味道／심하다 嚴重的；厲害的

온천 名 溫泉 ·········· 漢

온천을 하며 피로를 풀다.
- **on-cheo**-neul ha-myeo pi-ro-reul pul-da.

譯 泡**溫泉**放鬆。

補充單字 풀다 放輕鬆

폭포 名 瀑布 ·········· 漢

근처에 유명한 **폭포**가 있다.
- geun-cheo-e yu-myeong-han **pok-po**-ga it-tta.

譯 附近有有名的**瀑布**。

補充單字 근처 附近；近處／유명하다 有名的

◖災害 相關的情境單字

지구온난화 名 全球暖化 …… 漢

지구온난화로 인해 10년 전보다 날씨가 더워졌다.

- ji-gu-on-nan-hwa-ro in-hae sip-nyeon jeon-bo-da nal-ssi-kka deo-wo-jeot-tta.

譯 由於**全球暖化**的關係，氣溫比十年前更熱。

補充單字 ~보다 比起…… ／덥다 熱的

기상이변 名 天氣異常 ………… 漢

기상이변으로 날씨가 유달리 따뜻하다.

- gi-sang-i-byeo-neu-ro nal-ssi-kka yu-dal-li tta-tteu-ta-da.

譯 由於**天氣異常**，顯得格外暖和。

補充單字 유달리 出奇地；格外地／따뜻하 溫暖的

지진 名 地震 …………………… 漢

지진이 발생했다.

- ji-ji-ni bal-ssaeng-haet-tta.

譯 有**地震**發生。

補充單字 발생하다 發生

해일 名 海嘯

해일은 공포스럽다.

- hae-i-reun gong-po-seu-reop-tta.

譯 **海嘯**很恐怖。

補充單字 공포스럽다 恐怖的

태풍 名 颱風 …………………… 漢

대만에는 **태풍**이 자주 온다.

- dae-ma-ne-neun tae-pung-i ja-ju on-da.

譯 臺灣經常有**颱風**來襲。

補充單字 자주 經常；時常／대만 臺灣

가뭄 名 旱災

올해 여름에는 **가뭄**이 심각했다.

- ol-hae yeo-reu-me-neun ga-mu-mi sim-ga-kaet-tta.

譯 今年夏天**旱災**很嚴重。

補充單字 여름 夏天／심각하다 嚴重的

홍수 名 水災；淹水 ……………… 漢

홍수가 나서 정전이 되었다.

- hong-su-ga na-seo jeong-jeo-ni doe-eot-tta.

譯 因為**水災**而停電了。

補充單字 정전 停電／되다 成；做

산사태 名 土石流

산사태로 도로가 무너졌다.

- san-sa-tae-ro do-ro-ga mu-neo-jeot-tta.

譯 因為**土石流**的關係，道路坍塌。

補充單字 도로 道路／무너지다 垮；坍塌

화재 名 火災 …………………… 漢

화재가 나서 소방차가 출동했다.

- hwa-jae-ga na-seo so-bang-cha-ga chul-dong-haet-tta.

譯 發生**火災**，消防車出動了。

補充單字 소방차 消防車／출동하다 出動

漢 漢語延伸單字／外 外來語延伸單字

225

산불 名 火燒山 ·············· 漢

산불이 확산되고 있다.
- **san-bu**-ri hwak-ssan-doe-go it-tta.

譯 **火燒山**正在蔓延。

補充單字 확산되다 蔓延

정전 名 停電 ·············· 漢

정전이 되자 촛불을 켰다.
- **jeong-jeo**-ni doe-ja chot-ppu-reul kyeot-tta.

譯 因為**停電**的關係，所以點亮蠟燭。

補充單字 촛불 蠟燭

재난 名 災難 ·············· 漢

이 곳은 **재난**지역이다.
- i go-seun **jae-nan**-ji-yeo-gi-da.

譯 這裡是**災區**。

補充單字 지역 區域；地區

수재민 名 災民 ·············· 漢

수재민을 위한 음식이 공급되었다.
- **su-jae-mi**-neul wi-han eum-si-gi gong-geup-ttoe-eot-tta.

譯 為**災民**提供食物。

補充單字 음식 飲食；食物／공급되다 提供

◀災難應對 相關的情境單字

구조대 名 救難隊

위급상황에서 **구조대**원들이 도움을 준다.
- wi-geup-ssang-hwang-e-seo **gu-jo-dae**-won-deu-ri do-u-meul jjun-da.

譯 當緊急情況發生時，**救難隊**會幫助人。

補充單字 위급상황 緊急情況／도움 協助；幫忙

앰뷸런스 名 救護車 ·············· 外 ambulance

앰뷸런스 가 빠르게 지나간다.
- **aem-byul-leon-seu** ga ppa-reu-ge ji-na-gan-da.

譯 **救護車**很快地開過去。

補充單字 지나가다 過去

소방차 名 消防車 ·············· 漢

소방차는 빨간색이다.
- **so-bang-cha**-neun ppal-kkan-sae-gi-da.

譯 **消防車**是紅色的。

補充單字 빨간색 紅色

기부 名 捐款

수재민들을 위해 많은 사람들이 돈을 **기부**하였다.
- su-jae-min-deu-reul wi-hae ma-neun sa-ram-deu-ri do-neul **kki-bu**-ha-yeot-tta.

譯 很多人為了災民**捐款**。

補充單字 수재민 災民／많다 多的

사다리 名 梯子

사다리에서 떨어졌다.
- **sa-da-ri**-e-seo tteo-reo-jeot-tta.

譯 從**梯子**上跌落下來。

補充單字 떨어지다 掉下；跌落

우산 名 雨傘 ·············· 漢

장마때는 **우산**을 항상 가지고 다녀야 한다.
- jang-ma-ttae-neun **u-sa**-neul hang-sang ga-ji-go da-nyeo-ya han-da.

譯 梅雨季時要隨身攜帶**雨傘**。

補充單字 항상 常常；總是／다니다 帶

우비 名 雨衣

오토바이 탈 때는 **우비**를 입는 것이 편하다.

• o-to-ba-i tal ttae-neun **u-bi**-reul im-neun geo-si pyeon-ha-da.

譯 騎摩托車時，穿**雨衣**很方便。

補充單字 오토바이 摩托車／편하다 方便的

대피 名 躲避 ⋯⋯⋯⋯⋯⋯⋯⋯⋯ 漢

재난이 발생하면 **대피**해야 한다.

• jae-na-ni bal-ssaeng-ha-myeon **dae-pi**-hae-ya han-da.

譯 發生災難時要**躲避**。

補充單字 재난 災難／발생하다 發生

방공호 名 防空洞 ⋯⋯⋯⋯⋯⋯ 漢

방공호로 대피하였다.

• **bang-gong-ho**-ro dae-pi-ha-yeot-tta.

譯 躲到**防空洞**裡。

補充單字 대피하다 躲避

비상경보 名 緊急警告；警報
⋯⋯⋯⋯⋯⋯⋯⋯⋯⋯⋯⋯⋯⋯⋯ 漢

비상경보가 울렸다.

• **bi-sang-gyeong-bo**-ga ul-lyeot-tta.

譯 **緊急警報**響了。

補充單字 울리다 響

예방 名 預防 ⋯⋯⋯⋯⋯⋯⋯⋯⋯ 漢

산불을 **예방**해야 한다.

• san-bu-reul **ye-bang**-hae-ya han-da.

譯 要**預防**火燒山的情況發生。

補充單字 산불 火燒山

보험 名 保險 ⋯⋯⋯⋯⋯⋯⋯⋯⋯ 漢

보험에 가입하였다.

• **bo-heo**-me ga-i-pa-yeot-tta.

譯 投保了**保險**。

補充單字 가입하다 加入；投保

자원 名 資源 ⋯⋯⋯⋯⋯⋯⋯⋯⋯ 漢

한국은 **자원**이 부족한 나라이다.

• han-gu-geun **ja-wo**-ni bu-jo-kan na-ra-i-da.

譯 韓國是缺乏**資源**的國家。

補充單字 부족하다 缺乏；不足／나라 國家

보존 名 保存 ⋯⋯⋯⋯⋯⋯⋯⋯⋯ 漢

환경을 **보존**해야 한다.

• hwan-gyeong-eul **ppo-jon**-hae-ya han-da.

譯 要永續**保存**環境。

補充單字 환경 環境

피해 名 受害；損失

이번 재해로 **피해**가 크다.

• i-beon jae-hae-ro **pi-hae**-ga keu-da.

譯 這次災害的**損失**很大。

補充單字 재해 災害／크다 大的

복구 名 復原；恢復

피해 **복구**를 위해 모두가 열심이다.

• pi-hae **bok-kku**-reul wi-hae mo-du-ga yeol-si-mi-da.

譯 大家都很努力的**復原**損害。

補充單字 모두 所有；都／열심이다 努力

漢 漢語延伸單字／外 外來語延伸單字

Chapter20
動物 & 昆蟲

◀動物 相關的情境單字

가축 名 家畜 .... 漢

농가에는 **가축**을 기른다.

- nong-ga-e-neun **ga-chu**-geul kki-reun-da.

譯 在農舍養**家畜**。

補充單字 농가 農家；農舍／기르다 養

애완동물 名 寵物

애완동물은 집에서 기른다.

- **ae-wan-dong-mu**-reun ji-be-seo gi-reun-da.

譯 在家養**寵物**。

補充單字 집 家／기르다 養

쥐 名 老鼠

더러운 곳에는 **쥐**가 있다.

- deo-reo-un go-se-neun **jwi**-ga it-tta.

譯 骯髒的地方會有**老鼠**。

補充單字 더러운 骯髒的／곳 地方

다람쥐 名 松鼠

다람쥐는 견과를 좋아한다.

- **da-ram-jwi**-neun gyeon-gwa-reul jjo-a-han-da.

譯 **松鼠**喜歡吃堅果。

補充單字 견과 堅果／좋아하다 喜歡

토끼 名 兔子

토끼의 귀는 길다.

- **to-kki**-ui gwi-neun gil-da.

譯 **兔子**的耳朵很長。

補充單字 귀 耳朵／길다 長的

강아지 名 小狗

친구가 **강아지**를 주었다.

- chin-gu-ga **gang-a-ji**-reul jju-eot-tta.

譯 朋友給了一隻**小狗**。

補充單字 친구 朋友／주다 給

개 名 狗

개는 사람의 좋은 친구이다.

- **gae**-neun sa-ra-mui jo-eun chin-gu-i-da.

譯 **狗**是人類的好朋友。

補充單字 사람 人類／좋은 친구 好朋友

고양이 名 貓

고양이 울음소리는 매우 날카롭다.

- **go-yang-i** u-reum-so-ri-neun mae-u nal-ka-rop-tta.

譯 **貓**的哀嚎聲很尖銳。

補充單字 소리 聲音／날카롭다 尖利的；敏銳的

고슴도치 名 刺蝟

고슴도치의 가시는 단단하다.

- **go-seum-do-chi**-ui ga-si-neun dan-dan-ha-da.

譯 **刺蝟**的刺很堅硬。

補充單字 가시 刺／단단하다 堅硬的；堅韌的

돼지 名 豬

돼지는 사실 깨끗하다.
• **dwae-ji**-neun sa-sil kkae-kkeu-ta-da.
🈠 其實**豬**很乾淨。

補充單字 사실 其實;事實/깨끗하다 乾淨的

늑대 名 狼

남자는 다 **늑대**다.
• nam-ja-neun da **neuk-ttae**-da.
男生都是**狼**。

補充單字 남자 男生/다 全部都

여우 名 狐狸

여우는 꼬리가 길다.
• **yeo-u**-neun kko-ri-ga gil-da.
🈠 **狐狸**的尾巴很長。

補充單字 꼬리 尾巴

치타 名 獵豹 ············ 外 cheetah

치타는 빠르다.
• **chi-ta**-neun ppa-reu-da.
🈠 **獵豹**跑得很快。

補充單字 빠르다 快的

사자 名 獅子 ····················· 漢

사자는 매우 빠르다.
• **a-ja**-neun mae-u ppa-reu-da.
🈠 **獅子**移動非常快。

補充單字 빠르다 快的

호랑이 名 老虎

호랑이는 위험하다.
• **ho-rang-i**-neun wi-heom-ha-da.
🈠 **老虎**很危險。

補充單字 위험하다 危險的

백호 名 白虎 ····················· 漢

백호는 희귀하다.
• **bae-ko**-neun hi-gwi-ha-da.
🈠 **白虎**很稀有。

補充單字 희귀하다 稀奇的;稀有的

원숭이 名 猴子

원숭이는 영리하다.
• **won-sung-i**-neun yeong-ni-ha-da.
🈠 **猴子**很聰明。

補充單字 영리하다 聰明的

킹콩 名 猩猩 ········· 外 kingkong

킹콩은 강하다.
• **king-kong**-eun gang-ha-da.
🈠 **猩猩**很強。

補充單字 강하다 強的

漢 漢語延伸單字／外 外來語延伸單字

곰 名 熊

곰을 만나면 죽은 척해야 한다.

- **go**-meul man-na-myeon ju-geun cheo-kae-ya han-da.

譯 如果遇到**熊**，要裝死。

補充單字 ～면 ……的話／죽은 척 裝死

팬더 名 熊貓 ……………… 外 panda

동물원에서 가장 인기있는 동물은 **팬더**이다.

- dong-mu-rwo-ne-seo ga-jang in-gi-in-neun dong-mu-reun **paen-deo**-i-da.

譯 動物園最受歡迎的動物是**熊貓**。

補充單字 가장 인기 超人氣／동물 動物

북극곰 名 北極熊

북극곰은 멸종 위기에 처해 있다.

- **buk-kkeuk-kko**-meun myeol-jong wi-gi-e cheo-hae it-tta.

譯 **北極熊**是瀕臨絕種的動物。

補充單字 멸종 絕種／위기 危機

송아지 名 小牛

송아지여도 매우 크다.

- **song-a-ji**-yeo-do mae-u keu-da.

譯 雖然是**小牛**，但還是很大隻。

補充單字 크다 大的

소 名 牛

소는 농사에 도움을 준다.

- **so**-neun nong-sa-e do-u-meul jjun-da.

譯 **牛**幫助種田。

補充單字 농사 農事；種田／도움을 주다 幫助

물소 名 水牛

물소는 힘이 세다.

- **mul-so**-neun hi-mi se-da.

譯 **水牛**的力氣很大。

補充單字 힘 力氣／세다 強的；大的

망아지 名 小馬

어린아이들은 **망아지**를 탄다.

- eo-ri-na-i-deu-reun **mang-a-ji**-reul tan-da.

譯 小朋友騎**小馬**。

補充單字 어린아이 小朋友／타다 騎

말 名 馬 ……………… 漢

제주도에는 **말**이 많다.

- je-ju-do-e-neun **ma**-ri man-ta.

譯 濟州島有很多**馬**。

補充單字 제주도 濟州島／많다 多的

얼룩말 名 斑馬

얼룩말은 검은색과 흰색 줄이 있다.

- **eol-lung-ma**-reun geo-meun-saek-kkwa hin-saek ju-ri it-tta.

譯 **斑馬**有黑白交錯的斑紋。

補充單字 검은색 黑色／줄 行；列

사슴 名 鹿

사슴은 뿔이 크다.

- **sa-seu**-meun ppu-ri keu-da.

譯 **鹿**的鹿角很大。

補充單字 뿔 角／크다 大的

당나귀 名 驢

당나귀는 귀기 길다.
- dang-na-gwi-neun gwi-ga gil-da.

譯 驢的耳朵很長。

補充單字 귀 耳朵

양 名 羊 ·········· 漢

양은 순하다.
- yang-eun sun-ha-da.

譯 羊很溫順。

補充單字 순하다 溫順的；乖的

염소 名 山羊

염소는 수염이 길다.
- yeom-so-neun su-yeo-mi gil-da.

譯 山羊的鬍子很長。

補充單字 수염 鬍子／길다 長的

코끼리 名 大象

태국에서는 **코끼리**가 중요하다.
- tae-gu-ge-seo-neun ko-kki-ri-ga jung-yo-ha-da.

譯 大象在泰國是很重要的動物。

補充單字 태국 泰國／중요하다 重要的

낙타 名 駱駝 ·········· 漢

낙타는 사막에서 잘 살 수 있다.
- nak-ta-neun sa-ma-ge-seo jal ssal ssu it-tta.

譯 駱駝在沙漠生存得很好。

補充單字 사막 沙漠／잘 很好地

기린 名 長頸鹿

기린의 목은 매우 길다.
- gi-ri-nui mo-geun mae-u gil-da.

譯 長頸鹿的脖子很長。

補充單字 목 脖子／매우 很；非常

하마 名 河馬 ·········· 漢

하마는 몸집이 매우 크다.
- ha-ma-neun mom-ji-bi mae-u keu-da.

譯 河馬的身體很大。

補充單字 몸집 身體／크다 大的

코뿔소 名 犀牛

코뿔소는 머리에 뿔이 있다.
- ko-ppul-so-neun meo-ri-e ppu-ri it-tta.

譯 犀牛頭上有角。

補充單字 머리 頭／뿔 角

코알라 名 無尾熊 ········ 外 koala

코알라는 나무 위에서 잔다.
- ko-al-la-neun na-mu wi-e-seo jan-da.

譯 無尾熊在樹上睡覺。

補充單字 나무 樹／자다 睡覺

캥거루 名 袋鼠 ······ 外 kangaroo

호주에는 **캥거루**가 있다.
- ho-ju-e-neun kaeng-geo-ru-ga it-tta.

譯 澳洲有袋鼠。

補充單字 호주 澳洲

漢 漢語延伸單字／外 外來語延伸單字

용 名 龍 ⸺⸺⸺ 漢

용꿈은 길하다.
- **yong**-kku-meun gil-ha-da.

譯 夢到**龍**的話，是好事。

補充單字 꿈 夢／길하다 吉祥的

도마뱀 名 蜥蜴

어떤 사람들은 **도마뱀**을 애완동물로
삼는다.
- eo-tteon sa-ram-deu-reun **do-ma-bae**-meul ae-wan-dong-mul-lo sam-neun-da.

譯 有些人把**蜥蜴**當成寵物。

補充單字 어떤 사람 有些人／삼는다 當成

개구리 名 青蛙

개구리는 매우 멀리 뛸 수 있다.
- **gae-gu-ri**-neun mae-u meol-li ttwil su it-tta.

譯 **青蛙**能跳得很遠。

補充單字 멀다 遠的／뛰다 跳躍；跳

두꺼비 名 癩蛤蟆

두꺼비는 개구리보다 훨씬 크다.
- **du-kkeo-bi**-neun gae-gu-ri-bo-da hwol-ssin keu-da.

譯 **癩蛤蟆**比青蛙更大隻。

補充單字 ～보다 跟……比起來／훨씬 更

뱀 名 蛇

산에서는 **뱀**을 조심해야 한다.
- sa-ne-seo-neun **bae**-meul jjo-sim-hae-ya han-da.

譯 在山間要小心**蛇**。

補充單字 조심하다 小心

코브라 名 眼鏡蛇 ⸺⸺ 外 cobra

코브라는 독이 있다.
- **ko-beu-ra**-neun do-gi it-tta.

譯 **眼鏡蛇**有毒。

補充單字 독 毒

◀ 鳥禽類 相關的情境單字

펭귄 名 企鵝 ⸺⸺⸺ 外 penguin

펭귄은 수영을 잘 한다.
- **peng-gwi**-neun su-yeong-eul jjal han-da.

譯 **企鵝**很會游泳。

補充單字 수영 游泳／잘 하다 做得很好

병아리 名 小雞

병아리는 노란색이다.
- **byeong-a-ri**-neun no-ran-sae-gi-da.

譯 **小雞**是黃色的。

補充單字 노란색 黃色

닭 名 雞

닭은 날지 못한다.
- **dal**-geun nal-jji mo-tan-da.

譯 **雞**不會飛。

補充單字 날다 飛／못하다 不會……

칠면조 名 火雞

추수감사절에 **칠면조**를 먹는다.
- chu-su-gam-sa-jeo-re **chil-myeon-jo**-reul meong-neun-da.

譯 感恩節時會吃**火雞**。

補充單字 추수감사절 感恩節／먹다 吃

새 名 鳥

새종류는 셀 수 없이 많다.
• **sae**-jong-nyu-neun sel su eop-ssi man-ta.
譯 鳥的種類多到數不完。

補充單字 종류 種類／많다 多的

오리 名 鴨子

홍콩에는 **오리**요리가 많다.
• hong-kong-e-neun **o-ri**-yo-ri-ga man-ta.
譯 香港有很多鴨子料理。

補充單字 홍콩 香港／요리 料理

거위 名 鵝

거위는 오리와 비슷하게 생겼다.
• **geo-wi**-neun o-ri-wa bi-seu-ta-ge saeng-gyeot-tta.
譯 鵝跟鴨子長得很像。

補充單字 ～와 和；與／비슷하다 相像的；相似的

비둘기 名 鴿子

학교 안에 있는 **비둘기**들은 매우 뚱뚱하다.
• hak-kkyo a-ne in-neun **bi-dul-gi**-deu-reun mae-u ttung-ttung-ha-da.
譯 學校裡的鴿子都很胖。

補充單字 학교 안 學校裡；學校內／뚱뚱하 胖嘟嘟的

참새 名 麻雀

참새는 작지만 동작이 빠르다.
• **cham-sae**-neun jak-jji-man dong-ja-gi ppa-reu-da.
譯 麻雀雖然很小，但是動作很快。

補充單字 작다 小的／동작 動作

독수리 名 老鷹

독수리의 날개는 매우 크다.
• **dok-ssu-ri**-ui nal-kkae-neun mae-u keu-da.
譯 老鷹的翅膀非常大。

補充單字 날개 翅膀／매우 非常；很

까치 名 喜鵲

한국에서 **까치**는 길조이다.
• han-gu-ge-seo **kka-chi**-neun gil-jo-i-da.
譯 在韓國，喜鵲是代表吉兆的鳥。

補充單字 한국 韓國／길조 吉祥；吉兆

올빼미 名 貓頭鷹

올빼미의 눈은 밤에 빛난다.
• **ol-ppae-mi**-ui nu-neun ba-me bin-nan-da.
譯 貓頭鷹的眼睛在晚上會發亮。

補充單字 밤 晚上／빛나다 發亮

펠리컨 名 鵜鶘（俗稱送子鳥）
外 pelican

펠리컨은 특이하게 생겼다.
• **pel-li-keo**-neun teu-gi-ha-ge saeng-gyeot-tta.
譯 鵜鶘長得很特別。

補充單字 특이하다 特別的／생기다 生；長

앵무새 名 鸚鵡

앵무새는 사람 말을 따라한다.
• **aeng-mu-sae**-neun sa-ram ma-reul tta-ra-han-da.
譯 鸚鵡會學人講話。

補充單字 사람 人／따라하다 學習；模仿

漢 漢語延伸單字／ 外 外來語延伸單字

233

홍학 名 紅鶴 ⋯⋯⋯⋯⋯⋯⋯⋯ 漢

홍학은 다리가 길다.
- **hong-ha**-geun da-ri-ga gil-da.
- 譯 紅鶴的腿很長。

補充單字 다리 腿／길다 長的

타조 名 鴕鳥 ⋯⋯⋯⋯⋯⋯⋯⋯ 漢

타조는 달리기가 매우 빠르다.
- **ta-jo**-neun dal-li-gi-ga mae-u ppa-reu-da.
- 譯 鴕鳥跑得很快。

補充單字 달리기 跑／매우 很；非常

◀水中生物 相關的情境單字

물고기 名 魚

어항에 **물고기**가 많다.
- eo-hang-e **mul-go-gi**-ga man-ta.
- 譯 魚缸裡有很多**魚**。

補充單字 어항 魚缸

금붕어 名 金魚

나는 **금붕어**를 키운다.
- na-neun **geum-bung-eo**-reul ki-un-da.
- 譯 我有養**金魚**。

補充單字 키우다 養

잉어 名 鯉魚

잉어는 길이가 길다.
- **ing-eo**-neun gi-ri-ga gil-da.
- 譯 鯉魚很長。

補充單字 길다 長的

가오리 名 魟魚

가오리는 꼬리가 있다.
- **ga-o-ri**-neun kko-ri-ga it-tta.
- 譯 魟魚有尾巴。

補充單字 꼬리 尾巴

열대어 名 熱帶魚 ⋯⋯⋯⋯⋯⋯ 漢

열대어는 색깔이 화려하다.
- **yeol-dae-eo**-neun saek-kka-ri hwa-ryeo-ha-da.
- 譯 熱帶魚的顏色很鮮豔。

補充單字 색깔 顏色／화려하다 華麗的；鮮豔的

산호 名 珊瑚 ⋯⋯⋯⋯⋯⋯⋯⋯ 漢

산호는 아름답다.
- **san-ho**-neun a-reum-dap-tta.
- 譯 珊瑚很美。

補充單字 아름답다 美的

해파리 名 水母

해파리는 독이 있다.
- **hae-pa-ri**-neun do-gi it-tta.
- 譯 水母有毒。

補充單字 독 毒／있다 有

불가사리 名 海星

불가사리는 별 모양이다.
- **bul-ga-sa-ri**-neun byeol mo-yang-i-da.
- 譯 海星是星星的樣子。

補充單字 별 星星／모양 樣子

가재 名 龍蝦

가재를 구워 먹었다.

• **ga-jae**-reul kku-wo meo-geot-tta.

譯 吃烤龍蝦了！

補充單字 굽다 烤；燒／먹다 吃

게 名 螃蟹

나는 **게**를 가장 좋아한다.

• na-neun **ge**-reul kka-jang jo-a-han-da.

譯 我最喜歡吃螃蟹了。

補充單字 가장 最；超級／좋아하다 喜歡

소라 名 海螺

소라는 맛있다.

• **so-ra**-neun ma-sit-tta.

譯 海螺很好吃。

補充單字 맛있다 好吃的

거북이 名 烏龜

거북이는 오래 산다.

• **geo-bu-gi**-neun o-rae san-da.

譯 烏龜的壽命很長。

補充單字 오래 長／살다 活；生存

악어 名 鱷魚 ·························· 漢

악어는 사람도 먹는다.

• **a-geo**-neun sa-ram-do meong-neun-da.

譯 鱷魚會吃人。

補充單字 사람 人／먹다 吃

고래 名 鯨魚

일본에서는 **고래**고기를 먹는다.

• il-bo-ne-seo-neun **go-rae**-go-gi-reul meong-neun-da.

譯 在日本會吃鯨魚。

補充單字 일본 日本／먹다 吃

상어 名 鯊魚

바닷가에 **상어**가 나타났다.

• ba-dat-kka-e **sang-eo**-ga na-ta-nat-tta.

譯 海邊出現了鯊魚。

補充單字 바닷가 海邊／나타나다 出現

돌고래 名 海豚

돌고래는 똑똑하다.

• **dol-go-rae**-neun ttok-tto-ka-da.

譯 海豚很聰明。

補充單字 똑똑하다 聰明的

물개 名 海狗

물개 인형을 샀다.

• **mul-gae** in-hyeong-eul ssat-tta.

譯 買了海狗娃娃。

補充單字 인형 娃娃／사다 購買

바다표범 名 海豹

바다표범은 평균 3미터정도 된다.

• **ba-da-pyo-beo**-meun pyeong-gyun sam-mi-teo-mjeong-do doen-da.

譯 海豹的長度平均有三公尺左右。

補充單字 평균 平均

漢 漢語延伸單字／外 外來語延伸單字

◀ 昆蟲 相關的情境單字

곤충 名 昆蟲 ·························· 漢

어렸을 때 **곤충**채집을 했다.
- eo-ryeo-sseul ttae **gon-chung**-chae-ji-beul haet-tta.

譯 小時候有在蒐集**昆蟲**。

補充單字 어렸을 때 小時候／채집 蒐集

잠자리 名 蜻蜓

가을에는 **잠자리**가 많다.
- ga-eu-re-neun **jam-ja-ri**-ga man-ta.

譯 秋天就會有特別多的**蜻蜓**。

補充單字 가을 秋天／많다 多的

파리 名 蒼蠅

파리때문에 짜증이 난다.
- **pa-ri**-ttae-mu-ne jja-jeung-i nan-da.

譯 有**蒼蠅**很煩。

補充單字 짜증나다 煩人的

모기 名 蚊子

모기에 물렸다.
- **mo-gi**-e mul-lyeot-tta.

譯 被**蚊子**叮了。

補充單字 물리다 叮

메뚜기 名 蚱蜢

메뚜기를 구워 먹었다.
- **me-ttu-gi**-reul kku-wo meo-geot-tta.

譯 吃了烤**蚱蜢**。

補充單字 굽다 烤

사마귀 名 螳螂

사마귀는 공격적이다.
- **sa-ma-gwi**-neun gong-gyeok-jjeo-gi-da.

譯 **螳螂**攻擊性很強。

補充單字 공격적이다 攻擊性

개미 名 螞蟻

집에 **개미**가 생겼다.
- ji-be **gae-mi**-ga saeng-gyeot-tta.

譯 家裡長**螞蟻**了。

補充單字 집 家／생기다 生；長

바퀴벌레 名 蟑螂

어떤 **바퀴벌레**들은 날아다닌다.
- eo-tteon **ba-kwi-beol-le**-deu-reun na-ra-da-nin-da.

譯 有些**蟑螂**會飛。

補充單字 어떤 有些／날아다니다 飛

애벌레 名 毛毛蟲

애벌레를 밟을 뻔 했다.
- **ae-beol-le**-reul ppap-eul ppeon haet-tta.

譯 差一點踩到**毛毛蟲**。

補充單字 밟다 踩到／〜뻔 하다 差一點

나비 名 蝴蝶

봄이 되자 **나비**가 많이 보인다.
- bo-mi doe-ja **na-bi**-ga ma-ni bo-in-da.

譯 春天到了，看到了許多**蝴蝶**。

補充單字 봄 春天／보이다 看見；看到

벌 名 蜜蜂

벌은 부지런하다.
- **beo**-reun bu-ji-reon-ha-da.
- 譯 **蜜蜂**很勤勞。

補充單字 부지런하다 勤勞的

여왕벌 名 蜂王

여왕벌의 크기는 매우 크다.
- **yeo-wang-beo**-rui keu-gi-neun mae-u keu-da.
- 譯 **蜂王**的大小非常大。

補充單字 크기 大小；個頭／크다 大

귀뚜라미 名 蟋蟀

가을 밤 **귀뚜라미** 소리가 듣기 좋다.
- ga-eul ppam **gwi-ttu-ra-mi** so-ri-ga deut-kki jo-ta.
- 譯 秋天晚上的**蟋蟀**聲很好聽。

補充單字 가을 밤 秋天晚上／소리 聲音

거미 名 蜘蛛

오래된 집 여기저기에 **거미**줄이 있었다.
- o-rae-doen jip yeo-gi-jeo-gi-e **geo-mi**-ju-ri i-sseot-tta.
- 譯 舊房子裡到處都是**蜘蛛**網。

補充單字 오래된 집 舊房子／여기저기 這裡那裡到處

무당벌레 名 瓢蟲

무당벌레는 날아다닌다.
- **mu-dang-beol-le**-neun na-ra-da-nin-da.
- 譯 **瓢蟲**會飛來飛去。

補充單字 날다 飛

매미 名 蟬

매미는 시끄럽다.
- **mae-mi**-neun si-kkeu-reop-tta.
- 譯 **蟬**很吵。

補充單字 시끄럽다 吵的

지네 名 蜈蚣

지네는 다리가 매우 많다.
- **ji-ne**-neun da-ri-ga mae-u man-ta.
- 譯 **蜈蚣**有很多腳。

補充單字 다리 腳／많다 多的

나방 名 飛蛾

나방은 밤에 활동한다.
- **na-bang**-eun ba-me hwal-dong-han-da.
- 譯 **飛蛾**是在晚上活動的。

補充單字 밤 晚上／활동하다 活動

달팽이 名 蝸牛

달팽이는 느리다.
- **dal-paeng-i**-neun neu-ri-da.
- 譯 **蝸牛**移動很慢。

補充單字 느리다 慢的

지렁이 名 蚯蚓

지렁이를 밟았다.
- **ji-reong-i**-reul ppap-at-tta.
- 譯 踩到**蚯蚓**。

補充單字 밟다 踩到

쥐며느리 名 蟲子

집에 **쥐며느리**가 나온다.
- ji-be **jwi-myeo-neu-ri**-ga na-on-da.
- 譯 家裡出現了**蟲子**。

補充單字 나오다 出現

語研力 系列 K003

大家來學韓國人天天都要用的韓語單字

「24小時掛在嘴邊的生活單字」+「鮮活畫面感的情境例句」，韓語哈啦更流利！

作　　　者	金敏勳
顧　　　問	曾文旭
出版總監	陳逸祺、耿文國
主　　　編	陳蕙芳
封面設計	李依靜
內文排版	李依靜
法律顧問	北辰著作權事務所

印　　　製	世和印製企業有限公司
初　　　版	2021年10月
出　　　版	凱信企業集團－凱信企業管理顧問有限公司
電　　　話	（02）2773-6566
傳　　　真	（02）2778-1033
地　　　址	106 台北市大安區忠孝東路四段218之4號12樓
信　　　箱	kaihsinbooks@gmail.com

定　　　價	新台幣349元／港幣116元
產品內容	1 書

總 經 銷	采舍國際有限公司
地　　　址	235 新北市中和區中山路二段366巷10號3樓
電　　　話	（02）8245-8786
傳　　　真	（02）8245-8718

國家圖書館出版品預行編目資料

大家來學韓國人天天都要用的韓語單字/金敏勳
著. -- 初版. -- 臺北市：凱信企業集團凱信企業
管理顧問有限公司, 2021.10
　面；　公分
ISBN 978-986-06836-8-4(平裝)

1.韓語 2.詞彙

803.22　　　　　　　　　　　110014503

凱信企管

**用對的方法充實自己，
讓人生變得更美好！**

凱信企管

用對的方法充實自己，
讓人生變得更美好！